UN AMOUR DE CHAT

MELINDA METZ

UN AMOUR DE CHAT

traduit de l'anglais (États-Unis)
par Catherine Duras

ARCHIPOCHE

Ce titre a été publié sous le titre
Talk to the Paw
par Kensington Publishing Corp., New York, 2018.

Notre catalogue est consultable à l'adresse suivante :
www.editionsarchipoche.com

Éditions Archipoche
34, rue des Bourdonnais
75001 Paris

ISBN 978-2-3773-5411-5

À Gary Goldstein,
en souvenir d'Al et Marie Defrancisco,
la crème des voisins.

1

MacGyver ouvrit les yeux. Il était allongé, le ventre contre les doux cheveux de Jane, sa place préférée pour dormir au chaud. Il ronronnait de plaisir. Le parfum de sa maîtresse, l'une des rares odeurs familières dans ce nouvel environnement, le rassurait.

Sauf que… il sentait toujours cet effluve piquant. Ce n'était pas l'odeur de la maladie, quoiqu'il la lui rappelât vaguement. Mac croyait en connaître la cause. Il détestait cette idée mais, par certains aspects, les humains ressemblent plus aux chiens qu'aux chats. Ils ont besoin d'être entourés de leurs semblables, de former une meute.

Mac était heureux d'être le seul chat de la maison, avec sa nourriture, son bol d'eau, sa litière, ses jouets et sa maîtresse. Jane n'était pas comme lui. Mac pensait qu'elle devrait sortir et trouver un compagnon. D'autant que les humains parmi lesquels choisir ne manquaient pas. Mais, parfois, Jane ratait l'essentiel. De même, elle ne comprenait pas que sa langue était faite pour se laver. Elle préférait s'asperger d'eau pour être propre.

Son ronronnement s'évanouit. Maintenant qu'il avait remarqué cette odeur piquante, elle l'agaçait de plus en plus. Il se redressa et quitta sa place confortable. Il était temps de passer à l'action ! Il frotta sa tête plusieurs fois contre celle de Jane, de sorte que celui qui la reniflerait saurait que Jane lui appartenait, puis il sauta par terre et trottina à travers le salon jusqu'à la véranda. Il avait remarqué un accroc dans la moustiquaire.

Il scruta l'obscurité. Il y avait certainement, dans ce nouveau lieu, quelqu'un qui pourrait appartenir à Jane, tout comme Jane lui appartenait. Mais elle n'allait pas le trouver seule.

Mac se faufila par la déchirure de la moustiquaire et s'arrêta. C'était sa première sortie, sans la vitre de la voiture ou le grillage de son panier entre le monde et lui. Il devait courir un danger, mais cela ne l'effrayait pas. Il savait qu'il se sortirait de toutes les situations.

Les oreilles vers l'avant, la queue dressée, il s'avança dans la nuit, repérant un mélange de fragrances – sauce tomate épicée, glaçage au chocolat, steak de thon, et bien d'autres odeurs de cuisine ; le parfum des fleurs violettes qui poussaient sur le côté de la maison ; un relent sucré et rance provenant des poubelles le long du trottoir ; un soupçon intrigant de crotte de souris ; et, par-dessus tout, l'odeur d'urine de chien. Mac émit un feulement de dégoût. Il était évident qu'un chien avait pissé partout. L'abruti pensait sans doute que l'endroit lui appartenait. Erreur.

MacGyver trotta jusqu'à l'arbre qui avait été le plus récemment arrosé. Il s'y fit les griffes et, quand il eut terminé, sa trace olfactive était bien plus forte que celle du roquet. Satisfait, il inspira en ouvrant la mâchoire et donna un coup de langue. Il pouvait presque goûter l'air.

Jane n'était pas le seul être humain qui dégageait ce parfum de solitude. Suivant son instinct, Mac se laissa entraîner sur la piste la plus marquée. Il s'arrêta deux ou trois fois pour faire ses griffes par-dessus la puanteur du chien, mais il atteignit bientôt la source de l'odeur qu'il suivait, une petite maison au toit arrondi.

Il aima bien ce qu'il sentit à ses abords : bacon, beurre, un peu de sueur, l'herbe fraîchement coupée, et rien d'âcre – comme ce truc que pulvérisait Jane dans la cuisine – n'interférait avec les arômes de nourriture. Et maintenant, comment faire comprendre à Jane qu'un partenaire potentiel vivait ici ? Mac réfléchit puis décida de rapporter à sa maîtresse quelque chose provenant de cette maison. Son nez n'était pas aussi sensible que celui d'un chat, mais il était sûr que, lorsqu'elle aurait l'objet devant elle et sentirait une bouffée de ce mélange d'odeurs, elle saurait quoi faire.

Il n'y avait pas de véranda comme dans sa nouvelle maison, mais il n'était pas inquiet. Mac retroussa sa lèvre supérieure tout en continuant ses observations. Le crétin de chien était dans le voisinage, c'était sûr. Il s'efforça d'ignorer la pestilence en se concentrant sur sa mission. Son regard balayait les alentours… Puis il la vit. Une petite fenêtre ronde à moitié ouverte, au premier étage. Aucun problème pour l'atteindre. Le gros arbre qui poussait à côté de la maison pourrait faire office d'escalier. Il le gravit prestement, poussa la fenêtre d'un coup de tête et sauta à l'intérieur. Il atterrit sur la chose parfaite à rapporter à Jane. Elle était saturée d'odeurs plaisantes, en plus du parfum de solitude qui lui ferait comprendre que cela provenait d'une personne qui avait besoin autant qu'elle d'un partenaire.

Mac attrapa dans sa gueule le morceau de tissu dont le goût était aussi plaisant que l'odeur. Triomphant, il sauta sur l'appui de fenêtre, sortit dans la nuit, son butin traînant derrière lui.

Le lendemain matin, un miaulement impérieux et bruyant réveilla Jane.

— J'arrive, Mac, marmonna-t-elle.

Elle sortit du lit à moitié consciente, fit deux pas et percuta la porte du placard, ce qui eut pour effet de la réveiller.

OK. Compris. Elle était dans sa nouvelle maison et, ici, le placard n'était pas du même côté que dans son appartement précédent.

Miaouuuu.

— J'arrive ! annonça Jane en se dirigeant vers la cuisine.

Mac réitéra son miaulement. *Je veux manger.* Il paraissait avoir étudié exprès quels sons de son répertoire vrillaient le plus les tympans, et il les utilisait pour réclamer sa pitance.

— Je te le répète, si tu apprenais à te servir de la cafetière, nos matins seraient beaucoup plus agréables.

Elle n'essayait plus de préparer son café avant de servir Sa Majesté. MacGyver l'avait bien dressée. Même en manque de caféine, elle ne put s'empêcher de sourire quand Mac commença à se frotter à ses chevilles au moment où elle sortit une boîte de pâtée du placard. Elle pensait que son chat était génial, mais il y avait une chose qu'il ne comprenait pas. Elle lui servirait plus vite à manger s'il n'était pas en train de s'entortiller autour de ses jambes.

— Et voilà !

Elle versa la pâtée dans le bol sans en faire tomber sur la tête de Mac. Elle le regarda renifler, prendre une bouchée, puis une autre. Visiblement, Alli-Cat était son menu favori. Il était incroyable qu'elle nourrisse son chat de chair d'alligator. Mais le véto avait confirmé que c'était bon pour lui et il aimait ça – pour le moment.

Jane s'avança vers la cafetière, l'un des indispensables ustensiles qu'elle avait déballés la veille, puis s'affala sur une chaise, soudain accablée. Elle venait de rompre avec son ancienne existence. Elle avait quitté son emploi et déménagé aussi loin que possible, en restant aux États-Unis. Elle entoura ses genoux de ses bras. Qu'est-ce qui lui avait pris ? Elle avait trente-quatre ans. À cet âge, vous êtes supposé vous ranger, pas redémarrer de zéro. C'est ce qu'avaient fait ses amis. Ils étaient tous mariés et plus de la moitié avaient des enfants – et pas des bébés. Un des enfants de Samantha était même adolescent.

Arrête. Ne pense pas à ça. Ce n'est pas comme ça que tu vas redémarrer.

Mais comment était-elle supposée redémarrer ? Elle réfléchit un instant. D'abord, se relever. Ce qu'elle fit. Et ensuite ?

La réponse lui apparut aussitôt. Elle allait sortir ! Ce qui signifiait s'habiller. Elle courut dans le salon et s'empressa d'ouvrir la plus grosse valise au risque de changer d'avis. Elle en sortit son jean préféré et le haut recyclé, trouvé sur Etsy. Elle ne l'avait porté qu'une seule fois alors qu'elle l'adorait. Mais il ne convenait pas pour Avella et la Pennsylvanie. Il était un peu trop original, couleur corail avec des roses noires, une bordure en patchwork coloré et des feuilles vertes de-ci, de-là. Il était parfait pour Los Angeles – enfin, elle le pensait.

Et qui s'en soucierait de toute manière ? Jane avait déclaré que 2018 serait « Mon Année à Moi ». Elle l'avait proclamé en silence, mais elle l'avait proclamé. Elle avait connu : l'année de l'Homme égocentrique, l'année de l'Homme qui a oublié de dire qu'il était marié, l'année de l'Homme ventouse, l'année de l'Homme qui ne s'engage pas. Et, la pire de toutes, l'année de l'Homme dont la mère est malade… Mon Année à Moi serait une année sans présence masculine. Une année au cours de laquelle elle réaliserait ses rêves – dès qu'elle les aurait identifiés, bien sûr… Mais elle était sûre que ce n'était plus enseigner l'histoire au lycée.

Mon Année à Moi signifiait vivre quelque part où elle ne connaîtrait personne et où tout serait nouveau. Mon Année à Moi allait changer sa vie ! Elle secoua la tête. Encore une minute et elle allait se mettre à chanter comme Maria quittant le couvent dans *La Mélodie du bonheur*. Elle prit son sac à main et se dirigea vers la porte avant de stopper net. Elle ferait sans doute mieux de se brosser les dents. Et de se coiffer.

Une fois prête, elle sortit. Son regard fut attiré par un chiffon sur le paillasson. Elle le ramassa. C'était un essuie-mains en éponge blanc. Elle était sûre qu'il n'était pas là la veille et qu'il ne lui appartenait pas. Elle n'aimait pas les choses « toutes blanches ».

Elle se tourna pour ouvrir la porte-moustiquaire et lancer la serviette dans la véranda. La porte était à peine entrouverte que Mac apparut – maudites petites pattes de velours – et sortit.

Jane se précipita derrière lui. Mac n'était encore jamais sorti. Elle imagina une douzaine d'horreurs susceptibles de lui arriver.

— MacGyver ! cria-t-elle.

Il ne s'arrêta pas. Surprise ! Elle recommença tout en sachant que cela n'aurait aucun effet.

— MacGyver !

— Quelle autorité ! commenta une voix railleuse.

En se retournant, elle vit Al Defrancisco qui désherbait le massif bordant les marches de sa véranda. Elle avait fait sa connaissance et celle de sa femme,

Marie, à son arrivée la veille. Ils vivaient dans l'un des vingt-trois *bungalows* – comme ça faisait vintage ! – qui composaient Storybook Court. Le nom de la résidence venait du style architectural des années 1920, évoquant les illustrations des livres de contes. Cette architecture, qui conférait un prestige historique à l'ensemble, avait empêché que Storybook Court soit détruit pour laisser la place à des tours d'immeubles. Elle avait eu la chance qu'une des petites maisons se libère l'après-midi même où elle avait commencé à chercher un logement.

— Il revient quand on l'appelle… parfois. Surtout lorsque j'ai une boîte de pâtée à la main ou si je mange un sandwich au thon.

Il y avait des palmiers à côté de sa maison ! *Cool.* Incroyable, mais c'était sa vie désormais ! Grâce à l'héritage que sa mère lui avait laissé, elle pouvait passer plusieurs mois ici sans même travailler. Au moins pendant cette année exceptionnelle. Elle n'avait pourtant pas l'intention de paresser. Elle savait qu'elle ne voulait plus enseigner. Mais elle devait découvrir ce qu'elle voulait faire… et s'y mettre !

— Al, je t'ai dit de mettre un chapeau.

Marie sortit de la maison voisine et lança un canotier en paille à son mari. Elle était petite et frêle. Tous les deux avaient probablement dans les quatre-vingts ans, mais elle parlait d'une voix forte et autoritaire. Al mit le chapeau.

— Quel despote ! marmonna-t-il avec un geste du menton en direction de Marie.

— Où vas-tu comme ça ? demanda Marie à Jane.

— Quand j'aurai attrapé mon chat, j'irai boire un café. J'ai vu une enseigne Coffee Bean & Tea Leaf près d'ici quand je suis arrivée.

Marie fit entendre un soupir de désapprobation qui semblait destiné à Jane et elle rentra chez elle. Jane jeta discrètement un œil vers Mac. Le connaissant, la meilleure façon de l'obliger à rentrer était d'agir comme s'il lui était égal qu'il revienne ou non. Il se chauffait au soleil à côté du palmier.

— Je ne peux pas le laisser dehors. C'est un chat d'appartement. Il ne connaît pas les voitures, expliqua-t-elle à Al. Puis elle ajouta : Il aime ce square. Je devrais peut-être lui mettre une laisse pour le promener.

Al grommela pour toute réponse. Jane hésitait à chercher une boîte de pâtée. Mac venait juste de manger. Cela ne fonctionnerait pas. Peut-être son jouet emplumé… Le temps qu'elle se décide, Marie ressortait.

— Café, dit-elle en tendant une tasse à Jane. Vingt-sept centimes la tasse, sans doute dix fois plus chère chez ton Bean.

— Merci, c'est très gentil à vous !

Jane but une gorgée. Il était parfait.

— Apporte ça à Helen, ordonna Marie en tendant une seconde tasse à Al.

Il se dirigea vers le bungalow mitoyen de l'autre côté.

— Helen ! Café ! cria-t-il, sans prendre la peine de grimper les deux marches jusqu'à la véranda.

Un instant plus tard apparut une femme, dix ans de moins, peut-être, qu'Al et Marie. Elle prit la tasse, but une gorgée et lança à Marie un regard furieux.

— Tu as oublié le sucre. Une fois de plus.

— Tu n'as pas besoin de sucre, répliqua Marie. Tu grossis.

Helen continua de fixer Marie.

— Nessie a encore une jolie silhouette. Tu pourrais…

— Je t'ai dit de ne pas me parler de… Helen s'arrêta. Je vais mettre du sucre, conclut-elle ; puis elle remarqua

Jane. Vous ! Vous êtes Jane Snyder. Je voulais vous voir. J'ai un filleul de votre âge. Vous n'êtes pas exactement son type. Il préfère l'exotisme, pas le genre « blonde d'à côté ». Mais il est prof lui aussi. Je vais lui donner votre numéro.

La blonde d'à côté ? Était-elle le genre « blonde d'à côté » ? Elle n'était pas exotique, elle en était consciente. Mais le genre « blonde d'à côté », ça sonnait fille extrêmement saine et extrêmement ennuyeuse. D'accord, elle était saine, mais pas tant que ça. Et elle…

— Numéro ? demanda Helen.

— Non, je veux dire, merci mais cela ne m'intéresse pas de le rencontrer. De rencontrer n'importe quel homme, protesta Jane.

Les mots lui sortaient de la bouche trop vite et trop fort, avec un manque de politesse évident.

— Je veux dire, je viens juste d'arriver. Je veux prendre le temps de m'installer.

Elle jeta un œil vers Mac, toujours allongé au soleil.

— Comment savez-vous que je suis – que j'étais prof ? s'étonna-t-elle.

Elle était quasi sûre de ne pas l'avoir mentionné à Al et Marie la veille et elle n'avait parlé à personne d'autre dans le quartier.

— Si c'était inscrit sur le contrat de location ou la caution, ces deux-là sont au courant, commenta Al en retournant à son désherbage.

Jane était certaine que le propriétaire n'avait pas le droit de divulguer cette information, mais elle choisit de ne pas en prendre ombrage.

— Son filleul n'est pas fait pour toi, de toute façon, déclara Marie. Il n'est même pas capable de lui remplacer une ampoule quand elle en a besoin. C'est

Al Junior, notre fils, qui le fait. Il vient déjeuner tous les dimanches.

Elle pointa un doigt osseux vers Helen et ajouta :

— D'ailleurs, ton filleul est trop jeune.

— Il n'a que cinq ans de moins qu'elle, rétorqua Helen.

— Mon petit-neveu a trois ans de plus. Les hommes doivent toujours être plus âgés. Ils mûrissent plus tard.

Marie s'adressa à Jane :

— Il vous conviendrait peut-être.

Jane commença doucement à battre en retraite. Comme s'il sentait son inconfort, Mac s'approcha d'elle et lui adressa son miaulement « Prends-moi dans tes bras », d'un ton plus doux et beaucoup plus agréable que « Je veux manger ». Reconnaissante, Jane le cueillit dans ses bras. Avec le doigt, elle dessina le M sur son front. La marque brune était une des raisons pour laquelle elle l'avait baptisé MacGyver.

— Ton filleul est allergique aux chats, non ? lança Marie, d'une voix triomphante.

— Je vais chercher du sucre, marmonna Helen en rentrant chez elle.

— Laisse la tasse dans la véranda quand tu as fini, proposa Marie à Jane, puis elle aussi disparut à l'intérieur.

— Je ne souhaite vraiment pas qu'on me case avec quelqu'un, déclara Jane à Al, qui émit un de ses grognements.

Jane n'allait pas laisser Mon Année à Moi commencer par d'embarrassants rendez-vous avec des petits-neveux ou des filleuls, ou n'importe quel autre homme.

— Tu lui as parlé de Clarissa, n'est-ce pas ? demanda Adam dès que David revint s'asseoir à la table.

David ne répondit pas, se contentant d'avaler une gorgée de la bière de houblon recommandée par Brian, le propriétaire du Blue Palm. David buvait de la Corona d'habitude, mais on ne boit pas de Corona au Blue Palm.

— Tu n'as pas besoin de répondre, continua Adam. Je sais que tu l'as fait. Je l'ai vu. À la seconde exacte où c'est arrivé. Tu es allé au bar, à côté d'elle et de son amie, tu as fait un commentaire amusant, probablement de l'autodérision. Elle a souri. C'était bon signe. L'amie est partie aux toilettes, sans doute pour te laisser lui parler en privé. Elle a posé la main sur ton bras. *Elle a posé la main sur ton bras*. Et j'ai pensé que c'était beaucoup plus facile que ce à quoi tu t'attendais. Et puis la main posée t'a caressé. *Une caresse de sympathie*. Et là j'ai su, *j'ai su* que tu avais mentionné l'épouse morte.

David sentit ses épaules se raidir, mais il s'efforça de sourire et leva son verre.

— Tu as mis dans le mille.

— Désolé, je n'aurais pas dû le dire comme ça.

Adam mordit dans un bretzel.

— Mais tu ne peux pas mentionner Clarissa dans les cinq premières minutes après avoir rencontré quelqu'un. Pas si tu veux qu'il se passe quelque chose, continua-t-il en mâchonnant.

— Je ne sais même pas si j'ai envie qu'il se passe quelque chose. Je te l'ai dit.

Sa voix était plus sèche qu'il ne l'aurait souhaité, mais il avait dit – et répété – à Adam qu'il n'était pas sûr de vouloir « retrouver tout ce bazar ». Même si cela faisait trois ans.

— Eh bien, je suis ton ami. Je t'ai connu, tu n'avais pas encore de poil au menton, ça fait donc au moins cinq ans. Et je crois que, même si tu n'es pas sûr de vouloir qu'il se passe quelque chose, tu veux en fait que ça arrive.

Adam avança la main pour prendre un autre bretzel, mais David l'écarta.

— Il est à moi.

Adam attaqua sous un autre angle, s'empara du bretzel et poursuivit :

— Parce que si tu ne le fais pas, cela va devenir de plus en plus difficile et bizarre, et finalement tu ne vas plus pouvoir y arriver, même si tu es sûr à cent pour cent que tu le souhaites. Et tu finiras en vieil homme triste et solitaire.

— Je finirai vieux, triste et solitaire ? On dirait que tu écris le dialogue de ton prochain épisode.

— Je suis sérieux, rétorqua Adam. Il y a assez longtemps. Lucy pense que tu devrais t'inscrire sur partenaires.com.

— C'est ce dont vous parlez, Lucy et toi, quand les gosses sont couchés ? Pas étonnant que vous ne fassiez plus l'amour.

— Les rencontres sur Internet, c'est une bonne idée. Tu peux y aller doucement. Et tu peux réfléchir à l'impression que tu veux donner. Je ne dis pas qu'il est interdit de parler de Clarissa, mais pas lors des cinq premières minutes. Tu en veux encore ? demanda Adam en montrant l'assiette vide.

— Encore ? Mais je n'en ai pas mangé un seul !

— J'en recommande.

Adam fit signe à la serveuse, indiqua l'assiette et lui jeta un regard plaintif accompagné d'un geste des mains serrées sur son cœur. Elle sourit.

— On va aussi en boire une deuxième. Et avant de partir d'ici, on va t'inscrire sur partenaires.com. Je suis écrivain. Je suis sûr que je peux trouver une façon de te rendre attirant.

Il examina David.

— Les gens disent toujours que tu ressembles à Ben Affleck. Et c'est toi qui es supposé rédiger l'annonce, tu aurais l'air de te vanter en te comparant à une célébrité. On va rester sur les basiques : trente-trois ans, cheveux bruns, yeux noisette, 1,85 mètre, 81 kilos, c'est ça ?

David acquiesça. Son ami était aux anges. Il n'y avait plus moyen de l'arrêter.

— Il faut dire que tu es pâtissier. Les femmes vont adorer. Elles te voudront, toi et tes cupcakes au chocolat chaud. Pour la photo du profil, on devrait peut-être te montrer en train de pétrir de la pâte. Comme dans cette scène de *Ghost*, mais avec de la pâte, pas de l'argile.

— Je ne te demande pas pourquoi tu as regardé *Ghost*.

En fait, David avait regardé ce film lui aussi. Clarissa l'avait vu la première fois quand elle avait douze ans et il lui avait laissé une impression indélébile. Chaque fois qu'il repassait à la télévision, elle était comme hypnotisée et devait le visionner jusqu'à la fin.

La serveuse apporta une assiette de biscuits apéritifs et prit leur commande de bière.

— Bien. Quoi d'autre ? Quoi d'autre ? marmonnait Adam. Sors ton portable et ouvre un compte pendant que je réfléchis.

David prit son téléphone portable. Il se contenta de parcourir le site sans s'y inscrire.

— On mettra que tu as un chien. Cela montre que tu peux au moins garder un être en vie.

Adam gribouillait sur une serviette en papier.

— D'après toi, à quel point ces femmes sont-elles désespérées ? s'enquit David.

— On ne mentionnera pas ton obsession pour les films muets, parce que ça limite le nombre de candidates. Tu aimes les grandes balades sur la plage, n'est-ce pas ?

David tenta de se rappeler la dernière fois où il était allé à la plage. Pas depuis Clarissa. La plage était à une heure en voiture, et pourtant il n'y était plus retourné.

— Tu ne peux pas écrire ça. C'est d'un cliché ! Je ne voudrais pas d'une femme qui désirerait un homme disant aimer les grandes balades sur la plage.

Adam sourit.

— Je voulais m'assurer que tu m'écoutais. Tu te laisses prendre au jeu. Reconnais-le.

Se laissait-il prendre au jeu ? Peut-être. Un peu. Adam avait sans doute raison. Même s'il n'avait pas envie de rencontrer quelqu'un, il fallait peut-être essayer.

— Tu peux dire que je fais du bénévolat pour Habitat pour l'Humanité, suggéra-t-il.

— Oui, c'est bien. Ça montre que tu as du cœur et que tu peux bricoler à la maison.

Adam continua à griffonner puis ajouta :

— Il faut aussi dire quel type de femme tu recherches.

Ce qu'il cherchait ? Quelqu'un de curieux. Qui croyait qu'il y avait toujours de grandes choses à découvrir. Quelqu'un… il comprit qu'il cherchait Clarissa. On aurait dit qu'une boule de bretzel salé s'était coincée dans sa gorge. Il ne pouvait pas croire que cela lui arrivait. Il s'efforça de ravaler la douleur. C'était comme si la mort de Clarissa datait seulement d'hier.

— Écoute, je sais que tu as raison. Mais je ne suis pas prêt.

David pensait avoir réussi à garder un ton badin, mais Adam avait dû lire sur son visage. Il froissa la serviette et l'enfonça dans sa poche.

— Je ne dis pas non à jamais, précisa David en se passant la main dans les cheveux. Mais pas aujourd'hui. Je ne sais pas, l'année prochaine.

2

OK. Deuxième jour de Mon Année à Moi, se dit Jane. Sans compter le jour de son emménagement. Ce n'était pas une journée entière. En outre, si elle le prenait en compte, on serait déjà au troisième jour, et elle devrait déjà avoir un plan. Mais le deuxième jour, c'était normal d'être encore en train d'essayer d'en mettre un sur pied.

Elle prit son sac. Il aurait pu appartenir à une grand-mère, mais il était joli, avec des fleurs brodées et sa poignée en osier. Il était assez grand pour contenir le carnet dans lequel Jane écrivait – envisageait d'écrire – son plan. Elle n'avait rien contre l'ordinateur portable mais, pour les listes et les plans, elle préférait le crayon et le papier.

— Je sors, Mac. Ne le dis pas à Marie, mais je vais au Coffee Bean.

Elle gratta le minet sous le menton.

— Je t'ai laissé des surprises.

Jane avait l'habitude de cacher quelques friandises quand elle sortait.

Elle réussit à se glisser dehors sans que Mac accoure, puis elle tourna au coin de la rue sans que Marie la voie et lui demande où elle allait. *Bon début*, pensa-t-elle.

Elle décida de traverser la résidence pour sortir de l'autre côté. Elle avait envie d'observer les autres maisons.

La première sur son chemin ressemblait à celle d'une sorcière de Disney, avec un haut toit pointu comme un chapeau de sorcière. Les fenêtres en rappelaient la forme et le heurtoir sur la porte d'entrée était une araignée noire avec de grands yeux rouges en verre à facettes. Tandis que Jane l'examinait, une femme sortit et attacha une canne en sucre d'orge à l'une des pattes de l'araignée. Elle portait une courte robe verte qui faisait penser à un habit d'elfe. Ses cheveux noirs aussi la faisaient ressembler à un elfe. Ils étaient courts avec une frange jusqu'aux sourcils. En apercevant Jane, elle fit un signe de la main et s'exclama :

— J'adore Noël, pas vous ?

— Heu… oui, moi aussi, répondit Jane, quoique la question lui parût incongrue en plein mois de septembre.

— Je commence à sortir mes décorations.

La femme accrocha un autre sucre d'orge géant à un petit citronnier dans la véranda.

Jane tenta de deviner son âge. Difficile à évaluer.

— J'ai aussi commencé à préparer des gâteaux. Vous voulez entrer et goûter à mes bonshommes en pain d'épice ? N'ayez pas peur, ajouta la femme avec un sourire, en percevant l'hésitation de Jane. Je sais qu'on est en septembre. Mais je pense que Noël est trop merveilleux pour être confiné à un mois. Oh, au fait, je m'appelle Ruby Shaffer. Pain d'épice ? Il est bon.

— Bien sûr.

Jane rejoignit Ruby sous la véranda et se présenta.

— Je viens d'emménager. J'habite juste derrière.

— À côté d'Al et Marie ?

Jane hocha la tête. De près, elle voyait du gris parmi les mèches noires de Ruby et estima qu'elle avait la cinquantaine.

— Ils sont marrants, non ? Je les adore. Marie essaie de passer pour une coriace, mais elle prend soin de tout le monde autour d'elle.

Ruby ouvrit la porte et fit entrer Jane qui fut accueillie par une explosion de couleurs – rouge et vert, or et argent.

— Comme vous pouvez le constater, j'ai commencé à sortir les décorations de Noël, commenta Ruby en se frayant un chemin entre des piles de guirlandes lumineuses, de couronnes, d'ornements et de quelques douzaines de peluches assorties.

— Commencé ? murmura Jane.

— Oui, je les mets dans un espace de stockage du 15 janvier au 15 septembre. Asseyez-vous, fit-elle en désignant une des chaises autour de la table de cuisine.

Dans cette pièce, le seul signe de Noël était l'assiette de bonshommes en pain d'épice, recouverts d'un glaçage rouge et vert. Ruby plaça l'assiette devant Jane.

— J'ai toujours un peu craint de manger les bonshommes en pain d'épice. Ils me donnent l'impression d'être cannibale, reconnut Jane.

— Il faut manger la tête en premier, comme ça ils ne vous regardent plus, lui conseilla Ruby qui prit un biscuit et le décapita d'un coup de dent.

Jane s'esclaffa et mangea la tête de son biscuit. Elle commençait à apprécier cette femme insolite. Jane, elle-même, avait un côté étrange, mais elle le gardait mieux caché, surtout devant sa classe.

— Êtes-vous prête pour une question ? demanda Ruby. Je la pose à toutes les nouvelles personnes que je rencontre. C'est un raccourci pour apprendre à les connaître.

— D'accord, répondit Jane. Que pouvait-elle dire d'autre ?

— Quel serait le titre du film de votre vie ?

— Difficile à dire, puisque je n'en connais pas encore la fin. Je ne sais pas si mon film sera une source d'inspiration, ou terrifiant, ou bien drôle.

— Vous avez raison. On ne m'avait encore jamais fait cette réponse.

— Aujourd'hui, le titre de mon film serait *Mon Année à Moi*, lâcha Jane.

Quelque chose chez Ruby laissait penser qu'on pouvait tout lui dire sans risquer d'être jugée.

— Comment cela ? demanda Ruby en grignotant un pied de son bonhomme en pain d'épice.

— J'ai vécu une longue période où mes décisions dépendaient des autres. Des hommes, en général. Puis ma mère est tombée malade et j'ai pris des décisions en rapport avec elle, mais aujourd'hui…

Jane inspira difficilement.

— Aujourd'hui, *Mon Année à Moi*, compléta Ruby. Sympa. Pour ma part, mon film s'appellerait *Mes extraordinaires fausses aventures*. Je travaille comme costumière et je crée des mondes truqués, en toc. Et mon imagination est ma meilleure amie. Je trouve toujours le moyen de m'amuser. Il m'arrive beaucoup d'aventures mentales, mais aussi dans la vraie vie.

— Alors, diriez-vous que votre travail est votre passion ?

— C'est l'une d'entre elles, certainement, confirma Ruby. J'adore le défi de décider, par exemple, ce que tel personnage cache dans le tiroir de sa table de nuit. Et j'aime plus que tout faire partie d'une équipe, enfin la plupart du temps. Quand on travaille tous ensemble, le metteur en scène, les acteurs, la costumière, pour créer un personnage, c'est formidable.

C'est ça que je veux, pensa Jane. *Je voudrais parler de mon travail de cette manière.*

— Et vous ? Comment gagnez-vous votre vie ?

Ruby croqua l'autre pied de son bonhomme en demandant :

— Existe-t--il un terme pour couper le pied ? *Dépéditation* ? Ça ne fait rien, parlez-moi de vous.

— J'étais prof d'histoire au lycée. J'adorais l'histoire. J'adorais certains gosses. Je détestais la discipline et être obligée de n'enseigner que ce qui était nécessaire pour qu'ils réussissent à leur examen.

— Et les parents ?

— Certains, c'était un cauchemar d'avoir affaire à eux. Vous donnez un A à un gamin, et ses parents viennent vous demander pourquoi vous ne lui avez pas donné un A+. Quant à donner un C, jamais. Ils seraient devenus fous… Euh, vous avez des enfants ?

— Non. Avant notre mariage, j'ai oublié de demander à mon ex-mari s'il en voulait. J'ai juste supposé qu'il en voulait. Lorsque j'ai découvert qu'il n'en voulait pas, il était déjà trop tard pour moi. Mais pas pour lui. Aujourd'hui, il a un bambin et un autre de six ans.

Elle joue le jeu, se dit Jane. *Elle ne se contente pas de poser des questions, elle se raconte aussi.*

— Alors, si vous n'êtes plus professeur d'histoire, qu'est-ce que vous faites ?

— Mon Année à Moi est financée par un héritage. Je la passe à découvrir ce à quoi j'aspire.

Jane tira son carnet de son sac.

— J'étais partie pour une session de brainstorming.

Ruby se leva.

— Alors, allez-y ! Je ne veux pas être un obstacle entre vous et votre inspiration. On se reparlera, sauf si vous pensez que je suis la folle de Storybook Court.

— Je ne le pense pas du tout. J'en serais ravie, dit Jane en rangeant son carnet.

— Fabuleux, ce sac ! commenta Ruby.

Oui, Jane appréciait vraiment cette étrange voisine. Elle se promit de poursuivre plus tard l'exploration de son nouveau voisinage, mais pour le moment elle voulait se mettre au travail. Elle traversa la résidence d'un pas vif et se dirigea vers Sunset Boulevard. Elle s'arrêta pour photographier le centre commercial de Gower Gulch.

Il n'avait pas fière allure. À part une antique carriole de pharmacien ambulant au bout du parking, il ressemblait à n'importe quel centre commercial doté de son enseigne de restauration Denny's et de son drugstore. Dans un livre sur l'histoire locale, elle avait lu que les cow-boys à la recherche d'un petit rôle dans un film se retrouvaient là. Cette ville recelait des histoires merveilleuses. La veille, elle y avait même suivi une visite guidée. Elle avait décidé qu'elle avait besoin d'une journée de repos avant de planifier le reste de sa vie.

Elle longea encore quelques pâtés de maisons et s'arrêta devant un palmier dont le tronc était entouré de belles-de-jour. Elle voulut le photographier, ce qu'elle faisait rarement. Certains de ses amis prenaient des photos du moindre repas et, bien sûr, des milliards de photos de bébés, mais pas elle. Ici, tout était nouveau.

Au moment de prendre la photo, elle remarqua quelque chose qui bougeait près des hautes palmes qui claquaient dans le vent. Un rat.

Jolies fleurs, palmier glamour, rat aux yeux brillants. Joli contraste. Elle en prit plusieurs pour être sûre d'en avoir une bonne et se dirigea vers le Coffee Bean. Elle commanda un grand café Forêt-Noire, parce que planifier le reste de sa vie nécessiterait du sucre et beaucoup de caféine. Elle s'assit, sortit son carnet et l'ouvrit à une page blanche, prit deux stylos à plume violets et… attendit.

Elle avala quelques gorgées de café. Trop vite. Elle commença à sentir – *ouille ouille ouille* – le début d'une céphalée. Elle se massa les tempes pour que ça passe. Puis elle se concentra sur la page blanche.

Elle écrivit les mots Mon Année à Moi en haut de la page, puis les raya. Cela sonnait bien, et même comme le titre d'un film. En toutes lettres, cela avait l'air idiot. Elle réfléchit quelques instants puis nota : « Les choses que j'aime ». C'est comme ça que vous êtes supposé découvrir votre passion, ce que vous aimez et, avec un peu de chance, quelque chose permettant de gagner de l'argent.

Elle souligna les mots, en s'adossant à sa chaise. Puis, elle se mit à écrire aussi vite que possible :

Jouer avec Mac, avec le laser
Regarder de vieux films
Objets de récup'
Sucre et caféine
Odeur de la pluie sur le trottoir chaud
Sensation du drap sur mes jambes quand je viens
[de les raser
Vide-greniers
Vieilles cartes postales avec un texte écrit dessus
Vieilles poupées – dans le genre glauque ou pas
Histoire – mais pas l'enseigner
Biographies
Wonder Woman

Wonder Woman ? D'où ça vient, ça ? Oui, elle aimait bien Wonder Woman. Elle n'avait rien contre Wonder Woman. Mais elle ne s'attendait pas à ce qu'elle apparaisse dans sa liste des « choses que j'aime ».

Peut-être parce que, hier, lors de sa visite, elle avait vu une femme habillée en Wonder Woman devant le Théâtre chinois Grauman. Elle savait qu'il ne s'appelait plus Grauman, mais elle continuait à le nommer ainsi. Devant le théâtre étaient moulées des empreintes de pas de célébrités.

Est-ce que cette femme gagnait sa vie en imitant Wonder Woman ? Était-ce sa passion ? Elle rendait les gens heureux. Tous ceux qui se prenaient en photo à ses côtés souriaient. Jane les avait photographiés. L'imitatrice avait l'air d'apprécier chaque seconde de chaque rencontre.

Jane avait plus utilisé son appareil photo ces deux derniers jours que ces deux dernières années. Elle en avait perdu l'habitude alors que, lycéenne, elle prenait des clichés pour le journal scolaire et elle avait suivi des cours de photo, à l'université, juste pour le plaisir. Tant de nouveautés suscitaient aujourd'hui son intérêt qu'elle avait repris cette habitude.

Elle ajouta encore à sa liste :

Prendre des photos
Voir des gens heureux
Rendre des gens heureux

Et… et plus rien ne lui venait. Elle devait sans doute aimer – elle compta rapidement – plus de quinze choses. Mais c'était un bon début. Elle parcourut lentement sa liste, cherchant des similarités, des connexions, l'inspiration.

Apparemment, elle aimait les vieilleries : vieux films, vieilles poupées et cartes postales, l'histoire, les vide-greniers, les objets de récup'. Elle avait su, dès le premier instant, qu'elle voulait vivre dans Storybook Court, parce que ce lieu était d'un autre temps. Même au moment de leur construction, les maisons n'étaient pas modernes. Elles avaient l'air d'avoir été conçues dans un conte de fées et transportées là, comme la petite maison de sorcière de Ruby. Celle d'Al et Marie, avec ses tours et tourelles, ressemblait à un château miniature et la maison d'Helen faisait penser moitié au repaire douillet d'un animal, moitié à une véritable maison.

Sa passion l'avait donc menée à un nouveau chez-soi, et elle venait juste d'en prendre conscience. La conduirait-elle à une nouvelle carrière ?

Certains gagnaient de l'argent en revendant de vieux trucs sur eBay, mais cela ne l'inspirait pas. Elle ne voulait pas devoir calculer la valeur de merveilleuses trouvailles.

Elle aurait aimé pouvoir recycler des vêtements et avoir créé par exemple son haut préféré, mais elle n'était pas assez habile. Ses essais… n'étaient pas concluants. Une fois, elle s'était même collé deux doigts dans ses cheveux à la Super Glue. Tout récemment.

Jane retourna à sa liste. Elle avait de nouveau mal au crâne, et n'avait même pas repris une gorgée de café.

— Réfléchis, murmura-t-elle avec sa voix de Frankenstein. Pourrais-tu gagner de l'argent à Hollywood avec une imitation passable de Frankenstein ? Pas sûr.

Elle referma le carnet d'un coup sec et le rangea dans son sac – encore une vieille chose qu'elle aimait. Elle continuerait le brainstorming quand elle ne souffrirait plus.

Dehors, elle savoura l'air doux et décida qu'elle devait acheter une laisse pour Mac. Il avait le droit, lui aussi, d'explorer le quartier, au lieu de rester tout le temps enfermé – pauvre chaton.

Doggy accueillit David à la porte, la laisse dans la gueule, la queue – ou plutôt, tout l'arrière-train – frétillante.

— OK, mon chien. OK.

David prit la laisse pleine de bave et la fixa à son collier. Aussitôt, Doggy le bouscula et le tira au bas des marches de la véranda. David savait qu'il était supposé être le maître, le mâle dominant, et que c'est lui qui devait sortir le premier. Mais il avait décidé que se battre plusieurs fois par jour avec un chien de taille XXL entrait dans la catégorie des « la vie est trop courte pour ça ».

Premier arrêt, le cèdre à côté de la maison. Doggy l'arrosa copieusement, mais cela ne signifiait pas qu'il n'avait plus de réserve. Doggy considérait son urine comme une denrée précieuse et il passait le reste de la promenade à arroser de-ci, de-là, pour clamer « ceci m'appartient », « et ça » et « encore ceci ».

— Pas sur la barrière, prévint David en ouvrant le portail.

À l'arrivée du chien, il l'avait fabriquée au moyen de branches sinueuses qui s'harmonisaient avec ce qu'il nommait sa « maison de Hobbit ».

— Pas sur la barrière, répéta-t-il.

Il sortit un morceau de foie congelé de sa poche – oui, il soudoyait régulièrement son chien – et s'en servit pour l'éloigner de la barrière. Doggy courut jusqu'au troène du Japon à côté de la maison voisine et en fit son affaire. Sa technique – se pencher à l'opposé du but visé – lui permettait de lever davantage la patte et donc de lâcher un jet aussi haut que possible. Il était aussi grand qu'un poney, mais il semblait vouloir laisser une trace digne d'un cheval de trait.

— Bon travail, l'encouragea David, en s'engageant sur le trottoir pavé.

— Doggy ! Salut !

Zachary Acosta les interpella de l'autre côté de la rue.

Doggy se précipita vers le garçon. David le retint par la laisse, le temps de vérifier qu'il n'y avait pas de voiture, puis laissa le chien l'entraîner vers Zachary. Doggy posa aussitôt ses pattes sur les épaules du garçon qui le bourra de coups – leur version d'une étreinte fraternelle.

Quand Doggy reposa les pattes, David examina le visage de Zachary. Il arborait un cercle rouge vif, de la taille d'une pièce de monnaie, entre les sourcils.

David ne dit rien mais dut faire un effort pour regarder ailleurs. Le rond était très vif et très régulier.

— Quoi *te* neuf ? demanda-t-il, reprenant l'expression du gamin quand il était petit.

Elle faisait désormais partie de leur langage amical.

— L'école – enfin, rien.

Parfois, David avait peine à croire que Zachary avait quatorze ans. Il y avait bientôt dix ans qu'ils faisaient leur promenade dans le quartier. David et Clarissa venaient d'emménager une semaine plus tôt, quand le premier avait commencé à courir plusieurs fois par semaine pour éliminer les portions qu'il goûtait quand il développait de nouvelles recettes. Il allait démarrer, quand la porte des Acosta s'était brusquement ouverte et Zachary était sorti en trombe, vêtu d'un T-shirt des Oakland Athletics, d'un pantalon de survêtement et de baskets. Il ressemblait à une version rétrécie de David – jusqu'à la couleur des baskets, rouge et blanc.

— Attends-moi ! Je viens ! avait-il crié.

Sa mère, Megan, avait rattrapé son fils avant qu'il atteigne le trottoir. Le gamin s'était aussitôt libéré.

— Désolée, David. Zachary vous a vu courir l'autre jour et, depuis, il ne parle que de ça. Je pensais que la tenue lui suffirait.

— Oh, je serais content d'avoir un copain pour courir, répondit David.

— Vous êtes sûr ?

— Certain. Allons-y, Zachary !

Le gamin insistait pour qu'on l'appelle Zachary et pas Zach. Megan l'avait lâché et ils s'étaient éloignés. Depuis ce jour, ils avaient toujours couru ensemble et avaient promené Doggy trois ou quatre fois par semaine.

— « L'école – enfin, rien », répéta David. Tu peux développer ?

Zachary venait d'entrer au lycée. Il y avait sûrement plus à dire.

— Écureuil à quatre heures, annonça Zachary.

David enroula la laisse plusieurs fois autour de sa main. Quelques secondes plus tard, Doggy l'aperçut et provoqua ce que David appelait le « démanchage d'épaule », une forte et brusque secousse. L'écureuil disparut dans la haie et le chien aboya frénétiquement, lui expliquant ce qu'il lui aurait fait subir s'il avait été libre. Quand il eut fini, Zachary expliqua :

— Je me suis inscrit dans l'équipe de cross-country. Je voulais faire du football américain, mais Maman a flippé.

Maman a sans doute raison, se dit David. Pendant l'été, Zachary avait bien grandi, mais il était tout en jambes et en bras. David se rappelait cette période : le garçon ne pouvait pas traverser une pièce sans se cogner quelque part. Pas la meilleure période pour jouer au football. Mais il se garda bien de le dire au gamin.

— Tu cours depuis que tu as cinq ans. Tu as ça dans le sang, commenta-t-il, en s'empêchant de regarder ce cercle rouge entre les yeux du garçon.

Était-ce vraiment un rond parfait ? Aurait-il été frappé par une balle de golf ?

David était presque sûr que le père de Zachary allait au golf, mais il semblait improbable qu'il y emmenât son fils. Celui-ci allait chez son père un week-end sur deux, ce qui se limitait, la plupart du temps, à une nuit tous les quinze jours. Selon ce que racontait Zachary, ils déjeunaient dans un restaurant à la mode apprécié par la copine de son père, où généralement il n'y avait rien au goût de Zachary. Pour être juste, il faut dire que Zachary n'aimait qu'une variété limitée d'aliments. Il semblait ne se nourrir que de beurre de cacahuètes, de saucisses sèches et de ces bonbons de gélatine en forme de poisson rouge.

Ils marquèrent un temps pour laisser Doggy renifler le tronc d'un ginkgo. Zachary appelait ça « vérifier ses pipi-mails ». Après que le chien eut lâché sa réponse, ils reprirent leur route. En arrivant au coin – enfin, ce qui pouvait ressembler à un coin de rue dans Storybook Court, puisqu'il n'y avait pas d'angle droit –, Doggy prit à gauche. Le chien dominant décidait toujours du chemin à prendre.

Ils n'avaient fait que quelques pas quand ils entendirent crier Addison Brewer. Comme Zachary, elle détestait les surnoms. Il fallait dire Addison en entier, sinon elle prétendait ne pas entendre. Au fur et à mesure qu'ils se rapprochaient, sa voix devenait plus forte.

— Tu as dit que tu allais venir ! Je ne te vois pas dans la cuisine en train de manger directement dans le frigo. Et tu ne t'es pas proclamé le roi de la zappette. Et donc tu n'es pas ici. Oh ! attends, tu es peut-être en train d'empester les toilettes. Non, pas là non plus. Donc tu n'es pas venu, alors que tu avais dit que tu viendrais. C'est toujours pareil. Et tu n'avais pas l'air malade en cours de gym ! Je t'ai vu pendant mon cours de maths, alors n'essaie même pas !

— Cette fille est une mégère, murmura Zachary, en tournant la tête, afin que seule sa nuque soit visible de la maison d'Addison.

— As-tu des cours avec elle, cette année ? demanda David.

— Anglais, répondit le garçon avec tout le dégoût qu'il pouvait.

— Quels poumons ! Elle n'a pas repris son souffle une seule fois pendant toute sa tirade.

Zachary ne fit pas de commentaire, continuant à marcher la tête tournée vers la rue. Il y eut une courte pause dans sa diatribe.

— Et quels embouteillages peut-il y avoir ? Je suis chez moi et je prends le bus. Tu as dit que tu passais chez toi une minute. Ce qui signifie que tu devrais être ici depuis vingt minutes. Nous, c'est terminé, vraiment terminé. Ne remets pas les pieds ici. Je m'en fiche à quelle distance tu te trouves. Tu peux faire demi-tour.

Une fenêtre du bungalow que tout le monde appelait le bungalow des roses – à cause des roses jaunes peintes sur les volets – s'ouvrit. Et, dans la seconde suivante, un téléphone portable violet, décoré d'un crâne en strass, vola à travers.

Zachary jeta un œil puis détourna la tête aussitôt.

— Mégère.

— Tu te rappelles quand tu lui avais offert des fleurs pour son anniversaire ?

Zachary lui lança un regard noir. Parfois, David oubliait combien les garçons sont sensibles à cet âge.

D'autres fois, il s'en souvenait, et il ne résistait pas au plaisir de le taquiner.

— J'étais en maternelle et Maman rapportait des fleurs de son bureau parce qu'ils les changeaient tous les trois jours.

— Ah, c'est vrai, concéda David, choisissant de laisser tomber sa plaisanterie.

Ils passèrent devant la maison avec pont-levis et douves emplies d'une eau bleu-vert scintillante. David avait parfois l'impression de vivre dans un golf miniature. La grand-mère de Clarissa leur avait offert sa maison en cadeau de mariage. Elle avait décidé d'aller vivre dans une luxueuse résidence pour personnes âgées, à Westwood. Au début, Storybook Court lui avait paru trop mièvre, mais ils n'étaient pas en mesure de refuser une maison alors qu'ils n'avaient pas trente ans. Et il se mit à l'apprécier. Aujourd'hui, elle était tellement liée au souvenir de Clarissa qu'il n'imaginait pas vivre ailleurs.

L'idée du golf miniature lui fit penser au rond sur le visage de Zachary et, cette fois, David le regarda sans pouvoir s'en empêcher. Zachary s'en aperçut.

— Je me suis cassé la figure.

— Oh, je ne… (David s'arrêta, il n'avait pas besoin de baratiner le gamin.) Qu'est-ce que tu as fabriqué ?

— Tu vois ce truc avec des picots pour te laver le visage, avec une brosse qui tourne ?

David acquiesça.

— Ma mère en a un. En rentrant du lycée, j'ai décidé de me débarrasser de ces boutons. Si tu l'appliques trop longtemps au même endroit, voilà ce que ça fait.

Zachary appuya sur ce troisième œil entre ses sourcils. C'était bien la dernière chose à laquelle David aurait pensé. L'hygiène corporelle n'était pas la priorité du garçon. Deux ans plus tôt, quand il avait commencé à sentir la vieille chaussette, Megan avait demandé à David d'expliquer au gamin que « les vrais hommes mettent du déodorant », et le soin apporté à sa personne n'allait sans doute pas plus loin. *Il doit y avoir une fille là-dessous*, pensa-t-il, mais il se tut. Zachary aborderait lui-même la question.

— Tu viens juste de le faire ?

— Il y a deux heures. Je ne vais pas au lycée comme ça. C'était déjà moche avec les boutons.

Il toucha de nouveau le rond rouge.

— D'abord, arrête d'y toucher, conseilla David et Zachary mit ses mains dans ses poches. Essaie d'y mettre de la glace. Ça peut aider.

Ils continuaient à marcher, trottinant un peu parfois pour suivre Doggy.

— J'ai essayé, ça ne fait rien, répondit Zachary en se frottant.

— Non ! hurla David.

— Pardon, fit Zachary en ôtant brusquement sa main.

— Non, pas ça, Doggy. Doggy, non !

Le chien avait commencé à tourner en rond sur place, ce qu'il faisait toujours avant de faire sa crotte. Il était sur la pelouse des Defrancisco.

— Marie va m'arracher la tête. Ou les balloches.

Il tenta de tirer Doggy hors de l'herbe. Le chien résista. Il avait trouvé l'endroit idéal. Il s'accroupit.

David se pencha, entoura de son bras le corps du chien et le traîna jusqu'à la maison suivante. Il ne savait pas qui habitait là, mais c'étaient certainement des gens plus tolérants que Marie envers les chiens et leurs besoins. Et il n'était pas question de nettoyer. Doggy lâcha un hurlement qui rappela à tout le voisinage son pedigree de chien de chasse.

— Allez, qu'est-ce que ça change, le morceau de pelouse où tu fais tes besoins ?

Doggy aboya encore, à quoi répondit, cette fois, le long miaulement d'un gros chat rayé brun et roux assis dans la véranda de la maison. Ses yeux dorés, fixés sur Doggy, lançaient des rayons laser haineux. En réponse, Doggy claqua des mâchoires.

— Ça suffit, gros dur.

David sortit de sa poche une friandise au foie, ce qui détourna aussitôt l'attention du chien. Comment avait-il pu oublier cette ruse quand Doggy était sur le point d'attirer les foudres de Marie ? Il lança le morceau aussi loin que possible et le chien s'élança, les deux humains sur ses traces. Il goba la friandise. Il était accro et David était son pourvoyeur. Ce qui signifiait que, même s'il passait la porte en premier, même s'il choisissait de quel côté ils allaient, David serait toujours le mâle dominant. Jusqu'à ce que Doggy ait de l'argent pour aller à l'animalerie.

— Qu'est-ce que tu penses ? Deux jours ? demanda Zachary en montrant le rond rouge sans y toucher. Je ne veux pas trop rater l'entraînement. Le coach a l'air strict.

David pouvait résoudre la plupart des problèmes qui arrivaient à un adolescent. Lui aussi en avait été un. Mais juger de la défaillance d'un appareil de soin de beauté n'entrait pas dans ses compétences.

— Je pense qu'on a besoin d'un expert, dit-il en prenant une autre friandise au foie. Demi-tour, mon gros.

— Où va-t-on ?

— Chez Ruby. Elle était maquilleuse avant d'être costumière. Elle va t'arranger ça.

Zachary pila net.

— Je vais pas mettre du maquillage pour aller au lycée ! Et puis je la connais à peine.

— Considère ça comme un effet spécial. Et tu la connais bien assez. Moi, je suis ami avec elle.

Zachary ne bougea pas d'un pouce.

— Laisse-la essayer. Si ça ne marche pas, je te montrerai la meilleure façon d'imiter la grippe. Tu auras juste besoin d'une boîte de soupe très épaisse.

Zachary ne dit mot mais il se remit en route vers la maison de Ruby.

— La soupe épaisse ne ressemble pas vraiment à du vomi.

— Non, mais ça fait le même bruit. Assure-toi que ta mère soit assez près pour t'entendre et verse-la dans les toilettes, expliqua David.

— Sympa !

Après le tournant, ils aperçurent la maison de Ruby. David eut la sensation d'un coup de poing dans l'estomac. Comment avait-il pu oublier qu'on était le 15 septembre ? Une des dates préférées de Clarissa – enfin ç'avait été le cas. Elle ne manquait jamais d'aider Ruby à décorer son logis de sorcière pour Noël.

Voir quelque chose qui la rendait si heureuse… Et il sentait un trou s'ouvrir là, sous son sternum. Pour la seconde fois cette semaine, il était surpris par l'intensité de son chagrin.

— Ça va ? s'inquiéta Zachary.

— Oui, répondit David. Oui oui, répéta-t-il comme pour s'en convaincre.

Il allait bien. Mais il avait eu raison l'autre soir avec Adam. Il n'était pas prêt à commencer quelque chose avec une autre femme. Quoi qu'en pense son ami, il était encore trop tôt.

MacGyver laissa dormir Jane et se faufila jusqu'à la cuisine. D'un coup de patte, il ouvrit le placard sous l'évier et fit entendre un petit grondement de contrariété. Il se souvint qu'il devait être patient avec sa maîtresse. Elle était humaine, ce qui signifiait que son nez n'était qu'un gros bulbe inutile au milieu de son visage. Il ne s'attendait cependant pas à ça. Elle avait ignoré son cadeau depuis deux jours. Elle avait finalement ramassé le torchon, puis l'avait aspergé d'un produit qui avait effacé le parfum de solitude qu'il souhaitait lui faire sentir, et elle l'avait frotté sur la table. Il ne put s'empêcher d'émettre un nouveau grognement en refermant la porte.

Patience, se dit-il. Il ne pouvait pas s'attendre à ce que Jane comprenne du premier coup. Il avait fallu plusieurs essais avant qu'elle trouve l'endroit où il préférait être gratté. Juste derrière les moustaches. Le bonheur parfait. Avant de saisir qu'elle ne devait pas lui frotter le ventre plus de deux ou trois fois. Il l'avait mordue légèrement pour le lui faire entrer dans sa cervelle. Il n'aimait pas faire ça, mais il fallait bien la dresser.

MacGyver devait renouveler ses efforts pour faire comprendre à sa maîtresse que pour être heureuse elle avait besoin de trouver le bon partenaire. Il y parviendrait. Tout pour Jane.

Elle avait des défauts, c'est sûr, mais elle était « sa » Jane. Il trotta jusqu'à la véranda et se glissa par l'ouverture du grillage. Tout d'abord, il fallait s'occuper de la puanteur. Il se dirigea droit sur le palmier le plus près de la fontaine et lui infligea de bons coups de griffe pour couvrir l'odeur d'urine de chien de sa propre odeur musquée. Bon. Maintenant, il pouvait se concentrer sur sa mission.

Il releva la tête et, d'un coup de langue, il goûta et sentit l'air ambiant. La solitude était plus sensible au même endroit que deux nuits plus tôt. Il se demanda s'il pouvait entraîner Jane à utiliser sa langue pour obtenir des informations sur son environnement, y compris sur les cadeaux qu'il lui apportait. Probablement pas. Si son goût fonctionnait correctement, elle ne mangerait pas de pamplemousse. Il avait du mal à la regarder enfoncer sa cuillère dans ce truc dégoûtant.

Tant pis. Le nez et la langue de Mac leur suffiraient à tous deux. Il se dirigea vers le parfum de solitude. Malheureusement, le remugle d'urine devenait de plus en plus violent à mesure qu'il approchait de son but. Il en était presque à souhaiter avoir un nez humain. Presque. Il ne pourrait pas vraiment faire ce sacrifice. Il ralentit sa course et avança en position de chasseur en apercevant la maison avec l'Odeur.

Le chien, que Mac avait vu plus tôt, était dans la cour : un grotesque bâtard avec de longues oreilles souples, un grand corps large, de longues pattes, une tête surdimensionnée et une gueule bien baveuse. Mac pouvait sans problème échapper au crétin, mais il savait que le dogue pouvait aboyer autant qu'il bavait et Mac n'avait pas besoin de vacarme quand il était en mode furtif.

Il décida de revenir un peu plus tard. Pour le moment, il se contenterait d'explorer les alentours. Il perçut une bouffée d'un autre genre de solitude, et se mit à suivre cette piste. Elle le conduisit à une maison dont la fenêtre était grande ouverte – comme une invitation. Mac l'accepta et bondit à l'intérieur. Il atterrit en douceur et examina la pièce. Eût-il atterri avec un bruit de pétard, il n'aurait sans doute pas réveillé la personne qui dormait sur le canapé. Son parfum était puissant, une senteur que

Mac associait avec des femelles humaines qui n'étaient ni des petites filles ni des adultes. Leur sueur sent particulièrement fort, bien qu'elles essaient toujours de la masquer. La vraie fragrance de cette personne était masquée par un mélange de pommes, de melon, de fleurs, mais plus sucré et plus âcre. Mac percevait pourtant le parfum de la colère qui émanait d'elle, mélangée avec un peu de solitude. Ce n'est pas d'elle que provenait l'odeur qu'il poursuivait. Sa quête le mena hors de la pièce et dans le couloir. La fille était jeune. À cet âge, on ne devrait pas dégager un tel parfum de solitude. Elle avait besoin d'un chef de meute pour survivre, et il n'en sentait pas dans les environs. Mac décida de lui en trouver un. Il était un chat plein de ressources qui ne devaient pas être gâchées. Il sauta sur le lit et frotta sa joue contre celle de la fille, une promesse silencieuse qu'il reviendrait.

Il était temps de retourner à sa mission première. Au passage, Mac lécha quelques chips sur la table, à côté de la fille plus âgée. Il n'aimait pas vraiment les chips, mais leur sel.

Quand il retourna à la maison avec l'Odeur, le crétin était toujours dans la cour, reniflant sous l'arbre que Mac devait escalader pour entrer dans la maison. Le chien s'accroupit et Mac en profita pour galoper jusqu'à l'arbre. Il grimpa sur le chien affairé et se faufila dans la maison. Le chien se mit à geindre mais Mac s'en fichait. L'occasion de se servir du crétin comme rampe d'accès avait été trop belle pour ne pas la saisir. Et les chiens étaient toujours en train d'aboyer. Ils n'avaient pas l'intelligence de savoir ce qui était important et ce qui ne l'était pas.

— Doggy, la ferme ! cria un homme au rez-de-chaussée.

La voix n'était ni anxieuse ni craintive. Il était clair qu'il ne comptait pas sur le chien pour l'avertir. Un homme sensé. Sauf qu'il avait choisi de vivre avec un crétin. Il ne fallut pas longtemps à Mac pour trouver l'objet parfait, à point, plein d'odeur. Jane comprendrait le message cette fois !

3

— Au revoir, Mac. Tu auras une surprise à mon retour.

Jane sortit et referma la porte aussi vite que possible. Elle sursauta. Un truc noir et jaune s'enroulait sur le paillasson. Un serpent !

Non, au second coup d'œil, la chose ne ressemblait pas vraiment à un serpent. Elle la tâta du bout du pied et, puisque la chose ne rampait pas et n'avait rien de répugnant, elle se baissa et la ramassa avec deux doigts.

Une chaussette ! Enfin, pas juste une chaussette. Une chaussette noire avec des motifs jaunes. Jane sourit. Mignon !

Son sourire s'effaça. C'était la seconde fois qu'elle trouvait un objet qui ne lui appartenait pas sur le pas de sa porte. Comment arrivaient-ils ici ? Elle avait entendu parler des fameux vents de Santa Ana qui soufflaient sur Los Angeles. Ils étaient assez violents pour transporter beaucoup plus qu'une chaussette et un essuie-mains. Mais, depuis son arrivée, il y avait à peine une légère brise, rien à voir avec les vents du diable.

Et les deux objets reposaient sur le paillasson, pas sur la pelouse. Ni même sur les marches devant la porte.

Quelqu'un les avait-il déposés là ? Mais pourquoi ? Une chaussette et un essuie-mains ? C'était n'importe quoi.

— Jane, café !

La voix d'Al détourna son attention.

— Quoi ?

— Café, répéta Al, debout sous sa véranda, un mug à la main.

À peine était-elle sortie de chez elle qu'il lui tendait un mug. Marie et lui passaient-ils leur temps à épier leurs voisins derrière leur fenêtre ? Peut-être. Mais c'était inoffensif. Il n'y avait rien de mal à se voir offrir un délicieux café tout chaud. C'était gentil. Amical. Al ou Marie auraient-ils pu laisser ces trucs sur son paillasson ? Ils pensaient peut-être qu'elle avait l'usage d'un essuie-mains – mais d'une chaussette ? Une seule façon de le découvrir. Jane traversa sa pelouse jusqu'à la véranda des Defrancisco.

— Merci, dit-elle en prenant le mug. Marie et vous êtes vraiment aimables. Auriez-vous, par hasard, déposé ceci devant chez moi ?

Elle tendit la chaussette. Al l'examina.

— Jamais vu !

— Et un essuie-mains blanc ?

Al lui jeta un regard par en-dessous.

— Je l'ai trouvé sur mon paillasson le lendemain de mon emménagement.

— Pas moi.

— Marie, peut-être ?

— Marie ! cria Al. As-tu laissé un torchon chez Jane ?

— Essuie-mains, corrigea Jane comme Marie arrivait dans la véranda.

— Tu as besoin d'un essuie-mains ? demanda-t-elle.

— Non, mais j'ai trouvé celui-ci devant ma porte. J'ai cru que peut-être vous l'aviez laissé.

Marie fronça les sourcils.
— Pourquoi aurais-je fait ça ?
Bonne question, pensa Jane.
— Je vérifie. Peut-être que l'occupant précédent l'a fait tomber en partant et que je ne l'avais pas vu.
Mais ce ne pouvait être le cas pour la chaussette, elle l'aurait vue avant ce matin.
— Je vais à l'animalerie. Avez-vous besoin de quelque chose, tant que j'y suis ?
Al grogna.
— Nous avons tout ce qu'il nous faut, dit Marie en rentrant dans la maison.
— Je rapporterai le mug plus tard, les informa Jane.
En traversant la cour, elle s'aperçut qu'elle tenait toujours la chaussette. Elle retourna jusqu'à sa porte et la fourra dans la fente de la boîte aux lettres. Elle s'en occuperait plus tard.
Alors qu'elle se dirigeait vers la rue, elle entendit Mac miauler de mécontentement. Elle espérait que pouvoir sortir lui ferait apprécier sa nouvelle maison.

Jane examinait le rayon des laisses pour chien et chat. Le choix énorme la paralysait.
— Ne sois pas ridicule, murmura-t-elle. Tu es en train de prendre d'énormes décisions pour ta vie, mais choisir une laisse n'en fait pas partie.
Elle rougit quand elle s'aperçut qu'un grand gars portant sur son épaule un énorme sac de nourriture pour chiens venait de tourner le coin et l'avait entendue parler toute seule.
— Je n'arrive pas à décider si mon chat est du genre super-héros ou rasta fumeur de hasch.
Pourquoi pensait-elle que cela rendrait la situation *moins* embarrassante ?

— Vous choisissez une laisse en fonction de la personnalité de votre chat ? s'étonna le type. Vous êtes bien plus prévenante que moi. J'en ai pris une rose pour mon monstre. On est en compétition pour la place de mâle dominant et j'ai pensé que ça me donnerait un avantage. C'est celle-ci.

Il montra une laisse rose décorée d'os de chien.

— Si j'avais vraiment essayé de l'émasculer, même si chirurgicalement il l'est déjà, j'aurais choisi la rose avec des cœurs.

Jane éclata de rire.

— Il y a une erreur dans votre tactique pour dominer votre chien. Les chiens ne voient pas les couleurs.

Mais qu'est-ce qu'elle faisait, elle flirtait ? Elle ne devrait pas. Ce n'était pas l'année du Type-exceptionnellement-beau. C'était Mon Année à Moi.

Le type secoua la tête.

— En réalité, ils sont plutôt comme les daltoniens qui ne distinguent pas le rouge du vert. J'ai une appli qui permet de voir comme un chien.

Il grimaça.

— Oubliez ce que je viens de dire, voulez-vous ? Enfin, je pense que Doggy peut sentir le rose et, du coup, c'est plus difficile pour lui d'essayer de me dominer.

— Parce que le rose est une couleur de fille et les femmes sont naturellement soumises, conclut Jane.

Le type ouvrit grand les yeux.

— Je ne pensais pas ça. J'étais juste… Peut-on oublier tout ce que j'ai dit ?

L'air gêné, il réajusta le sac de nourriture.

— Je n'essayais pas de… Je vous charriais, répondit Jane.

Si elle avait tenté de flirter, elle avait tout avorté avec son commentaire « politique des genres » sur le rose.

— Mais je vais laver mon cerveau de cette conversation si vous oubliez que vous m'avez surprise en train de parler toute seule en me demandant quelle laisse préférerait mon chat.

— D'accord.

Il la fixa un instant, puis, donnant une tape sur le sac d'aliments, ajouta :

— Je dois aller payer ça.

Il remonta l'allée. Jane jeta un coup d'œil à ses fesses – jolies – même si c'était Mon Année à Moi. Elle se concentra sur le rayon des laisses et en choisit une toute simple, rouge vif. Elle s'assortirait bien avec le pelage brun et roux de Mac.

Elle paya et rentra chez elle.

Une heure et demie plus tard, elle ressortait, portant Mac dans ses bras. Elle s'était efforcée de fixer le harnais et la jolie laisse à un Mac qui miaulait, alors qu'elle ravalait ses larmes de frustration.

— Tu vois, dit-elle en le déposant sans ménagement sur la pelouse, on est bien ici. Tu es dehors. Je te faisais une gentillesse, je ne te torturais pas.

Mac ne la regarda pas. Il ne remua pas même une oreille. Il n'était pas prêt à lui pardonner. Eh bien, tant pis. Elle non plus. Elle le prit en photo puis lui tendit le téléphone pour qu'il se regarde.

— Comme ça, tu peux voir à quoi ressemble un chat ingrat.

Il continua à l'ignorer.

Inspire profondément, se dit Jane. Parfois, s'occuper de Mac nécessitait de telles inspirations. Elle préféra ne pas tenter la promenade pour le moment. Mac avait besoin de temps pour s'adapter. Elle prit des photos de son bungalow. D'abord, un gros plan de la porte d'entrée. La porte donnait le ton de l'ensemble. Elle n'était pas rectangulaire. Le style de Storybook Court excluait, on l'a dit, les angles droits. L'entrée formait un ovale dont le bas, tronqué, était orné d'énormes – merveilleusement, ridiculement énormes – loquets en fer forgé et d'un tout aussi imposant heurtoir rond.

Elle s'assura que la vigne vierge au-dessus de la porte apparaissait dans le cadre et cliqua. Elle se demanda si elle pouvait grimper sur le toit. Elle aurait aimé faire un gros plan des bardeaux posés en vagues irrégulières. Mais cela pouvait attendre. Il y avait tant d'autres photos à prendre depuis le sol. Ah oui ! la fenêtre à petits carreaux au-dessus de l'évier.

Elle fit un pas dans cette direction. Mac resta de marbre. Elle aurait dû prendre un porte-bébé au lieu d'une laisse. Sauf qu'il aurait sans doute fallu une heure de plus pour l'y placer. Elle fit un gros plan des loquets.

— Eh, salut, Toots. Je ne vous ai jamais vue par ici.

Jane sursauta. La voix était juste derrière elle. Elle se retourna et sentit la laisse de Mac s'entortiller autour de ses chevilles.

— J'habite ici, expliqua-t-elle, les yeux baissés tandis qu'elle libérait un pied. Je viens juste d'emménager, ajouta-t-elle en libérant le second.

Jane put finalement lever les yeux. L'homme qui lui parlait avait une bonne cinquantaine d'années, des cheveux blonds et raides à pointes brillantes très années 1990 – qui tenaient tout droit grâce à une tonne de gel. Il était vêtu d'un treillis, d'une chemise bleu clair et d'une veste de pêche avec une multitude de poches. Sur le devant était épinglé un assortiment de mouches artificielles toutes neuves. Autour du cou, il portait un cordon de perles de bois et plusieurs outils tout aussi neufs parmi lesquels Jane n'identifia qu'une pince plate.

— Vous venez juste d'emménager ? redemanda-t-il.

Elle ne voyait pas ses yeux derrière les verres bleus de ses lunettes rondes, mais elle avait l'impression qu'il n'avait pas cillé une seule fois depuis le début de leur conversation.

— Oui, c'est ma maison. Je prenais quelques photos. Vous vivez à Storybook Court, vous aussi ?

Il abaissa ses lunettes et lui sourit. Il y avait quelque chose de faux dans son geste, comme dans son accent du Sud.

— Je croyais que c'était moi qui posais les questions, dit-il.

— Chacun son tour, non ? Je pose une question, vous posez une question, suggéra Jane.

Elle se sentit un peu soulagée quand la porte de ses voisins s'ouvrit pour laisser passer Al muni d'un balai.

— Mon pote ! s'exclama l'homme. Toots, là, dit qu'elle vient d'emménager. C'est vrai ?

Al hocha la tête puis regarda Mac avec sa laisse et son harnais.

— Mes condoléances, lança-t-il au chat avant de balayer les marches.

Mac lui répondit par un long miaulement.

— Je l'ai vue qui boudait et je me suis dit que j'allais vérifier, expliqua l'homme à Al.

Il se tourna vers Jane et dit, en tendant la main :

— Hud Martin.

— Je ne boudais pas, se défendit Jane en lui serrant la main. J'étais devant chez moi avec mon chat, en train de prendre des photos.

— Quand vous aurez vu ce que j'ai vu…

Hud laissa la phrase en suspens et s'éloigna.

— Waouh, fit-elle en le regardant partir.

Al émit un de ses grognements habituels.

Elle prit encore quelques photos, et ressentit une onde de plaisir à l'idée de vivre une année entière dans cette maison de conte de fées. Elle jeta un regard à son chat.

— OK. MacGyver, allons-y.

Déterminée, elle exécuta quatre pas en direction de la fenêtre de la cuisine qu'elle voulait photographier et s'arrêta. La laisse était tendue au maximum. Elle tira doucement dessus. La queue du chat se mit à battre d'un côté et de l'autre.

Elle hésita. Comment le faire rentrer avec elle ? Elle ne pouvait le prendre dans ses bras. Elle savait ce que signifiaient ces coups de queue : « Tu me touches, je te griffe. »

— Allez, Mac-Mac, viens, joli garçon.

Mac ne bougea pas, mais sa queue battit un peu plus vite.

— D'accord, j'ai fait une erreur. Tu ne peux pas porter un harnais. Rentrons et je te l'enlève. Après on jouera avec Mimi-Souris. Tu aimes bien ça, non ? Tu adores Mimi-Souris.

La voix de Jane montait de plus en plus dans les aigus. Elle entendit la porte des Defrancisco se refermer. Al avait disparu. Elle comprenait. Elle parlait comme une institutrice de maternelle à moitié folle. Devrait-elle essayer d'enlever la laisse à l'extérieur ? Elle avait bien réussi à le récupérer quand il s'était enfui l'autre jour. Mais alors il n'était pas furieux. Elle devrait peut-être…

La porte de ses voisins se rouvrit. Sans un mot, Al lui jeta quelque chose. Quand elle vit ce que c'était, Jane sourit, soulagée : une boîte de thon.

— Merci !

Marie arriva derrière lui avec un ouvre-boîte. Elle le donna à Al, qui le lança à Jane.

— Et encore merci !

Elle ouvrit la boîte, laissa Mac la humer et se dirigea vers la maison en espérant qu'il la suive. Gagné !

— Attention, ils sont interdits aux moins de dix-huit ans, plaisanta David quand Lucy prit un des cupcakes en train de refroidir. J'ai mis du cognac dans la ganache et, pour le décor, le glaçage au caramel contiendra du schnaps.

Lucy eut un sourire et prit une bouchée.

— Miam !

— Ils sont destinés au Corner Bar. Ils veulent proposer des cupcakes en guise de *shots* à leurs clients. Alors j'expérimente des combinaisons.

David lui donna une pipette pleine de Jägermeister.

— Tu peux arroser avec ça, si tu veux plus d'effet. C'est comme ça que le bar va les servir.

— Tu devrais en faire au rhum-Coca. Avec ces petits bonbons au Coca en forme de bouteille, suggéra Lucy.

— Cela a déjà été fait. Mais c'est comme tout.

Il était persuadé que Lucy s'était rendue à la pâtisserie pendant qu'il y travaillait pour une bonne raison, qu'il devinait. Il y avait bien une semaine qu'il était sorti avec Adam et ils avaient pensé que celui-ci avait besoin d'être surveillé. Il décida de lui faciliter les choses.

— Je vais bien, confirma-t-il. Adam et toi n'avez pas de souci à vous faire à mon sujet.

Lucy se mit à rougir.

— Mais je n'étais pas… nous ne sommes pas…, commença-t-elle avant de laisser tomber. OK, tu as raison. Je voulais voir si tu allais bien. Adam m'a dit que tu avais eu une soirée difficile quand vous avez pris un pot l'autre soir.

— Pas vraiment. J'ai juste un peu bafouillé en essayant de parler à une femme au bar. Et je me suis ridiculisé en parlant à une femme ce matin, à l'animalerie. Je n'ai plus l'habitude.

Lucy parut intriguée.

— Tu as parlé à une femme à l'animalerie… sans Adam derrière pour te pousser ? Raconte !

David haussa les épaules.

— Elle choisissait une laisse pour son chat et je lui ai montré celle que j'avais choisie pour Doggy. Je n'essayais pas de la draguer. Tu sais comment on peut se mettre à parler aux gens dans les supermarchés.

— Tu viens de dire que tu n'avais plus l'habitude. Tu parles de t'adresser aux femmes qui t'intéressent, non ? Et donc, vous avez parlé d'autre chose que de fournitures pour chiens et chats, sinon tu ne te serais pas senti ridicule.

Avait-il été intéressé ? Il y avait quelque chose chez elle, quand elle parlait toute seule, qui l'avait incité à lui parler au lieu de passer son chemin.

Lucy enfourna une nouvelle bouchée du gâteau.

— C'est divin ! Je me sens toujours obligée de montrer l'exemple aux enfants en mangeant sainement. En fait, l'autre jour, j'ai avalé un Snickers en me cachant dans le placard, comme une criminelle. Et alors, qu'est-ce que tu lui as dit ?

— Que j'avais choisi une laisse rose pour Doggy afin d'être plus facilement le mâle dominant.

— Ouais, c'était idiot ! Comme si faire porter à ton chien un truc de fille allait le rendre plus obéissant. Mais tu es beau garçon. Et charmant. Tu aurais pu renverser la vapeur.

— Il n'y avait rien à renverser. Je ne cherchais rien, protesta David.

— Les faits disent le contraire. Je parie qu'elle était mignonne.

Elle piocha un second gâteau.

David était sur le point de dire qu'il n'avait pas vraiment fait attention à cela, mais il s'aperçut qu'il se rappelait chaque détail : des cheveux bouclés blond-roux ramassés en une sorte de chignon, des yeux bruns, de profondes fossettes et une jolie voix. Une jolie silhouette, bien balancée – mais il n'allait pas raconter ça à Lucy.

— Elle était mignonne, admit-il.

— C'est bien que tu lui aies parlé, même si tu as tout foiré. C'est comme ça que tu en reprendras l'habitude. Et c'est pourquoi je pense que tu devrais t'inscrire sur partenaires.com. Sors avec quelques femmes. Si ça ne marche pas, on s'en fiche : tu ne les reverras jamais. Mais tu as pris l'habitude d'être…

Elle hésitait.

— Seul, acheva David.

— Oui, acquiesça Lucy en lui touchant le bras. C'est ça.

David déplia une boîte en carton et la remplit avec ses cupcakes tests.

— J'espère que ce n'est pas pour moi. Les enfants ne manqueraient pas de les trouver. Ils sont déjà assez énervés quand ils ingurgitent du sucré. Je ne veux pas les voir ivres ni qu'ils en fassent une overdose. Quant à moi, je vais en manger encore un ou deux. Et je pourrais en profiter pour prendre quelques photos du pâtissier sexy pour ton profil sur le site. Adam m'a dit qu'il le mettait au point.

Elle et Adam ne cessaient d'en parler. Il eût fallu leur dire la vérité. Qu'il leur dise qu'il tenait à peine debout, ces jours-ci. Que ça n'allait vraiment pas fort.

— Je ne suis pas prêt, Luce.

Elle commença à protester, mais il leva la main pour l'arrêter.

— Au bar, j'ai failli m'écrouler. Tout à coup, c'est comme si je l'avais perdue la veille, et pas depuis plusieurs années. Et ça s'est reproduit quelques jours plus tard. Tu connais notre amie Ruby, enfin *mon* amie Ruby. (Il lui arrivait encore de dire « notre » au lieu de « mon ».)

— Celle de la méga fête de Noël.

— Oui, elle. Chaque année, elle accroche ses décorations de Noël en septembre, le 15. Et, depuis qu'elles se connaissaient, Clarissa passait la journée, si elle le pouvait, à l'aider. L'autre jour, je promenais Doggy : je tourne au coin, je vois la maison décorée – et cette douleur m'envahit. Je croyais pourtant avoir dépassé ce stade. Ça a pris du temps mais je n'avais plus ressenti cette peine, ce coup de poing à l'estomac, depuis au moins un an. Et là, deux fois en huit jours. Je ne peux pas envisager de démarrer quelque chose alors que j'éprouve encore ça.

Lucy prit la pipette et laissa couler la Jägermeister sur sa langue.

— Je vais faire mon psy, prévint-elle.

— D'accord, dit-il, sachant qu'il ne pourrait pas l'en empêcher.

— Tu as peut-être ressenti cette douleur intense parce que tu *es* prêt. Et te sentir prêt signifie laisser partir Clarissa pour de bon.

Elle observa son visage pour juger ses réactions. David s'efforça de ne pas montrer combien il était touché par ses paroles, combien elles sonnaient juste.

— C'est possible, admit-il.

Il tourna une page du carnet dans lequel il notait ses idées pour des recettes.

— Je te laisse travailler, dit Lucy en piquant un dernier cupcake. Tu sais que tu peux m'appeler quand tu veux.

— Je sais. Tout va bien.

C'était vrai. Il aimait son travail. Il avait de bons amis. Il promenait un gros chien stupide. Il n'avait besoin de rien d'autre.

Mac sortit en toute discrétion par la déchirure de la moustiquaire. Des frissons le parcouraient. Il pouvait encore sentir le harnais encercler son corps. Comment Jane avait-elle pu lui infliger ça ? D'habitude, elle le comprenait mieux. Elle n'avait pas déchiffré son message avec la chaussette. Elle n'avait pas essayé ! Elle s'en était débarrassée sans même la renifler. Et, plus tard, elle l'avait jetée. Il avait renversé la poubelle pour qu'elle la ramasse de nouveau et elle l'avait traité de vilain chat. Il devait se rappeler qu'elle était humaine et qu'elle ne pouvait donc tout comprendre. Quand elle jeta *de nouveau* la chaussette, il la retira de la poubelle. Il essaierait de la lui faire renifler plus tard.

Il était encore déterminé à trouver le moyen de la rendre heureuse, quel que soit le temps que ça prendrait. Il le voulait parce qu'elle était sa maîtresse et il l'aimait. Cela aurait peut-être un effet positif aussi pour lui. Si Jane avait un humain dans sa vie et sentait de nouveau le parfum du bonheur, elle arrêterait peut-être d'agir d'une façon ridicule, comme de l'attacher à elle avec une grande ficelle. Il ne pouvait pas appeler ça une laisse. Tout le monde savait que les laisses étaient pour les chiens. Et MacGyver ressemblait-il à un chien ?

Il inspira quelques bouffées d'air nocturne et la désagréable sensation du harnais et l'horreur d'être attaché par une ficelle s'effaça. Il était libre. Le voisinage était à lui. Il s'enfuit au pas de course. Il avait à faire.

Mac ralentit puis s'immobilisa en apercevant quelque chose d'inhabituel dans une cour. Un animal semblait se cacher dans l'ombre, un gros animal. Pourtant il ne sentait pas son odeur. Il s'approcha furtivement. L'animal ne bougeait pas. Il se rapprocha encore.

OK. Il en avait déjà vu un de la fenêtre du précédent appartement. Mais il n'était dehors que pendant les mois les plus froids. C'est pourquoi il ne l'avait pas reconnu tout de suite. C'était un renne en plastique.

Encore quelques pas et il renifla – on n'est jamais trop sûr. La chose n'avait jamais été vivante. Soudain ses oreilles remuèrent. Quelqu'un bougeait dans la maison. Un instant plus tard, la porte s'ouvrit et une femme sortit. Mac perçut sur elle une bouffée de l'odeur de Jane, ce qui le rassura. La femme arrosa la plante près de la porte, puis elle traversa la cour. Mac se glissa dans l'ombre au pied du renne. Il la vit accrocher quelque chose à un arbre. L'odeur était familière, comme le beurre de cacahuètes dont se nourrissait Jane.

Était-elle un chef de meute ? Elle déposait de la nourriture pour quelqu'un. Tandis qu'elle retournait vers la maison, il s'aperçut qu'il y avait une touche – pas exactement de solitude –, mais quelque chose d'approchant, dans son amalgame d'odeurs. Il se rappela la petite solitaire. Cette femme avait peut-être ce dont avait besoin la petite fille. Il décida de lui laisser un message.

Mais d'abord, il devait rapporter quelque chose à Jane. Quelque chose qu'elle n'essaierait pas de jeter à la poubelle.

4

Le miaulement « mon petit-déjeuner maintenant » envahit le rêve de Jane. Ce matin, il ressemblait davantage à un hurlement, plus long et plus fort que d'habitude.

— Allons, Mac, est-ce bien nécessaire ? Nous savons tous les deux que tu ne meurs pas de faim, bougonna-t-elle, encore à moitié endormie.

Elle s'efforça d'ouvrir les yeux. Mac était juché sur sa poitrine et la fixait. Le hurlement revint mais, à moins que son chat soit devenu ventriloque, il ne venait pas de lui.

Le cri retentit une troisième fois. Maintenant qu'elle était vraiment réveillée, il semblait provenir d'une petite fille ! Jane sauta hors de son lit, passa son jean et un pull par-dessus le grand T-shirt qu'elle enfilait pour dormir, et se précipita dehors. Al et Marie étaient dans leur cour. Jane les rejoignit.

— Que se passe-t-il ? demanda-t-elle.

— Je crois que c'est la petite Brewer, dit Marie en fronçant les sourcils.

— Est-elle…

Elle fut interrompue par de nouveaux hurlements. Cette fois, on comprenait « Pauuuuula ». Jane fit une nouvelle tentative :

— Est-elle…

Cette fois, c'était Hud Martin qui tournait le coin de la maison des Defrancisco.

— Salut, les amis ! leur cria-t-il.

Le soleil brillait sur ses cheveux blancs et blonds, fraîchement enduits de gel. Al émit un de ses habituels grognements. Celui-ci semblait affecté.

— Il faut que je vous parle. Il y a eu un cambriolage, annonça Hud en baissant ses lunettes pour les regarder.

Jane était certaine qu'il l'avait regardée plus longtemps que les autres.

— Chez les Brewer.

— La petite fille a-t-elle été blessée ? s'enquit Marie.

— Vous avez déjà eu un jouet auquel vous teniez plus que tout ? demanda Hud avec son accent de plus en plus prononcé et de plus en plus faux. Moi, c'était un Stretch Armstrong. Pour la petite Riley, c'est son poney en plastique. Et on le lui a volé.

« Pauuuuula. » Le hurlement reprit.

— C'est le nom du poney, Paula. Riley fait le tour du quartier à sa recherche. Écoutez-moi ça, on jurerait que ça fait plus mal qu'une morsure de brochet. J'ai promis de le lui ramener, expliqua Hud.

Il centra les pinces au milieu du cordon qui pendait à son cou.

— Ils ont pris autre chose ? demanda Al.

— C'est tout, je dirais. Je pense aussi que ce ne sera pas le seul cambriolage. Sans doute le voleur tâtait-il le terrain, la nuit dernière, et a-t-il choisi le poney comme galop d'essai.

Hud regarda Jane qui s'efforça de soutenir son regard. Marie souffla d'un air exaspéré :

— Tout ce tintouin pour un jouet. Alors qu'elle l'a probablement égaré.

— Négatif, répondit Hud en se tournant vers Marie. La sœur aînée, Addison, dit que Riley ne s'endort pas sans lui. Elle est sûre que Riley l'avait avec elle hier soir. Mais, ce matin, il avait disparu.

— Alors il est tombé sous son lit, conclut Marie.

— J'ai cherché partout. Il n'y est pas. Je sais que vous voyez tout ce qui passe ici. Vous n'avez rien vu d'inhabituel hier soir, quelqu'un qui ne serait pas d'ici ? demanda Hud avec un clin d'œil.

Marie croisa les bras.

— J'ai autre chose à faire que passer mon temps derrière ma fenêtre.

Jane savait que Marie passait une bonne partie de son temps à ça, mais elle ne fit pas de commentaire.

— Ça veut dire non, hein ? demanda Hud.

Riley lança un nouveau hurlement.

— Je ne vais pas écouter ça toute la matinée, fit Marie en retournant chez elle.

Al grogna son assentiment et la suivit.

Hud les observa, puis se tourna vers Jane.

— Pas très coopératifs, ces deux-là, hein, Toots ?

— Je suis sûre que s'ils avaient vu quelque chose, ils vous l'auraient dit.

En fait, Jane avait la certitude que si Marie avait vu le voleur, elle l'aurait pourchassé elle-même.

— Et vous ? Vous avez quelque chose à me dire ?

Il repoussa ses lunettes sur son front.

— Je suis rentrée juste après vous avoir vu hier soir. De toute façon, cela ne fait pas assez longtemps que je suis ici pour savoir qui vit ici ou pas.

— Il était assez tôt quand je vous ai vue, commenta Hud. Un peu tôt pour rentrer vous coucher.

— J'ai encore beaucoup de cartons à vider et de choses à ranger.

Elle avait répondu sur un ton défensif, mais, à la façon dont il avait parlé, elle avait l'impression d'être sur la liste des suspects avec un mauvais alibi.

— Vous venez d'où ?

— Pennsylvanie. Avella.

— Une petite ville ?

— Tout à fait.

— Vous débarquez de la pampa et vous passez votre soirée à *ranger* au lieu de sortir et de découvrir la vie nocturne de L.A. ?

Ses questions fusaient, lui laissant à peine le temps de répondre. Cela ressemblait à un interrogatoire et elle commençait à s'agacer. Oui, *pourquoi* n'était-elle pas sortie ? Elle devrait sortir. Mon Année à Moi n'était pas l'année « Je-reste-cachée-à-la-maison ». Bref.

— La façon dont je passe mes soirées ne vous regarde pas. Je vous assure que je ne volerais pas les jouets d'une petite fille.

— Que faisiez…

Cette fois, Jane ne lui laissa pas le temps de finir.

— Je dois nourrir mon chat, l'informa-t-elle et elle rentra chez elle.

Elle se sentait un peu pathétique. Elle accomplissait d'autres choses que nourrir Mac et ranger. Hier, par exemple, elle était sortie. Elle s'était rendue à l'animalerie en quête d'une laisse et d'un harnais pour Mac – oui, bon, c'était encore s'occuper de son chat. Elle avait aussi pris des photos. Et travaillé sur sa liste des choses qu'elle aimait. Il n'y avait rien de pathétique à tout ça.

En tendant la main vers la poignée de la porte, elle aperçut quelque chose sur le paillasson. Encore une chaussette. Une chaussette de sport, cette fois. Elle l'examina comme si elle allait y découvrir un indice pour savoir comment elle avait atterri ici. Une chaussette ordinaire. Pas de motifs, juste deux rayures bleues en haut.

— Qu'est-ce que vous avez trouvé ? lui cria Hud.

— Rien, répondit Jane sans se retourner.

Elle se dépêcha d'entrer. Elle n'allait pas se laisser engluer dans un second interrogatoire.

— Bizarre, bizarre.

Elle avait déposé quelques boîtes vides près de la porte pour les mettre à la poubelle. Elle en choisit une petite et mit la chaussette à l'intérieur, puis elle alla chercher l'essuie-mains sous l'évier et le glissa dedans. Elle ne savait pas pourquoi. Personne n'allait jamais les lui réclamer. Ils n'avaient aucune valeur.

Pour quelle raison quelqu'un déposait-il ces objets sur son paillasson ? Était-ce une blague ? Il y avait quelques gamins dans le quartier. Si c'était une blague, elle était idiote. Elle rangea la boîte referma la porte. *Peut-être que…*

Mac la tira de ses réflexions avec un miaulement particulièrement insistant.

— Petit-déjeuner, je sais, je sais. Allons-y.

Dans la cuisine, elle ouvrit le placard où elle stockait la nourriture du chat.

— Pour monsieur, ce sera… Truite ? Agneau ? Élan ?

Pas de « miaou » en réponse. Elle baissa les yeux. Pas de Mac. Il était difficile, mais se nourrir était cependant en haut de sa liste de priorités. Que se passait-il ? Elle retourna dans la véranda. Mac secouait en tous sens la chaussette comme si elle était pleine d'herbe-aux-chats. Il l'avait ressortie de la poubelle ! Était-il malheureux à cause du déménagement ? Auparavant il n'avait jamais fouillé dans la poubelle, même quand il n'était qu'un chaton foufou.

Mac planta ses dents dans la chaussette et agita la tête, envoyant la chaussette valser à travers la pièce. Dès qu'elle toucha le sol, il se jeta dessus et roula sur le dos en la tenant entre ses pattes. Puis, d'un mouvement de pattes, il l'envoya sur les pieds de Jane. Elle la ramassa et la jeta à travers la pièce, pensant qu'il allait courir après – Mac ne daignait pas rapporter, mais il aimait bien chasser.

Pourtant, cette fois, pas de course folle. Il marcha jusqu'à la chaussette, la ramassa et la déposa aux pieds de Jane.

— Puisque tu y tiens, je vais la mettre dans ta caisse de jouets.

Elle la déposa dans le bac qui contenait déjà Mimi-Souris, le pointeur laser, le bâton à plumes et un exemplaire de tout ce qui existait en matière de jouets pour chat. La chaussette l'avait rendu plus heureux qu'aucun autre jouet.

— Voilà, elle est à l'abri.

Elle donna une petite tape sur le bac et sourit à Mac. Il lui lança en retour le Regard Noir. Sa queue ne battait pas comme quand elle lui avait mis le harnais de force mais le Regard Noir signifiait qu'il n'était pas content du tout.

— Je pensais que tu avais fini de jouer avec. Au temps pour moi !

Jane reprit la chaussette et la lui jeta. Il l'ignora et maintint son Regard Noir braqué sur elle.

Jane cligna lentement un œil. Elle avait lu dans un article que cela s'appelait un « baiser de chat », que c'était un signe d'amour, indiquant qu'il n'y avait ni rivalité ni besoin de se battre. Quand elle lui faisait le clin d'œil, il clignait presque toujours en retour. Pas cette fois. Il semblait avoir décidé de ne plus jamais cligner.

— Je ne sais pas ce qui t'a tordu la queue, lui dit-elle.

La nuit précédente, il s'était blotti contre sa tête comme il aimait le faire, elle pensait donc qu'il n'était plus en colère à cause de la laisse et du harnais. Elle l'avait grondé quand il avait renversé la poubelle dans toute la cuisine, mais il n'avait pas eu l'air de s'en formaliser. Quand elle le réprimandait, il s'en fichait.

Pourquoi essayait-elle de le comprendre ? C'était un chat, il avait ses humeurs.

Jane le laissa assis là, plaça la chaussette avec les autres affaires déposées devant sa porte, puis elle remplit son bol. Elle alla se doucher puis enfila une robe. Mac était toujours assis dans la véranda. Il avait probablement cligné de l'œil après qu'elle avait quitté les lieux, mais il fallait croire que non.

— Je vais me promener. Je t'aurais bien emmené, mais tu détestes la laisse, et moi avec peut-être, donc tu restes à la maison.

Est-ce que je lui parle trop ? se demanda-t-elle. *Non.* Quand on a un chat, on lui parle, c'est normal. Ou était-ce normal pour les mémères à chat ? En était-elle une ? Si c'était le cas, il était trop tard pour changer quoi que ce soit.

Al se trouvait dans sa véranda et nettoyait une fenêtre avec un produit au vinaigre.

— Vous n'êtes jamais en vacances ? lui lança-t-elle.

Il était toujours occupé par une tâche ou une autre, à l'extérieur.

— Le secret d'un long mariage : ne passez pas trop de temps ensemble, répondit-il sans se retourner.

Une seconde plus tard, la porte d'entrée s'ouvrit et une main fine tendit une tasse de café. Al la saisit. La main disparut et la porte se referma. Al se retourna et tendit la tasse à Jane par-dessus la balustrade.

— Je ne veux pas boire votre propre café, protesta-t-elle.

D'un signe de tête, il indiqua une tasse posée sur une petite table entre deux rocking-chairs.

— La mienne est là.

— Merci, Marie, cria Jane.

Elle crut voir trembler le rideau de la cuisine. Elle but une gorgée – délicieuse.

— C'est bien calme, ici. A-t-on retrouvé le poney Paula ?

Al haussa les épaules.

— Peut-être. Ou bien la gamine s'est épuisée à crier.

— C'est qui, ce Hud Martin ? On aurait dit qu'un vrai poney avait été volé et que c'était moi la voleuse.

— Il ne s'est jamais remis de sa participation à cette série.

— Quelle série ?

— Privé Machin.

Al reprit le nettoyage de la fenêtre.

La porte se rouvrit et Marie passa la tête.

— Il était détective privé dans la série qui s'appelait *Prise du jour.* Vous ne l'avez pas reconnu ?

Jane fit signe que non.

— Jamais entendu parler.

Helen apparut sur son perron.

— Tu as encore oublié le sucre, dit-elle en déposant une tasse sur la balustrade.

— Je n'oublie jamais rien. Elle n'a jamais entendu parler de *Prise du jour*, dit-elle en montrant Jane.

— Trop jeune, commenta Al par-dessus son épaule.

— Il jouait un détective de Floride. Au début de chaque épisode, il allait pêcher à la mouche, puis il tombait sur un cadavre ou bien une femme qui lui demandait de l'aide, et il se retrouvait à travailler sur l'affaire, expliqua Helen.

— On regardait ça il y a une dizaine d'années, précisa Marie. Vous devriez vous en souvenir.

— C'était il y a trente ans, corrigea Al.

— On regardait ça quand ma nièce Valérie s'est mariée. Tu te souviens, Jonathan était coiffé comme Hud dans la série. Comme aujourd'hui, d'ailleurs. Tous les jeunes gens se coiffaient ainsi. Et Valérie s'est mariée en… Marie réfléchit un instant… en 1989.

— Il y a près de trente ans, marmonna Al.

La factrice approchait. Elle arborait une natte striée de gris. La quarantaine. Les jambes musclées par la marche qu'impliquait son travail.

— Je l'ai peut-être vu dans un autre film, dit Jane. Dans quoi a-t-il joué après ça ?

— Il a fait une ou deux apparitions, répondit Marie, en même temps qu'Al précisait :

— Rien.

— De qui parle-t-on ? demanda la préposée.

— Hud Martin, lui dit Helen. On essaie de se rappeler s'il a fait autre chose après sa série.

— Il a joué un agoraphobe dans un épisode de *Code Quantum*, un type suspecté de meurtre dans *Arabesque* (innocent), un type suspecté de meurtre dans *New York police judiciaire* (coupable) et l'ami du grand frère dans *Tout le monde aime Raymond*, récita la femme en rajustant son sac sur son épaule.

— Waouh, nous avons une fan, là, taquina Jane.

La femme rougit jusqu'aux oreilles.

— Non, je ne suis pas fan, mais je joue au Trivial Pursuit. Je fais partie d'une équipe, les Newton Johns, précisa-t-elle en souriant à Jane. Bonjour, je suis Sheila, votre gentille factrice. Et vous êtes la nouvelle du 185, rue de la Pantoufle-de-Vair, n'est-ce pas ?

Jane acquiesça et Sheila lui tendit un prospectus d'épicerie.

— Je dois toujours mettre le courrier directement dans la boîte, mais je suis une rebelle.

Elle envoya un signe de la main et descendit l'allée, des dizaines de porte-clés colorés rebondissant sur la lanière de son sac.

— Ce doit être la star de son équipe, commenta Jane. Vous avez vu à quelle vitesse elle a débité le CV de Hud ? Pas une seconde d'hésitation.

Elle se tourna vers Al :

— Quand vous dites qu'il ne s'est jamais remis de la série, vous voulez dire que c'est la raison pour laquelle il essaie de faire de la disparition du poney Paula le début d'une série de cambriolages ?

— Je ne serais pas étonné qu'il ait pris le poney pour le retrouver ensuite, lui répondit Al.

Il froissa une feuille de papier journal et reprit son travail.

— Qu'en pensez-vous, Marie ?

— Je pense toujours qu'il est sous son lit ou quelque part dans la maison. Je suis sûre que cet endroit est un désastre. Ces deux gosses sont seules la plupart du temps. La mère travaille tard. Pas de père. Addison accompagne Riley à l'école maternelle. Je ne sais pas ce qu'elles font le reste du temps. Regarder la télé et manger des cochonneries, probablement.

Jane haussa les sourcils.

— J'espère que ça ne va pas trop mal.

Elle ne savait pas quoi dire. Elle but une gorgée de café.

— J'enverrai Al leur porter un plat de macaronis et une salade, ce soir.

— Paaaula ! Paaaula !

— Elle a retrouvé son souffle, commenta Al, tout en frottant sa fenêtre.

— J'espère que sa sœur l'aide à le trouver. Ou au moins essaie de la distraire, ajouta Jane.

La petite fille semblait désespérée.

— Paaaula !

— Je vais mettre des boules Quiès, annonça Marie. Vous en voulez ?

Jane secoua la tête.

— Je vais marcher, découvrir le quartier. Des suggestions ?

— Le Walk of Fame commence à quelques rues d'ici. Ce n'est pas le meilleur côté d'Hollywood par ici, mais dans la journée vous n'aurez pas de problèmes. C'est une jolie promenade, concéda Marie avant de rentrer chez elle.

Jane avait vu la partie du Walk of Fame devant le théâtre Grauman, mais elle décida de le parcourir en entier pour voir tous les noms de vedettes. Et puis les bonnes idées lui venaient souvent en marchant. Elle en trouverait peut-être de nouvelles pour sa liste.

Il lui fallut dix minutes pour atteindre la première étoile : Benny Goodman. Elle ne connaissait pas grand-chose de lui. Célèbre musicien de Big Band… C'était à peu près tout. En poursuivant sa marche, elle découvrait quantité de noms inconnus pour elle : Richard Thorpe, Marvin Miller. Genevieve Tobin. Son amour de l'histoire lui donnait envie de commencer tout de suite des recherches sur tous ces personnages. *Avaient-ils été heureux ?* se demanda-t-elle. Ils avaient certainement réussi leur carrière, mais avaient-ils le sentiment de faire ce qu'ils étaient *destinés* à faire ? Se posaient-ils même la question ?

Il existait sans doute des milliers de réponses différentes à ces questions. Elle pensa aux gens dans les voitures, ceux qui travaillaient dans les boutiques, les restaurants et les bureaux, ceux qui se déguisaient en Wonder Woman, plus haut sur le boulevard… Suivaient-ils leurs rêves ?

Jane se sentit idiote. Elle gambergeait comme une étudiante en première année. Qui, à son âge, se demandait si les gens étaient heureux et satisfaits, en essayant de découvrir quelle était sa passion première ? Toutefois, si elle ne prenait pas le temps d'y réfléchir, sa vie n'allait-elle pas lui échapper ?

Bon, d'accord, elle était peut-être un peu émotive et égoïste. Mais c'était le but qu'elle s'était fixé cette année et elle était consciente de sa chance. Le cadeau de sa mère lui offrait le temps de faire une pause pour évaluer ce qui lui importait vraiment.

Une affichette sur une vitrine banale portant les mots « Cours particuliers », attira son regard. « Cherche volontaire pour donner des cours particuliers. » Jane s'arrêta. Elle était sûre de ne pas vouloir enseigner, mais peut-être n'était-ce que devant une classe entière. Enseigner à un unique élève était sans doute bien différent. Elle établirait un lien privilégié avec lui, ce qui était impossible avec un groupe.

Sur une impulsion, elle entra. Un jeune homme soigné, d'une vingtaine d'années, l'accueillit avec un sourire amical.

— Bonjour. J'ai vu votre affichette mentionnant des cours particuliers et j'aurais voulu en savoir un peu plus. Je suis une enseignante certifiée.

— Parfait. J'appelle Suze, elle va vous parler. C'est la personne de référence pour les volontaires. Asseyez-vous, ajouta-t-il en indiquant des chaises dans la pièce vide – et il disparut dans un couloir.

Au lieu de s'asseoir, Jane se dirigea vers l'une des bibliothèques vitrées.

Oh, oh ! se dit-elle en lisant certains titres. *Comment se servir d'un dictionnaire* par L. Ron Hubbard. *Apprendre comment apprendre* par L. Ron Hubbard, *Le Manuel des bases de l'étude* par L. Ron Hubbard. *La Grammaire et la communication avec les enfants* par… L. Ron Hubbard. *Euh…*

Elle jeta un œil vers le couloir. Personne. Elle rebroussa chemin vers la porte, résistant à l'envie de marcher sur la pointe des pieds. Elle devait commémorer cet instant. Elle traversa la rue et prit une photo de l'enseigne. Elle était bien à Hollywood. Et, une chose était sûre, c'est que sa passion n'était pas d'être volontaire pour les scientologues.

— As-tu mangé une de mes chaussettes, Doggy ?

Le chien remua la queue, comme chaque fois que quelqu'un prononçait un mot en rapport avec la nourriture.

David avait fait tourner la machine à laver la veille au soir et, en pliant les vêtements ce matin, il remarqua qu'il manquait une chaussette à motifs jaunes et une chaussette de sport. Il n'était pas spécialement ordonné, mais il faisait attention à ne pas laisser de petits objets à portée de Doggy parce qu'il était capable de tout avaler. Celui-ci avait déjà gobé un savon, un tapis de souris, une boîte de pastels dans le sac de Lucy, un ou deux jouets qui couinent et une éponge. Il avait jusqu'ici réussi à tout digérer ou expulser.

David se souvenait vaguement d'avoir placé les chaussettes dans le panier de la salle de bains, et il fermait automatiquement la porte pour empêcher le chien de laper l'eau des toilettes. Doggy n'aurait pas pu les y attraper. Mais elles avaient disparu.

— As-tu mangé deux chaussettes ?

Doggy remua la queue encore plus frénétiquement.

— Bon sang !

David appela le véto. Il expliqua la situation à Becky, l'une des assistantes.

— Surveillez-le. Tant qu'il mange, qu'il boit et qu'il ne devient pas léthargique, ce n'est pas la peine de nous l'amener. Je vous appellerai plus tard pour prendre des nouvelles.

— Oh ! ce n'est pas la peine.

— Cela fait partie de nos services, conclut-elle avant de raccrocher.

Elle était bienveillante. Comme toujours. Mais là, tout particulièrement.

Parce que tu es un très bon client, se dit David. Doggy avait eu son lot de visites chez le véto, y compris trois fois après avoir été aspergé à la tête par une moufette. La plupart des chiens auraient appris la leçon la première fois. Ou la seconde. Mais pas Doggy.

Becky avait eu l'air un peu plus qu'amicale. Un peu dragueuse ? L'avait-elle toujours été ? Lucy avait-elle raison ? Était-il prêt à... *avancer* ? Ce n'était pas le mot. Serait-il prêt à sortir avec une femme, sans être encore tout à fait conscient qu'il l'était ? Était-ce la raison pour laquelle il avait remarqué le ton employé par Becky ? Sinon, pourquoi avait-il engagé la conversation avec cette jolie femme dans l'animalerie ? Et d'où provenaient ces soudaines crises de chagrin, sinon qu'il culpabilisait ?

Beaucoup trop de questions. L'introspection excessive est dangereuse.

— Tu veux te promener, Doggy ?

Le chien bondit jusqu'à la boîte contenant ses affaires, en sortit la laisse et revint vers David.

— Pas vraiment léthargique, commenta son maître en l'accrochant à son collier.

Après que Doggy l'eut traîné dehors, il décida de le diriger vers chez Ruby. Il voulait se prouver qu'il pouvait regarder cette maison sans s'effondrer.

Il ne fut pas surpris de croiser Ruby. Elle avait sorti l'échelle et accrochait des flocons dans les arbres de sa cour. Même sur les palmiers. Décorer sa maison lui prenait des jours.

— Très joli ! lui cria David.

Il ne sentait pas la tristesse l'envahir comme la fois précédente avec Zachary. Peut-être parce que, cette fois, il était préparé.

— Merci !

Ruby descendit de l'échelle et David entendit un doux tintement. Elle portait des chaussons d'elfes avec des clochettes sur le bout qui rebiquait. Elle aimait se décorer, elle aussi. Clarissa disait qu'elle admirait la façon dont Ruby transformait tout en événement.

— Est-ce que le gamin est bien allé en classe ?

Elle s'approcha et Doggy se coucha et se roula sur le dos, gigotant des pattes. Ruby s'assit près de lui et lui gratta le ventre.

— Oui, j'ai vu Zachary partir. Personne n'aurait pu dire qu'il avait essayé de se trouer le front.

— Ça devait être douloureux. Je ne comprends pas qu'il ne soit pas arrêté plus tôt.

— Je m'attends à ce qu'un jour ou l'autre sa mère me demande de lui parler d'homme à homme.

David secoua la tête en considérant le chien extatique. Ruby éclata de rire.

— Dis-lui de faire comme mes parents et de laisser traîner un exemplaire de *Tout ce que vous avez toujours voulu savoir sur le sexe*, sur son étagère.

— C'est tout ce que tu as eu ?

— C'était parfait. En fait, c'était vraiment tout ce que je voulais savoir, plus certaines choses que je ne voulais pas. Tu veux entrer ? Je viens de tester une nouvelle recette de biscuits italiens.

— Ce sont ces gâteaux que tu dois plonger dans le glaçage puis laisser durcir pendant des heures, c'est ça ?

— Exactement. Ils n'attendent que d'être mangés.

Au mot « mangés », Doggy ouvrit les yeux et se dressa sur ses pattes.

— J'ai pensé qu'il avait peut-être avalé une ou deux chaussettes, auquel cas il ne devrait pas être intéressé par la nourriture. Je pense donc qu'il est OK.

— Il est assez intéressé pour se mettre à baver, remarqua Ruby en s'éloignant pour placer ses chaussons hors d'atteinte du chien.

— Est-ce que le poney va faire partie du décor ?

Le petit poney en plastique rose et mauve n'était pas « noëllisé ».

— Il est apparu au pas de ma porte ce matin, expliqua Ruby en le ramassant. J'ai pensé que quelqu'un l'avait laissé en cadeau. Je suis sûre que je vais trouver quoi en faire. Je vais peut-être créer une Île des jouets défectueux.

Elle passa les doigts dans la crinière en nylon mauve inégalement coupée, puis tapota un sabot écorné.

— Non, je ne le ferai pas. Il n'est pas défectueux. Quelqu'un l'a aimé très fort. Je lui ferai quelque chose de spécial.

— Tootsie Pop, je vais te demander de poser le poney et de reculer de deux grands pas.

Avant même de l'avoir vu, David avait reconnu Hud. Son faux accent du Sud était unique. Doggy commença à frapper sa queue contre la jambe de son maître. Ce chien aimait tout le monde et s'attendait à ce que tout le monde l'aime alors que Hud l'avait toujours ignoré.

— Ça ? s'étonna Ruby en agitant le poney.

Hud traversa la petite pelouse et sortit un morceau de papier de l'une des nombreuses poches de sa veste. Il le déplia de sorte que David et Ruby puissent voir ce qui y était dessiné : deux ronds au crayon de couleur, rose et mauve, et quatre lignes qui en sortaient.

— Essaies-tu de me dire que le poney que tu tiens n'est pas le même que sur ce dessin ?

David enroula la laisse de son chien plusieurs fois autour de sa main. Doggy poussait un gémissement d'excitation. David savait que son chien attendait que Hud note sa présence, en se grattant la tête, par exemple. Hud ne lui jeta pas même un regard.

— Ça pourrait être le même, convint Ruby en regardant le dessin, mais ça pourrait être quantité d'autres choses.

— Tu as décidé de me compliquer la vie, rétorqua Hud, l'air ravi.

— Hud, nous ne savons pas de quoi vous parlez, intervint David.

— Je parle d'une petite fille au cœur brisé. Je parle d'un voleur sans cœur.

David échangea un regard surpris avec Ruby.

— Je n'y comprends toujours rien, Hud.

— C'est peut-être vrai, le Sportif, je vais y réfléchir. Mais ton amie a compris. Elle tente de le nier, mais elle sait qu'elle détient un objet volé. Le poney appartient à Miss Riley Brewer, résidant allée du Pays-Imaginaire.

— Je l'ai trouvé ce matin sur mon paillasson, expliqua Ruby. J'ai pensé que quelqu'un l'avait déposé là pour que je l'utilise dans mes décorations de Noël.

Hud l'observa un bon moment.

— Je ne peux pas prouver le contraire, dit-il en soupirant. Il faut les coincer pour les cuisiner, et on ne t'a pas coincée. Pour cette fois.

Il glissa le poney dans la plus grande poche de sa veste et partit. Doggy aboya bruyamment, mais Hud ne se retourna même pas. Ruby le caressa pour le consoler.

— J'ai connu des adeptes de la méthode de l'Actor's Studio, mais c'est le premier que je rencontre qui joue encore son personnage des années après la fin du spectacle.

— Je me demande comment ce jouet est arrivé jusqu'ici, s'interrogea David. Les Brewer vivent près de chez moi.

— Le poney doit s'appeler Paula ! J'ai entendu Riley hurler son nom ce matin.

— Moi aussi. Et je l'ai vue avec sa grande sœur. Elle pleurait comme si elle avait perdu sa meilleure amie. Ce qui était apparemment le cas. Je savais que ce poney avait été chéri tendrement. Je vais peut-être lui construire une écurie, un endroit pour le garder, pour ne pas le perdre une seconde fois. Ou aurais-je l'air de la vieille folle d'à côté ? Je ne les connais pas, juste « bonjour-bonsoir ».

— Ça, je suis sûr qu'elle adorerait.

David se demandait si Ruby regrettait de ne pas avoir eu d'enfant. Clarissa lui avait répété quelque chose qui laissait penser que c'était le cas. *Ruby est comme moi*, se dit-il. Elle avait de bons amis. Elle aimait son travail.

Elle avait ses loisirs, comme les décorations de Noël. Et cela semblait lui suffire.

Mac s'assit au pied du lit de la plus jeune, sa poitrine et son ventre vibrant sous l'effet de ses ronronnements. Son message avait été compris. Il pouvait sentir l'odeur de la femme sur le jouet que la gamine serrait contre sa poitrine en dormant. La connexion avait fonctionné. Il s'avança doucement jusqu'au jouet et donna un coup de patte à la clochette accrochée par un ruban au cou du poney. Le tintement le fit ronronner encore plus fort, si fort qu'il le ressentait dans tout son corps. Mission accomplie.

Il observa la petite fille encore quelques instants. Il aurait aimé rester plus longtemps, savourant son succès, mais Jane avait besoin d'aide. Peut-être se trompait-il au sujet de son partenaire. Mac comprenait beaucoup de choses sur sa maîtresse, mais parfois elle le laissait perplexe. Comme sa façon de dormir. Elle ne dormait pas assez, et cela se passait la nuit. Pourquoi n'avait-elle jamais compris que la nuit était le meilleur moment pour jouer ? Peut-être n'aimait-elle pas un des jouets qu'il lui avait apportés… Il n'aurait jamais pensé à ça. Il supposa que leur odeur lui était aussi désagréable que pour lui le produit qu'elle vaporisait dans l'évier. D'autres personnes exhalaient la solitude dans les environs, qui auraient eu besoin d'un partenaire, Mac en était persuadé. Surtout un partenaire comme Jane. Elle n'avait pas trop de mauvaises habitudes. Ce soir, il chercherait d'autres odeurs possibles, et ce tant qu'il n'en aurait pas trouvé une qu'elle saurait interpréter, à la manière dont cette femme avait compris l'odeur de la petite sur le poney que Mac lui avait apporté.

Du lit, il sauta sur l'appui de la fenêtre et se faufila à l'extérieur. Aussitôt, il sentit que le crétin était dehors. Avant de se lancer dans sa mission de la nuit, il décida de se divertir un peu. Courir sur le dos de la bête avait été encore plus drôle que jouer avec Mimi-Souris. Mac voulait s'amuser de nouveau à ses dépens.

La Lune brillait. Mac resta dans l'ombre ; grâce aux coussinets de ses pattes et à ses bons réflexes, il était absolument silencieux. C'était d'ailleurs inutile car le crétin respirait par la bouche et n'entendait probablement rien d'autre que ses propres halètements baveux.

En arrivant à la barrière ceignant la cour du crétin, Mac marcha exprès sur une brindille pour attirer son attention. Pas de résultat. Le chien avait commencé à se lécher. Mac le comprenait. Même lui relâchait son attention dans ces moments-là.

Il se posta en haut de la barrière et miaula longuement. Le crétin l'entendit et bondit sur ses pieds. Mac sauta sur le sol et fila à travers la cour. Le balourd lui emboîta le pas. Mac fit le tour une fois, puis deux, en ralentissant un peu pour laisser croire à son poursuivant qu'il avait une chance. À la troisième, Mac s'élança vers l'arbre qui lui servait à atteindre l'étage et grimpa sur la branche la plus basse au dernier moment. Le chien ne put s'arrêter à temps et percuta le tronc de sa grosse tête d'idiot. But !

La récréation était terminée. Il devait aller travailler. Il ouvrit la bouche pour goûter l'air, à la recherche d'une odeur qui corresponde à la solitude du parfum de Jane.

5

Jane ouvrit la porte et regarda aussitôt par terre. Un caleçon orné de pingouins, un boxer gris et un slip kangourou reposaient sur le paillasson. Elle claqua la porte et s'appuya dessus.

— C'est quoi ce bazar ! Qui peut bien me faire ça ?

Mac émit un court miaulement que Jane interpréta comme « Heuuu... » Comme s'il ne faisait pas vraiment attention mais qu'il était conscient qu'elle venait de parler.

— Ça ne m'aide pas vraiment, MacGyver.

L'essuie-mains avait pu être déposé par le précédent locataire. Pour les chaussettes, elle n'avait pas de théorie, quoiqu'il arrive qu'elles réapparaissent en des endroits inattendus. Son paillasson était peut-être un portail de bonneterie et les chaussettes manquantes des séchoirs du quartier atterrissaient ici. Mais trois sous-vêtements d'homme ?

Elle entrouvrit la porte avec précaution, jeta un coup d'œil et la referma. Trois modèles de tailles et de styles différents.

— C'est bizarre. Bizarre et pervers. Et loufoque et grotesque et saugrenu.

Mac lâcha de nouveau « Heu, heu ».

— Merci beaucoup, marmonna-t-elle en allant chercher dans le placard à balais la boîte contenant l'essuie-mains et les chaussettes, et des pincettes.

Elle ne pouvait pas laisser des sous-vêtements d'homme devant sa porte, à la vue de tous. Tout le monde en parlerait dans Storybook Court, et pas en bien. Elle rouvrit la porte et, avec les pincettes, elle ramassa caleçons et slip et les déposa dans la boîte. Elle hésita à scotcher celle-ci, mais il pouvait fort bien y avoir encore quelque chose le jour suivant.

Ce n'était pas simplement bizarre, pervers, loufoque, grotesque et saugrenu. C'était aussi inquiétant. Elle se sentait visée personnellement, sans savoir pourquoi. Peut-être n'était-elle pas concernée au premier chef et que c'était plutôt l'occupant précédent qui était visé. Il avait énervé quelqu'un et ce quelqu'un avait décidé de… laisser des articles vestimentaires ou ménagers, par mesure de rétorsion.

Ou bien… cela semblait plus probable : il s'agissait d'objets que le précédent propriétaire (si c'était un homme) avait laissés chez sa petite amie. Ils avaient rompu et elle lui rendait ce qu'elle avait retrouvé chez elle. C'était peut-être même pour cela qu'il avait déménagé. Elle était une harceleuse psychopathe et il voulait lui échapper !

Il y avait deux personnes qui pourraient lui parler du précédent occupant : Marie et Helen. Ces deux femmes savaient quantité de choses sur elle avant même qu'elle se présente. Elle irait les interroger. Elle n'aimait pas l'idée d'aller chez Marie les mains vides, mais elle n'avait pas grand-chose dans la maison. Une semaine qu'elle y vivait, et elle n'était pas encore vraiment installée.

Elle vérifia ses placards de cuisine : de la nourriture pour chat de saveurs variées, évidemment. Du café – mais Marie préparait un bien meilleur café qu'elle. Différentes sortes de biscuits apéritifs. Pas un bol de crackers en forme de poisson, mais peut-être un mélange... Rapidement, elle mélangea des crackers, des bretzels et du pop-corn. Elle ajouta des M&M's et des raisins secs... Quel assortiment ! Elle devait vraiment se mettre à manger comme une adulte. La plupart du temps, elle ne voyait pas l'intérêt de faire la cuisine pour elle seule. Mais elle avait tort. Sa façon de vivre ne devrait pas dépendre du fait qu'elle vivait seule ou non. Pas pendant Mon Année à Moi !

Jane prit le bol et lança :

— Je reviendrai, Mac ! en une très pâle imitation de Schwarzenegger.

Al était occupé à boucher une minuscule fente dans les pavés qui menait jusqu'à la maison. Était-il présent quand elle avait ramassé les sous-vêtements avec les pincettes ? *Trop tard pour s'en préoccuper*, se dit-elle.

— Marie est là ?

— À l'intérieur, avec Helen, répondit-il sans lever les yeux.

— Super, j'ai besoin de parler à toutes les deux.

Elle admira le drapeau qui flottait en haut de la tourelle de leur maison-château. Étaient-ce les armes des Defrancisco ?

Avant qu'elle ait eu le temps de toquer, la porte s'ouvrit. Marie savait vraiment tout ce qui se passait. Jane lui tendit le bol.

— Pour vous remercier de tous les cafés. Et j'aurais quelque chose à vous demander. À vous et à Helen. Al m'a dit qu'elle était là.

— Entre.

— Oh, j'aime bien la cheminée !

Elle était énorme par rapport au salon, occupant tout un mur et atteignant presque le plafond. On imaginait aisément un groupe de chevaliers rassemblés autour du feu. Ou Al et Marie regardant la télé, confortablement installés sur le canapé.

— Nous sommes dans la cuisine.

Marie la précéda et lui indiqua une chaise près de la table en bois.

— Jane a quelque chose à nous demander, dit-elle à Helen.

— Je savais que vous changeriez d'avis, s'exclama celle-ci. J'ai déjà parlé de vous à mon filleul. Il veut vous rencontrer. Ne vous inquiétez pas, j'ai tout arrangé. Je connais l'endroit idéal.

— Je te l'ai dit, il est trop jeune pour elle. Et il est allergique aux chats. C'est ce qu'on appelle une pierre d'achoppement, non ?

— Absolument, oui, oui, oui, une grosse pierre d'achoppement !

Jane n'allait pas laisser passer une excuse toute prête pour échapper au rendez-vous arrangé avec le filleul d'Helen. Marie sourit d'un air satisfait en posant le bol de mélange apéritif. Helen tendit la main pour se servir, mais Marie le déplaça hors de sa portée.

— Tu n'as pas besoin de ça. Je vais te donner une pomme si tu as faim. Nessie s'habille toujours en taille…

— Je t'ai dit de ne pas me parler de cette personne. Elle peut aller se faire voir. Et toi aussi, Marie.

Helen se pencha et attrapa une poignée de biscuits.

— Il peut prendre un antihistaminique pour son allergie, ajouta-t-elle avant que Jane demande qui était Nessie. Et les femmes vivent plus longtemps que les hommes, donc c'est bien s'il est plus jeune. Et lui aussi est prof, ils ont ça en…

— Ce n'est pas ce dont je voulais vous parler, l'interrompit Jane. Je voudrais savoir ce que vous pouvez me dire sur la personne qui habitait là avant moi.

— Desmond, répondit Marie. Un garçon charmant. Il triait toujours ses déchets.

Marie inspectait-elle les poubelles ? se demanda Jane.

— Quoi d'autre ? Avait-il une petite amie ? Pourquoi est-il parti ?

Ses deux voisines ne semblaient pas trouver ses questions étranges, sans doute parce qu'elles aussi aimaient bien tout connaître de leurs voisins.

— Il a été muté. Il travaille dans cette épicerie de luxe, Harvest, qui vous vend quatre asperges en bocal pour cinq dollars.

— Et du guacamole de chou kale. Le guacamole se prépare avec des avocats, ajouta Helen. Je ne sais pas comment ils font leurs affaires. Mais Dezzy est parti pour ouvrir un magasin à Austin, au Texas.

— Il a eu raison. Vous savez s'il voyait quelqu'un ? S'il y avait eu une rupture compliquée avant de partir ?

— Son copain a décidé de partir avec lui, répondit Helen. Kyle essayait de percer dans l'écriture de scénarios. Mais vous savez comment c'est, il s'est trouvé un job pour un festival de cinéma là-bas.

— Est-ce que Desmond et Kyle organisaient beaucoup de soirées ?

Pourquoi avait-elle posé cette question ? Même dans les soirées déchaînées, les gens ne déposeraient pas des sous-vêtements à sa porte.

— Il y a juste eu cette soirée où tout le monde demandait qu'Al et moi dansions le swing dans la cour.

— Et Dezzy a préparé des bananes flambées, ajouta Helen.

— Ça devait être chouette.

Elle était sincère. Elle aurait aimé voir Al et Marie faire leur numéro. Mais rien de tout cela n'expliquait le truc bizarre, pervers, loufoque, grotesque et saugrenu qui lui arrivait. Jane se leva.

— Je dois vous laisser. J'étais curieuse de savoir qui m'avait précédée dans cette maison et j'étais sûre que vous le sauriez. Merci !

— Je vous recontacterai au sujet de mon filleul, lui assura Helen.

— Il est trop jeune. Je vous présenterai plutôt mon petit-neveu, dit Marie. Et je connais beaucoup de jeunes gens intéressants, à part lui.

— Je suis bien comme ça. J'ai besoin de temps pour moi, pour le moment. Merci encore.

En sortant de la cuisine, Jane entendit Helen dire :

— Si tu crois que ton petit-neveu est un meilleur parti, tu te trompes. Il ne…

— Je suis sérieuse. Pas de coup monté, leur lança Jane.

— J'ai dit que mon petit-neveu était simplement une possibilité…

Jane s'échappa de la maison.

— Ni l'une ni l'autre ne m'écoute, bougonna-t-elle en croisant Al, qui répondit par un grognement compatissant.

Al le grogneur n'allait pas discuter du problème avec elle. Et là-bas dans l'Est, il était trois heures plus tard ; ses amies devaient être au travail. Elle tourna à droite et aperçut la maison « noëllisée » de Ruby. Elles n'avaient bavardé qu'une seule fois mais très cordialement. Elle frappa à la porte.

Ruby arbora un grand sourire en voyant Jane.

— J'aurais dû téléphoner d'abord, mais je n'ai pas votre numéro.

— Entre ! J'aimerais qu'on se tutoie. J'ai préparé des biscuits italiens qu'un pâtissier professionnel a déclarés « parfaitement mangeables ».

Ruby conduisit Jane jusqu'à la cuisine.

— Qu'est-ce que c'est ?

La table était couverte de tissus, de sequins, de perles, de boutons, de dentelles et de rubans, la plupart dans les tons roses et mauves.

— Oh ! punaise, est-ce que c'est un appareil pour appliquer des strass ? s'exclama Jane en apercevant une sorte d'agrafeuse géante.

— Comme celle qu'on voit à la télé, confirma Ruby. As-tu bien dit « oh ! punaise » ?

— Tout à fait, et je le maintiens.

— Une femme de conviction : ça me plaît.

Ruby déterra une boîte en carton en partie recouverte de velours côtelé fuchsia.

— Je suis en train de fabriquer une écurie pour un poney très spécial qui vient de vivre une expérience traumatisante, expliqua-t-elle en ôtant un rouleau de voile lavande pour que Jane puisse s'asseoir.

— Ce poney ne s'appellerait-il pas Paula, par hasard ?

— Exactement. Dieu sait comment, il est arrivé sur le pas de ma porte hier.

Ruby fit un peu de place sur la table pour déposer une assiette de biscuits.

— Sur le pas de ta porte ? répéta Jane. Moi aussi, j'ai trouvé des choses devant ma porte. Aujourd'hui, c'était trois sous-vêtements masculins. Ça commence à me donner la chair de poule.

— Aujourd'hui ? Combien de fois est-ce arrivé ?

Ruby mesura un morceau de velours pour recouvrir un côté de l'écurie.

— Quatre. D'abord un essuie-mains, puis une chaussette à motifs, puis une chaussette de sport et maintenant les sous-vêtements. J'ai d'abord cru qu'ils avaient été déposés pour le précédent occupant des lieux, même si ce n'est pas très logique.

— Difficile de trouver une explication logique… Cela ne paraît pas malveillant. C'est sans doute une blague idiote. Il y a quelques adolescents dans la résidence.

Ruby secoua la tête en ajoutant :

— Ce sont ces fichus garnements. Je parle comme une vieille femme.

— Penses-tu que ce sont eux qui ont déposé le poney ?

— C'est possible.

Ruby découpa le tissu.

— Je ne vois pas pour quelle raison la petite serait venue devant chez moi. À moins de vouloir regarder de près les décorations de Noël. Et elle aurait oublié son poney. Mais elle est trop jeune pour sortir seule.

— D'accord, je garde la théorie des garnements. Peut-on passer à mon second problème ?

— Bien sûr.

Ruby tendit à Jane les ciseaux et le velours côtelé.

— J'ai besoin d'une deuxième pièce identique à celle-ci.

— OK. Mais sache qu'on atteint là la limite de mes capacités. Mon autre embarras, c'est Marie et Helen. Elles veulent toutes les deux me faire rencontrer quelqu'un et elles sont en compétition. Alors que je leur ai dit et répété que je n'étais pas intéressée.

— Marie et Helen forment une équipe redoutable. Mais elles ne peuvent pas te forcer à sortir avec qui que ce soit.

Ruby entreprit de façonner une fleur en tulle rose pâle.

— Je vais mettre des fleurs le long de l'écurie, comme si elles poussaient là, expliqua-t-elle avant de revenir au problème de Jane. Ce n'est pas parce que ce sont deux vieilles dames que tu dois être gentille et faire ce qu'elles demandent.

— Oui, je sais. Mais Marie m'offre du café tous les jours.

Jane finit de découper le velours et le compara au modèle. Elle le tint devant elle pour l'examiner et geignit. Il était plus petit et, en regardant de près, il n'était pas tout à fait carré.

— Je le redécouperai pour les portes. Prends un biscuit. Ça fait toujours du bien.

— Surtout avant le déjeuner, convint Jane en se servant. C'est subversif et décadent.

Ruby éclata de rire.

— Ce ne serait peut-être pas si mal de rencontrer un de ces types. Tu viens juste d'arriver, cela te donnerait l'occasion de…

— Pas toi ! s'écria Jane. Tu te souviens, je t'ai parlé de Mon Année à Moi ?

Ruby opina.

— Pour vraiment me concentrer sur ce que je veux, je ne peux avoir un type dans les pattes. Les hommes me font dérailler. Je passe mon temps à me demander s'ils m'aiment, avant même de savoir s'ils me plaisent. Je m'inquiète de ce qu'ils veulent et je ne pense même pas à ce que moi, je veux. Moi toute seule. Je ne désire penser à rien d'autre qu'à moi.

— Compris.

Ruby confectionna une autre fleur avec du ruban argenté brillant.

— Comment s'est passée ta session de brainstorming, l'autre jour ?

Jane bougonna :

— J'ai mis par écrit tout ce que j'aime mais je n'ai pas eu la grande révélation. Comme si m'asseoir dans un café pendant une heure devait produire l'épiphanie.

— Tu ne peux pas avoir noté toutes les choses que tu aimes. Il existe un milliard de choses que tu n'as pas essayées, et donc tu ne sais pas si elles te plaisent ou pas. Le surf, par exemple ! As-tu déjà fait du surf ?

— Tu crois qu'on peut gagner sa vie en surfant ?

— Ce n'est pas la question. La question est de savoir si tu aimerais surfer ou pas.

Ruby termina la fleur qui se révéla être un délicat bouton de rose.

— Alors, as-tu déjà essayé ?

— Non, jamais.

Ruby se leva brusquement et alla vers le réfrigérateur dont la porte était couverte de dizaines d'aimants décoratifs, de photos, de dessins, de cartes postales et de cartes de visite.

— Où est-elle, où est-elle ? marmonna-t-elle. La voilà !

Elle saisit une carte et l'apporta à Jane.

— Tu dois prendre au moins une leçon avec la Môme surfeuse. J'ai gagné des leçons lors d'une tombola. C'était génial.

Jane étudia la carte. Ruby avait peut-être raison. Elle se limitait en ne pensant qu'à ce qu'elle connaissait déjà. Il existait peut-être des expériences qu'elle allait adorer alors qu'elle n'avait jamais imaginé les tenter. Et pourquoi pas ? Mon Année à Moi consistait à se découvrir soi-même. Elle glissa la carte de la Môme surfeuse dans sa poche.

— Mec, t'as intérêt à ne pas avoir mangé mon caleçon, lança David à Doggy.

Le chien remua la queue. Ça ne ratait jamais. Au mot « mangé » la queue se mettait en mouvement. David fouilla toute la maison le chien sur ses talons, mais il ne trouva pas le moindre bout de tissu gris. Si l'animal l'avait avalé, il l'aurait forcément déchiqueté, non ?

Il tâta le ventre du chien. Quand Becky, l'assistante du véto, avait rappelé pour prendre des nouvelles de Doggy après l'incident de la chaussette, elle avait demandé si la palpation semblait douloureuse. Cela n'avait pas été le cas. Et maintenant non plus. Doggy s'était couché et mis sur le dos. Il avait envie qu'on lui gratte le ventre.

Il avait bu de l'eau, mangé, déféqué et ne ressentait aucune sensibilité particulière au niveau du ventre. Mais si le chien n'avait pas avalé le caleçon, où pouvait-il bien être ? David était sûr de l'avoir laissé par terre dans la salle de bains après sa douche la veille au soir. Son jean et son T-shirt étaient toujours là ce matin, mais pas le caleçon.

La seule explication était que Doggy l'avait pris, même s'il était presque sûr d'avoir fermé la porte de la salle de bains. Il était prudent depuis l'épisode des chaussettes. Et Doggy ne semblait pas avoir mangé quoi que ce soit à part sa pâtée habituelle, ses friandises et son os à mâcher en peau de buffle.

Ce n'est pas encore le moment pour le dossier X-Files, se dit-il. Le caleçon était peut-être coincé dans la jambe d'un pantalon. Et les chaussettes, collées à une chemise par l’effet électrostatique. Il allait les retrouver bientôt. Tant que Doggy n’avait rien avalé, ce n’était pas grave.

David retourna dans le salon et s’affala sur le canapé. Il alluma la télévision. La juge Judy Sheindlin était en train de réprimander quelqu’un. Il éteignit. L’après-midi, les programmes étaient nuls. Les horaires de pâtissier étaient nuls. Il avait une tonne de DVD, sans compter la vidéo à la demande, mais il avait la flemme de chercher. Il ouvrit *L’Infinie Comédie*, roman qu’il avait commencé à lire un an et demi plus tôt. Il le reposa aussitôt sur la table basse. Toutes ces notes de bas de page le fatiguaient. De la musique ? Oui, mais la télécommande était hors de portée.

Doggy, allongé dans son panier, poussa un profond soupir.

— C’est exactement ce que je ressens, murmura David.

Que se disait-il l’autre jour ? Il avait de bons amis. Un boulot qui lui plaisait. Un chien super. Et ça lui suffisait.

Aujourd’hui, non. Sa vie le serrait comme un costume trop étroit, qui grattait. Il était agité et n’avait pas envie de bouger. Il s’extirpa du canapé. Il commençait à ne plus se supporter. Il avait promené Doggy en rentrant du travail mais, en forme ou pas, il avait besoin de courir. Il avait besoin de se dépenser jusqu’à ce que ses muscles tremblent pour que, de retour à la maison, il soit heureux de s’allonger.

— Va chercher ta laisse.

Maintenant, il était trop tard pour changer d’avis. Une fois l’ordre donné, le sort en était jeté. Quelques minutes plus tard, ils étaient dehors. David courut jusqu’au bout de ses forces, jusqu’à ce que ses pensées se réduisent à : *Continue, continue, continue.*

Mac essaya d'ouvrir la porte du placard à balais. Fermée. Aucun problème. Il se ramassa sur lui-même puis sauta sur la poignée. Raté. Il s'accroupit de nouveau, muscles bandés et se détendit. Connexion réussie ! Les deux pattes touchèrent la poignée en métal qui s'abaissa en faisant retentir le *clic* espéré. Il donna un coup de patte et la porte s'ouvrit.

Jane avait rangé ses cadeaux dans une boîte en carton. Il pouvait encore humer la solitude et les autres odeurs qui caractérisaient leurs propriétaires, mais il commençait à penser que Jane ne le pouvait pas. Il oubliait que le nez des humains ne leur sert pas à grand-chose. Il sauta sur la boîte qui se mit à tanguer. Mac conserva facilement l'équilibre, se rétablissant à gauche puis à droite. La boîte commença à basculer. Mac sauta avant qu'elle tombe par terre.

L'impact la fit s'ouvrir, ce qui simplifia le reste de son travail. Il saisit entre ses dents le premier caleçon trouvé, trottina jusqu'à la chambre et sauta sur le lit. Il foula l'estomac de Jane et déposa le sous-vêtement saturé d'odeur sur sa poitrine, juste sous son nez. Sans se réveiller, elle tourna la tête sur le côté.

Mac tira sur le caleçon jusqu'à ce qu'il se retrouve sous son nez. Jane lui tourna le dos. Même dans son sommeil, sa maîtresse semblait déterminée à ne pas recevoir le message qu'il essayait de lui transmettre.

Mais Mac était têtu. Il descendit à la cuisine, attrapa les deux autres sous-vêtements et revint sur le lit. Il en déposa un sous son nez et l'autre sur sa poitrine, de façon à l'envelopper de l'odeur. Il trouvait cet arôme si puissant qu'il annihilait tous les autres parfums de la maison ou ceux qui arrivaient par la fenêtre ouverte. À son réveil, Jane serait obligée de reconnaître ces senteurs et ce qu'elles signifiaient.

Impatient, il tapota la joue de Jane avec sa petite patte puis miaula de sa façon habituelle pour réclamer son petit-déjeuner. Jane battit des paupières puis jeta un coup d'œil à son réveille-matin et grogna.

— Mac, le petit-déjeuner est dans *plusieurs heures*.

Elle tira sa couette par-dessus sa tête.

Elle n'avait même pas remarqué les parfums qu'il lui avait procurés. Mac s'escrima sur la couette jusqu'à ce qu'apparaisse le visage de la jeune femme. Il tira le sous-vêtement le plus proche sur son nez. Il faudrait bien qu'elle comprenne le message, maintenant !

Mais Jane l'ôta avant d'avoir eu le temps d'en sentir une bouffée et le jeta à l'autre bout de la chambre. Puis elle vit les autres et les balança en dehors du lit.

— Iouhhh, iouhhh, iouhhh. Et je le répète – iouhhh.

Mac émit un grognement de frustration. Il aimait Jane mais les humains pouvaient être vraiment bornés. Il lui était facile de saisir ce dont elle avait besoin. Pourquoi avait-elle tant de mal, elle, à le comprendre ?

Jane se précipita dans la salle de bains. Mac la suivit. Elle tira une lingette – celle qui irritait l'intérieur du nez du chat – et elle se frotta le visage. Puis elle descendit à la cuisine et attrapa la paire de pincettes dans le tiroir près de la cuisinière. Elle monta les pincettes et la boîte dans sa chambre et se servit des pincettes pour remettre les sous-vêtements dans la boîte.

Il se rappela que prendre soin de Jane consistait à prendre soin d'un chaton. Les chatons ne savent pas se servir correctement d'une litière. Leur mère devait leur montrer comment recouvrir leurs crottes. Il lui fallait continuer à trouver la manière de lui montrer qu'il y avait des humains près d'ici qui avaient autant besoin qu'elle d'un partenaire.

Il sauta dans la boîte et en éjecta les chaussettes. Si elle les manipulait assez longtemps, l'odeur resterait sur elle, même si elle remettait les cadeaux dans le placard à balais.

Jane soupira.

— Non, MacGyver, c'est le milieu de la nuit, ce n'est pas le moment de jouer.

Avec les pincettes, elle remit les chaussettes dans la boîte.

— Existe-t-il un endroit où tu ne pourras pas atteindre cette boîte ? Probablement pas, mais essayons tout de même.

Elle rangea la boîte sur l'étagère la plus haute dans la penderie de sa chambre et referma soigneusement la porte.

— Et maintenant, bonne nuit.

Elle se jeta sur son lit et s'enfouit sous la couette. Mac l'observa un long moment avant de s'en aller en trottinant et de se glisser dans la nuit par son passage secret. Il n'avait pas besoin de goûter l'air pour savoir où aller. Un parfum dominait tous les autres. Il exhalait la solitude et quelque chose de plus fort, une douleur que Mac ressentait jusque dans ses os. Il l'avait déjà humée auparavant mais n'arrivait pas à se souvenir quand exactement. Cette odeur lui procurait un sentiment d'urgence et il se mit à courir.

Elle provenait de cette maison dans laquelle il était entré plusieurs fois, celle avec le chien. Le crétin n'était pas dans la cour. Un autre soir, Mac aurait été déçu. Tourmenter le baveur était devenu son jeu préféré. Mais, ce soir, sa mission était plus importante. Il ne s'agissait pas seulement de Jane. Mac se sentait obligé d'aider l'émetteur de cette odeur, la personne qui souffrait tant.

Il se précipita vers l'arbre qu'il utilisait pour grimper jusqu'à la fenêtre de la salle de bains. C'est à mi-chemin qu'il s'aperçut que la fenêtre était fermée. Pas de problème. Il continua à grimper puis sauta sur le toit. Il pouvait deviner une ouverture et, en quelques secondes, il la trouva : la cheminée.

Mac plongea son regard dans ses profondeurs. Il pouvait y arriver. Il planta ses deux pattes avant d'un côté du tunnel de pierre, ses pattes arrière sur l'autre paroi et avança, centimètre par centimètre. Il n'avait pas parcouru la moitié du chemin quand le crétin se mit à aboyer. Ce n'était pas grave. Mac sentait que l'humain n'était pas dans la maison. Aboie toujours ! Cela permettait à MacGyver de savoir exactement où se trouvait le clébard. Les chiens ne connaissaient pas les avantages de la furtivité. C'était l'une des raisons pour lesquelles le chat triompherait toujours du chien.

Quand il eut presque atteint le bas de la cheminée, il attendit. Simplement. Parce qu'il savait ce qu'allait faire le chien. Eh oui ! Il approchait. Mac savait qu'il pensait : *Chat là-dedans. Pourquoi chat pas sortir ?*

Euh, parce que c'est un piège ? Un chat envisagerait toujours cette éventualité. Pas un baveur. Non, le chien glissa la tête dans l'âtre et Mac se laissa tomber dessus, toutes griffes dehors. Le chien recula aussitôt. *Paf, paf, paf, paf.* D'une patte, Mac lui assena une série de coups rapides comme l'éclair. Le crétin courait en rond en essayant de le déloger. Quand il passa à côté de l'escalier, Mac sauta sur la rampe. Le chien courait toujours tandis que Mac remontait la rampe jusqu'au premier étage.

La porte de la salle de bains était fermée. Pas de bec-de-cane mais une poignée bouton. C'était plus compliqué. Enfin, pour certains chats, mais pas pour lui. MacGyver se dressa sur ses pattes arrière et agrippa la poignée entre ses pattes. Puis il la frotta d'avant en arrière jusqu'à ce qu'elle tourne. Il se rétablit sur ses quatre pattes et s'appuya sur la porte qui s'ouvrit.

Il découvrit aussitôt la source de l'odeur. Un T-shirt encore humide de sueur. Les humains et leur sueur ! Quand il avait chaud, Mac transpirait un peu entre les orteils et cela le rafraîchissait. Mais les humains produisaient une quantité effarante de liquide. Le T-shirt était mouillé comme s'il avait plu dessus. Un frisson de dégoût le parcourut.

La sueur décuplait tellement l'odeur de solitude que même Jane devrait être capable de la reconnaître. Mac saisit le vêtement dans sa gueule. Le goût de solitude et de douleur émanant du tissu était presque insupportable mais Mac ne le laissa pas tomber, même en entendant le crétin dans l'escalier. Il n'avait pas besoin de ses dents pour emporter le second round.

Mac vit que la porte de la douche était entrouverte. Il détestait les douches, mais celle-ci ne giclait pas et il eut une idée… Il y pénétra et attendit que le baveur le débusque. Le chien déboula dans la pièce et stoppa en glissade, regardant autour de lui, confus. Il ne voyait pas Mac alors même que la douche était vitrée. Pathétique ! Mac émit un petit miaulement pour attirer son attention.

Le crétin lança un aboiement triomphal et se rua dans la douche. L'espace était restreint. Mac fila sous le ventre du chien et en se retournant, il s'appuya sur la porte de la douche. Celle-ci se ferma avec un joli *clic*.

Mac trottina en dehors de la salle de bains, ravi d'entendre les hurlements de frustration du chien enfermé. Il n'avait pas prévu de jouer avec lui mais il s'était finalement bien amusé. Maintenant, il lui fallait rapporter le T-shirt à la maison. Si Jane le sentait – et elle n'aurait même pas besoin de le ramasser pour ça –, elle serait forcée de comprendre que l'humain qui l'avait porté avait besoin d'un autre humain autant qu'elle.

6

En pénétrant dans la salle du Perchoir, David sentit gronder son estomac, alors qu'il venait seulement boire un verre avec Adam. Non, c'était faux. Il allait bien boire un verre avec Adam, mais ce n'était pas pour cela qu'il venait ici : il allait s'inscrire sur partenaires.com et il avait besoin de soutien. Pas pour rédiger son profil et le poster, mais pour la suite…

Il avait presque toujours été en couple avec Clarissa. Ils s'étaient rencontrés à une soirée dansante pendant la semaine d'orientation à UCLA. À l'époque, David pensait obtenir un diplôme en comptabilité, ou quelque chose de ce genre. Il ne savait pas ce qu'il voulait faire dans la vie mais pour tout le monde, ou presque, l'étape après le lycée était l'université, c'était donc la voie qu'il avait suivie… pendant un semestre. Il avait laissé tomber et essayé différents boulots, minables pour la plupart. La personne qu'il était à dix-huit ans aurait été choquée de le voir pâtissier, même si, à cet âge, il aimait déjà concocter ses propres recettes.

Clarissa était son opposé. Depuis le premier jour, elle désirait devenir kinésithérapeute ; elle avait passé son diplôme, trouvé un poste dans une maison de retraite et elle adorait son métier. Elle envisageait de se mettre à son compte quand…

Mais ce n'était plus le moment de penser à Clarissa. Le problème était qu'il avait passé toute sa vie d'adulte à ses côtés et il avait le sentiment d'avoir oublié comment on invitait quelqu'un à sortir. Ça s'était bien passé quand il avait parlé avec cette femme au Blue Palm, jusqu'à ce qu'il mentionne sa femme décédée au bout de dix secondes. Il avait besoin d'un équipier – un équipier virtuel – et c'est pourquoi il avait demandé à Adam de le rejoindre. Il s'assit sur une banquette et afficha l'appli partenaires.com sur son téléphone portable.

Il ne se sentait pas prêt. Pas sans un verre – quelque chose de corsé, pas la bière habituelle. Il avait choisi Le Perchoir notamment parce qu'on y servait des doses généreuses, même s'il savait qu'Adam se plaindrait que ce n'était plus le boui-boui sympa d'avant, et que « ça craint, il n'y a plus de pop-corn offert ! ». On venait de lui servir un gin-tonic quand Adam arriva.

— Pourquoi vient-on encore ici ? Quand j'y entre, ça me déprime. Avant c'était un vrai boui-boui mais aujourd'hui c'est un faux boui-boui, un décor d'Hollywood pour la série *Westworld*. Bukowski n'y aurait jamais mis les pieds.

— S'il n'était pas déjà mort, commenta David avant qu'Adam poursuive ses jérémiades.

— Et ils n'offrent plus de pop-corn. Je dévorais leur pop-corn. Il absorbait l'alcool, ce qui a préservé mon foie.

David éclata de rire. C'était Adam tout craché.

— Le pop-corn était rance. On a les moyens de se payer à manger et aujourd'hui on boit des quantités d'alcool raisonnables. Et puis, on peut écouter

– AC/DC sur le juke-box… et l'endroit est encore un peu crasseux.

— Bon, d'accord. Mais tu as vu, ce sont des petits jeunes qui se servent du juke-box, pas des vieux croulants qui écoutent AC/DC, sans rire.

Adam remarqua alors la boisson de David.

— Tu ne bois pas de Corona ?

— Du courage en bouteille. J'ai décidé d'entrer dans le monde des rencontres en ligne et j'ai besoin de ton aide.

Adam donna un coup de poing en l'air. Son ami l'imita.

— Tu sais que tu es un vrai blaireau ? se moqua David.

— Ne change pas de sujet. Il ne s'agit pas de savoir si je suis un blaireau – que je ne suis pas. On parle de ton retour dans le monde.

La serveuse s'approcha et Adam commanda un Rusty Nail, un cocktail à base de whisky.

— Lucy m'a dit que vous aviez discuté. Je suis surpris que vous ayez… Adam laissa la phrase en suspens.

— Je n'ai pas changé d'avis depuis notre dernière conversation, mais, tout d'un coup, j'ai compris que je ne veux pas rester seul toute ma vie.

Il avait couru et il était à bout de force. Même Doggy était épuisé. De retour chez lui, David s'était effondré, exactement comme il l'avait espéré. Mais il n'avait pas pu débrancher son cerveau. Il n'avait pas arrêté de penser que sa vie actuelle ne lui suffisait plus. Il avait alors appelé son ami.

La serveuse apporta la boisson d'Adam.

— Tu te plains des petits jeunes, mais on sait, tous les deux, que tu bois un Rusty Nail pour prouver que tu as fait partie du Rat Pack.

— Tu sais quelle est la boisson favorite de la reine Elizabeth ? Exactement, gin-tonic, rétorqua Adam, en regardant le verre de David.

— Je respecte beaucoup la reine.

— C'était aussi la boisson de Gerald Ford, ajouta Adam. Et n'essaie pas de changer de sujet. On parlait de site de rencontres. T'es-tu inscrit sur le site, l'autre soir ?

— Pas complètement.

— Je le savais parce que j'ai vérifié. Passe-moi ton portable.

David le lui tendit.

— Je t'ai également inscrit au Hair Club pour hommes. Je voulais te faire une surprise. Je ne voulais pas l'activer, juste le préparer. C'était avant que tu parles avec Lucy. Ton nom d'utilisateur est Mitron et ton mot de passe « ?DoggY » – avec un D majuscule, un Y majuscule et un point d'interrogation devant.

— Mitron ? s'étonna David.

Adam haussa les épaules.

— Lucy trouvait ça mignon et Lucy est pile dans ta cible. Et puis on avait une photo de toi avec le gâteau que tu avais préparé pour la journée de la Marmotte, qu'elle trouvait vraiment sympa. Tu verras, j'ai joué à fond le thème du pâtissier.

Adam lui rendit son portable. David lut rapidement son profil.

— Tu m'as transformé en recette.

— Avec l'accord de Lucy. On a regardé beaucoup de profils et ils ressemblent à des documents marketing. Toi, tu es vendu comme quelqu'un de doux et de créatif, avec un brin de folie, comme le montre le gâteau de la marmotte. Personnellement, je ne te trouve pas doux.

Mais Lucy affirme que tu l'es. J'ai aussi mis une photo où tu donnes à Doggy un biscuit pour chien, fait maison.

Adam prit une gorgée et lança :

— Alors, prêt ? Appuie sur « Publier ».

David hésita quelques secondes puis il appuya. Il ne se sentait pas vraiment prêt mais il n'avait plus envie de continuer sa vie actuelle.

— Pendant que tu es sur le site, tu peux regarder des profils, voir qui vit dans les environs. Et si tu vois quelqu'un qui t'intéresse, tu peux lui envoyer un cœur ou un message, lui expliqua Adam.

— Tu en connais un rayon sur ce truc !

— Tu ne regardes pas ma série ? On a tourné quelques épisodes dans lesquels Jess fait des rencontres en ligne.

— Et une femme entre par effraction chez lui et prépare un dîner pour deux, c'est ça ? Après qu'ils ont pris un café ensemble une seule fois.

— C'est de la télé. On ne peut pas montrer deux personnes qui se rencontrent pour la première fois comme dans la vie normale. Si tu ne regardes pas les profils, laisse-moi faire, proposa Adam en avançant la main vers le portable.

— Non, j'y vais.

— Tu vas trop lentement. Juge sur l'instant. Envoyer un cœur ne signifie pas que tu veux sortir avec cette personne, simplement que tu es peut-être intéressé. Si elle l'est également, alors vous échangerez des messages.

Adam se mit à cliquer et à balayer son doigt vers la droite ou la gauche.

— Ouais, murmura-t-il. Oui. Oui. Euh, non. Oui.

— Attends, ça suffit, protesta David.

— C'est aussi une question de volume, expliqua Adam. Il faut te donner un large champ de possibilités.

Le portable émit un *ping*.

— Hé ! Il y en a déjà une qui t'a renvoyé un cœur ! « DLivre-Moi. » Je suis d'accord, et toi ?

Adam tourna l'écran vers David. La femme était jolie, des cheveux bruns lisses, des lunettes en œil de chat.

— Elle se présente comme une bibliothécaire sexy, et qui n'aime pas ce genre de femme ?

— Ouais, je suppose. Pourquoi pas ? répondit David.

Adam lui rendit son portable.

— Envoie-lui un message. Ta mission est d'obtenir son numéro ou de l'inviter à prendre un verre. Reste léger, décontracté. Ne parle pas…

— De ma femme décédée, l'interrompit David.

— Ce n'est pas ce que je voulais dire. Mais oui. Tu n'en parles qu'après être sorti plusieurs fois avec quelqu'un.

— OK.

David tapa « Bonjour ». Adam grogna.

— Tu viens de taper « Bonjour », n'est-ce pas ?

— Pourquoi, ça ne va pas ?

— Ça ne va pas parce qu'elle est sans doute en train de *chatter* avec plein d'autres types. Il faut te démarquer.

David s'empressa d'envoyer un autre message et le lut à voix haute :

Veux-tu prendre un verre ? Je prépare un méchant cupcake cabernet/myrtilles.

Adam hocha la tête d'un air satisfait.

— Parfait, en plein dans le mille. J'aurais pu l'écrire moi-même.

— Elle a renvoyé un smiley qui se lèche les babines, commenta David. Elle dit : *Si ces cupcakes existent pour de vrai, j'en veux un.*

— Verrouille l'affaire. Propose-lui une date et un lieu.

David tapa : *Pâtisserie Mix-it-up à Los Feliz, demain, 18 heures ?* et reçut : *Oui.*

— Je la vois demain à 18 heures à la pâtisserie, annonça-t-il à Adam.

Il se sentait un peu sonné. Tout cela était allé trop vite.

— Beau travail. Pour la prochaine fois, je proposerais un lieu neutre. Tu ne veux pas d'une cinglée qui rôde autour de ton lieu de travail. Mais elle n'a pas du tout l'air d'une cinglée, ajouta-t-il aussitôt.

— Et on se rencontre autour de cupcakes. Si je n'aime pas la façon dont évolue la situation, je peux y mettre un terme en vitesse.

Jane trouva un emplacement pour se garer et vérifia l'heure. Elle avait plus d'une heure devant elle. Après avoir trouvé ce T-shirt – encore humide de sueur – sur son paillasson, elle avait eu besoin de sortir aussitôt de la maison. Elle avait choisi d'aller explorer Venice avant sa leçon de surf. Une leçon de surf ! Rien que d'y penser, son estomac se repliait comme un origami. Mais Ruby avait raison. Jane cherchait quelle était sa passion et n'envisager que ce qu'elle connaissait déjà était beaucoup trop réducteur.

Elle prit son sac à dos et sortit de la voiture. Elle avait l'intention de marcher le long de la Promenade de l'Océan jusqu'à Santa Monica Pier où elle avait rendez-vous avec Kylie, la Môme surfeuse. Selon le guide touristique, il ne fallait pas rater la Promenade. Dès qu'elle mit le pied sur ce vaste trottoir, elle sortit son portable. Elle voulait tout photographier. En commençant par le type qui buvait un smoothie, vêtu seulement d'un minuscule maillot de bain doré et brillant, avec un serpent géant drapé sur ses épaules. Elle captura l'image de la langue du serpent dardée vers le récipient en plastique dans la main du type.

— Un dollar la photo, lui lança le gars.

Jane le fixa du regard. Il sourit.

— Moi, je m'en fiche, mais mon serpent est mannequin professionnel. Il ne travaille pas gratis.

Jane éclata de rire. Mais pas le type. Ni le serpent. Elle prit un dollar dans son porte-monnaie et le lui tendit.

— Merci beaucoup, dit-il et il s'éloigna.

— Eh, attendez ! cria Jane sur une impulsion.

Le type se retourna.

— Puis-je vous poser une question ?

— Vous avez encore un dollar ?

Jane lui en tendit un autre.

— Votre copain et vous, gagnez-vous votre vie comme ça ?

— Ça paye les smoothies aux fruits et un rat deux fois par mois.

— Est-ce que vous aimez ça ? Est-ce ce que vous avez envie de faire ?

— Comment ne pas aimer ça ? Je suis sur la plage, pas de pointeuse. Je rencontre des gens tout le temps et j'ai des amis tout le long de la Promenade.

Son visage rayonnait tandis qu'il parlait et Jane ne résista pas à l'envie de prendre une autre photo. Elle lui donna un dollar avant qu'il le réclame et poursuivit sa balade. Des amis, des gens nouveaux, libre de son temps, travailler à l'extérieur, chaque jour différent. Cela avait l'air agréable, pensa Jane. Sauf qu'avec le serpent, cela ne ressemblait pas au job de ses rêves. Et comment ce type préparait-il sa retraite ? Il n'avait peut-être pas besoin de prendre sa retraite. À quatre-vingts ans, en mini maillot de bain doré avec un serpent, il récolterait peut-être plus de dollars qu'aujourd'hui.

Tous ceux qui travaillaient sur la Promenade semblaient heureux : la femme qui proposait des tatouages au henné, l'homme qui gravait votre prénom sur un grain de riz, les danseurs de break-dance qui défiaient les lois de la gravité. Jane voulait tous les prendre en photo et leur poser des centaines de questions, mais elle n'avait pas assez de pièces. Quand elle aperçut un barbu portant un panneau, accroché à ses bretelles, qui disait : « Mauvais conseil, 1 $ », elle ne put résister.

Elle approcha du banc sur lequel il était assis, et il tapota la place à côté de lui. Jane lui donna un dollar et attendit. L'homme caressa sa barbe, pensif, puis déclara :

— Voici comment vous faire dévorer par un requin.

— Oh ! non, pas aujourd'hui. Je vais prendre ma première leçon de surf.

— Eh bien, le conseil tombe à point nommé. Voilà ce que vous faites. Partez nager à l'aube ou au crépuscule, le requin sera davantage susceptible de vous prendre pour une proie. Nagez seule. Portez des couleurs voyantes : elles ressemblent à un rayon de soleil sur les écailles de poisson. Et faites-vous quelques petites entailles. Les requins détectent l'odeur et le goût du sang à des kilomètres.

— Maintenant, vous m'avez complètement effrayée. Mais je suppose que je peux utiliser ces conseils pour ne pas me faire dévorer par un requin.

Il lui fit un clin d'œil.

— Ce n'est pas ce pour quoi vous avez payé, mais oui, en effet.

— Puis-je vous poser une question qui ne concerne pas les conseils ?

— Bien sûr, c'est gratuit.

Jane se pencha un peu vers lui.

— Aimez-vous faire cela ? Si vous aviez le choix, pensez-vous que vous choisiriez de gagner votre vie en donnant de mauvais conseils ?

Il éclata de rire. D'un gros rire comme Jane en avait rarement entendu. Elle le prit en photo.

— Je n'ai pas passé ma vie à vendre des conseils pourris. Je suis un entrepreneur. C'est ce que j'aime. Trouver de nouvelles façons pour que les gens me payent un dollar en pensant que ça le vaut.

— Ça le valait tout à fait, confirma Jane en se levant. Dois-je vous donner quelque chose pour la photo ?

L'homme secoua la tête.

— Inclus dans le service !

Pour l'Homme de mauvais conseil, la créativité était essentielle. Jane désirait le même genre de travail. Elle s'était sentie si étouffée dans son dernier emploi – enseigner le programme sans jamais prendre le temps de trouver des moyens inventifs pour intéresser les enfants à l'histoire. Elle se cantonnait à leur faire ingurgiter les faits et les dates pour qu'ils obtiennent de bonnes notes et que l'école recueille ses subventions.

Jane poursuivit sa route, croisant beaucoup d'autres occasions de dépenser un dollar. Elle aurait pu en mettre un dans le bikini rose d'un petit chien ou se faire prendre en photo à côté de deux aliens en plastique. D'après une affiche en forme d'énorme feuille de marijuana, elle pouvait payer trente dollars pour un bilan médical, et sans doute les dépenser aussitôt à la boutique de « marijuana médicale » d'à côté.

Les personnes qu'elle croisait dégageaient des vibrations heureuses, positives, jusqu'à ce qu'elle s'approche d'une jeune femme qui vendait ses tableaux. Il devait être difficile de voir les badauds ne pas accorder un regard à votre travail. Jane, elle, s'arrêta pour observer quelques peintures. L'artiste n'essaya pas d'engager la conversation, ne leva même pas les yeux. Les tableaux étaient corrects, des scènes de plage de qualité moyenne. Jane comprit pourquoi tout le monde passait son chemin. Avoir une passion ne signifiait pas que vous soyez bon dans sa réalisation. Cependant, cela ne devait pas vous empêcher de vous y adonner. Si vous aimiez quelque chose, il fallait le faire. Mais ce n'était peut-être pas comme ça que vous gagneriez votre vie.

Jane ne put se résoudre à lui poser les mêmes questions qu'à ses deux interlocuteurs précédents. Elles lui semblaient trop intrusives. Elle n'avait pas envie d'entendre les réponses de la jeune femme concernant son niveau de satisfaction. Elle s'éloigna, honteuse de n'avoir rien acheté.

Elle commençait à se sentir lasse. Un homme en turban fila près d'elle sur des rollers en jouant de la guitare. Elle ne s'en étonna pas, pas plus que de l'adolescent habillé en sirène qui soufflait des bulles à l'intérieur de bulles de savon. Elle allongea le pas et atteignit la jetée où elle devait rejoindre Kylie dix minutes plus tard.

Celle-ci l'attendait déjà. Avec son T-shirt rose vif, facilement repérable. La trentaine, des bras musclés à la Michelle Obama. Jane inspira profondément et alla à sa rencontre.

— Bonjour, je suis Jane. Je viens pour ma leçon de surf.

Ses paroles lui semblaient un peu surréalistes.

— Prête à t'amuser ? demanda Kylie. Parce que la première chose que tu dois faire aujourd'hui, c'est d'abord t'amuser. Je m'en fiche si tu ne réussis pas un *take-off*. Je veux qu'à la fin de la leçon tu ressentes la jubilation du surf.

— La jubilation du surf ?

— Tu peux atteindre un état euphorique. Le surf déclenche une décharge d'adrénaline et de dopamine dans ton système et les vagues sont entourées d'ions positifs. L'ensemble te laisse euphorique, tant que tu n'exiges pas d'atteindre la perfection dès la première fois.

— Je ne m'y attends absolument pas. J'aimerais bien y trouver du plaisir.

— Parfait. On va te faire enfiler une combi. Par là, dit Kylie en lui faisant signe de la suivre.

— Une combinaison de plongée ? Il fait chaud, non ? J'en ai vraiment besoin ?

— La mer est à 15 °C, tu seras contente d'en avoir une.

Kylie la conduisit jusqu'à une petite cahute et attrapa une combinaison et deux sacs en plastique derrière le comptoir.

— Mets tes pieds dans les sacs, tu pourras glisser tes jambes plus facilement. Après, tu les mets sur tes mains pour enfiler les manches.

Elle écarta un rideau décoré de palmiers et révéla une minuscule cabine d'essayage.

— Appelle si tu as besoin d'aide.

Jane entra dans la cabine, tira le rideau et se mit en maillot de bain. Elle glissa les pieds dans les sacs en plastique.

— Oh, tiens ! dit Kylie en lui lançant une chemise en Lycra. Mets-la sous la combinaison pour éviter les irritations.

— Des irritations ?

Jane commençait à se dire qu'elle aurait dû se renseigner un peu avant de venir.

— Le frottement de la combinaison peut irriter la peau au début.

Jane enfila la chemise jaune citron. Puis elle tenta de passer un pied dans la jambière de la combinaison. Elle se tortilla sans grand résultat. Elle tira, tira d'un coup sec et arriva à enfoncer son mollet.

— Euh, je crois que ce n'est pas la bonne taille.

— Vas-y doucement. Elle se détendra dans l'eau.

Jane poursuivit ses efforts. La combi arriva jusqu'au genou. Puis elle lui enserra la cuisse.

— Est-ce que ça peut couper la circulation ?

— Ben, je n'ai jamais vu ça, mais…

Le ton hésitant et le « mais » suffirent à Jane.

— Je crois que je ne sens plus mes doigts de pied ! Il va falloir découper ce truc !

Le rideau fut vivement écarté et Kylie, le type du comptoir et deux autres gars la dévisagèrent dans sa chemise de surf, son bikini et une moitié de la Combi de la Mort.

— Est-ce qu'elle met…, commença le type du comptoir mais il ne put finir tellement il riait.

Les autres types riaient également. Même Kylie avait du mal à se retenir.

— Ne t'inquiète pas, Kooky, tu es juste en train d'enfiler ta jambe dans la manche, la rassura Kylie qui réussit à garder son sérieux.

— Oh, d'accord. Je dois être plus nerveuse que je ne pensais.

Jane se sentait totalement idiote. Son estomac semblait s'être transformé en porc-épic, toutes pointes dehors.

— On va recommencer.

Kylie fit asseoir Jane sur un tabouret dans un coin de la cabine et ferma le rideau. Elle retira la jambe de Jane du piège de néoprène, replaça le sac en plastique et enfonça lentement le pied dans la bonne ouverture.

Plus confortable. Cinq minutes plus tard, Kylie zippait la fermeture éclair.

— Est-ce que tu commences à t'amuser ? la taquina-t-elle.

— J'ai totalement abandonné la moindre idée de perfection que j'aurais pu avoir. Je pense donc que je devrais commencer à m'amuser d'un instant à l'autre.

Kylie lui donna une tape dans le dos.

— Voilà le bon état d'esprit, Kooky.

— Pourquoi « Kooky » ?

— C'est comme ça qu'on appelle les débutants. Tu es prête ? demanda-t-elle en indiquant le rideau.

— Plus que jamais, répondit Jane et Kylie écarta le rideau, devant les gars qui ricanaient.

— Fais la révérence, lui souffla Kylie.

Jane s'exécuta et les garçons applaudirent tandis qu'elle se dirigeait vers la porte. Une fois dehors, Kylie lui tendit une planche jaune vif. Jane s'attendait à en avoir une comme celle de Kylie – étroite et lisse, pas une frite de piscine. Finalement, elle s'attendait peut-être à un certain degré de perfection. Elle s'était imaginée glissant, très à l'aise, dans le rouleau d'une vague.

Kylie dut percevoir sa déception.

— Je donne toujours une planche en polystyrène aux débutants. C'est beaucoup plus facile de garder l'équilibre sur ce type de planche. Et si – enfin, plutôt quand – tu tombes, elle ne te fait pas mal si elle te cogne la tête. Tu l'attacheras à ta cheville avec un cordon.

Kylie lui montra une corde turquoise avec une attache Velcro à chaque bout.

— On va commencer dans la zone d'eaux vives, annonça Kylie tandis qu'elles se dirigeaient vers la plage.

— Les eaux vives ? Suis-je prête pour ça ? N'est-ce pas la partie la plus dangereuse ?

— Tu penses aux rivières. Dans l'océan, l'eau vive est l'endroit où les vagues se brisent sur le rivage. Le seul danger, c'est d'attraper ta première vague, et de partir. Ce qui est exactement ce que tu veux faire. Dans les vagues au bord, c'est le meilleur endroit pour que tu ressentes la sensation de l'eau sous ta planche, et on peut rester à l'écart des bons surfeurs. Ils peuvent être odieux, agir comme si la plage leur appartenait.

Elles atteignirent le bord de l'eau.

— On se jette directement à l'eau. Comme je l'ai dit, je crois au plaisir et je ne pense pas que répéter des mouvements sur le sable soit une bonne introduction au surf. On va commencer par marcher. Tu vas tenir la planche par les rails de chaque côté. Ce sont les bords. Tu la tiens à bout de bras. Tu ne la lâches pas, tu ne veux pas qu'elle te saute à la figure.

— Non, en effet, je ne veux pas ça.

Elles avancèrent dans l'océan. *Clic*, se dit-elle. C'était une nouvelle manie. Quand elle n'avait pas son portable dans la main et qu'elle voulait immortaliser un instant, elle pensait au mot « clic ». Et elle voulait absolument se rappeler ce premier instant dans le Pacifique – sur une planche de surf.

— OK, maintenant tourne le nez de ta planche vers le rivage, lui suggéra Kylie. Regarde par-dessus ton épaule et attends une bonne vague, une assez grosse pour te porter jusqu'au bord. Pas une qui a déjà commencé à se briser.

Jane observa les vagues. Elle n'avait aucune idée de la « bonne vague ».

— Elle doit être grosse comment ?

— Avec la planche que tu as, elle n'a pas besoin d'être très grosse. Quand tu es prête à essayer, tu t'allonges, le ventre sur la planche, et tu commences à pagayer. Tu pagaies jusqu'à ce que tu sentes la vague te soulever. Et souviens-toi : plaisir !

Jane hocha la tête. Cela semblait difficile de se concentrer pour choisir une vague et de s'amuser en même temps.

— Celle-ci ? La suivante ?

— Parfait !

Jane s'allongea, gigota pour se centrer sur la planche et se mit à pagayer. La vague la prit et l'emporta jusqu'au bord. Elle culbuta au dernier moment et se releva en riant.

— C'était génial ! cria-t-elle.

— Génial ? On recommence.

À la fin du cours, Jane avait réussi à se mettre debout trois fois et se sentait complètement excitée. Elle avait l'impression d'avoir bu du champagne, du champagne et du soleil, son corps pétillait de l'intérieur.

Elle souriait encore en retournant vers sa voiture. Elle n'envisageait pas de gagner sa vie avec le surf, mais elle avait vraiment trouvé un nouveau sujet sur sa liste des choses qu'elle aimait. Non, qu'elle adorait ! Cette journée faisait vraiment partie de Mon Année à Moi.

Mac ronronnait, pétrissant les cheveux de Jane avec ses pattes. Ce soir, sa maîtresse semblait heureuse, et dégageait de nouvelles odeurs, qu'il n'identifiait pas. Il aurait pu passer toute la nuit comme ça, mais il savait que Jane avait toujours besoin d'un partenaire. C'était une particularité des chiens et des humains. Elle n'y pouvait rien. Et d'autres personnes, près d'ici, avaient besoin de Mac. Elles ne lui appartenaient pas, mais il ne pouvait ignorer leur solitude, surtout parce qu'elles semblaient incapables d'y remédier. Ce n'était peut-être pas une question de bêtise, mais simplement qu'elles avaient un nez inefficace.

Il se leva, s'étira et sauta du lit. Il était temps d'aller travailler. Il se glissa dans la nuit et fonça dans l'obscurité vers la maison de la petite, car il ressentait le besoin d'aller la surveiller. Il se faufila par une fenêtre entrouverte et gagna sa chambre. Le poney en plastique était rangé dans une boîte qui sentait l'odeur de la femme. Celle-ci dégageait du contentement, et la fillette sentait le bonheur. Satisfait, Mac s'apprêtait à sortir mais il s'arrêta près du canapé. L'autre fille y dormait de nouveau, puant la colère et la douleur. Elle n'était plus une petite fille, mais elle n'était pas encore adulte. Il se rappelait quand il avait cet âge : parfois, il sentait la folie courir dans ses veines, il voulait courir en rond et grimper aux rideaux. Mac ouvrit la bouche et goûta l'odeur dans toutes ses nuances. Il allait voir ce qu'il pouvait faire pour elle.

Mais d'abord, un peu d'amusement. La queue en l'air, les moustaches en alerte, Mac trottina vers la maison du crétin. Celui-ci n'était pas dans la cour, mais il n'était pas loin. Mac passa la tête par la « chatière » du chien, jeta rapidement un œil et se faufila à l'intérieur. Une seconde plus tard, il entendit des aboiements. Une fois dans la cuisine, Mac sauta sur le comptoir. De la patte, il poussa une boîte près du bord et, quand le gros clébard débarqua, il suffit d'une petite poussée. Les aboiements devinrent des hurlements quand la boîte heurta le derrière du chien. Une substance blanche et poudreuse se répandit sur la fourrure canine. Mac avisa une autre boîte.

— Doggy, qu'est-ce que tu fais ? cria le propriétaire du chien.

Et Mac entendit des pas dans l'escalier. Le crétin finit par apercevoir Mac, juste au moment où il faisait tomber la deuxième boîte. Le chien fit un bond en arrière en aboyant. Le missile le rata mais s'écrasa sur le sol avec un bruit satisfaisant en répandant du café dans toute la cuisine. Mac reconnaissait l'odeur du café. C'était l'herbe-aux-chats de Jane.

L'homme déboula dans la cuisine.

— Mais tu es complètement cinglé ! hurla-t-il et le chien se roula sur le dos en offrant son ventre à son maître.

Pathétique. Cela donna à Mac le temps de s'échapper. Il se dirigea vers la trappe du chien, changea d'avis et courut à l'étage. Il allait rapporter un petit quelque chose à Jane. Il savait qu'elle avait pris une bonne bouffée de l'odeur de l'homme avec sa chemise, mais elle n'en avait rien fait. Elle avait besoin d'une piqûre de rappel.

Parfois, il devait même lui rappeler le petit-déjeuner alors qu'elle savait bien qu'il le voulait dès son réveil.

Mac décida de continuer à lui proposer d'autres choix, même si c'était l'odeur de cet homme qu'il préférait, et il pensait que cet homme avait besoin d'une partenaire autant que Jane, sinon plus. Il continuerait à lui apporter des odeurs et il savait qu'elle finirait par comprendre ce qu'elle était supposée faire.

7

Jane gémit en attrapant une boîte de pâtée pour chat. Le cours de surf de la veille avait été époustouflant. Mais ce matin, en se levant, son corps était en miettes. Pagayer n'avait pas représenté un effort terrible, mais Jane comprenait d'où Kylie tenait ses biceps. Elle se rendait compte qu'elle avait dû agripper la planche avec ses orteils, sans comprendre pourquoi ses côtes lui faisaient mal. Elle avait fait quelques chutes mais rien de grave.

— Je suis accro, dit-elle à son chat qui s'enroulait autour de ses chevilles. Je me suis inscrite pour une nouvelle leçon. Je devrais peut-être faire un planning de remise en forme. Soulever des poids.

Elle attrapa Mac et le souleva au-dessus de sa tête. Il miaula de mécontentement et elle gémit de douleur.

— Ce n'était pas une bonne idée, s'excusa-t-elle en reposant le chat.

Il lui jeta son Regard Noir et elle ne sut comment se faire pardonner. Elle remplit son bol d'un mélange de saumon et de gibier.

Maintenant, elle pouvait s'occuper d'elle-même. Elle aurait aimé prendre un bain aux sels d'Epsom – mais elle n'en avait pas. Du sel de cuisine ferait-il l'affaire ? Elle opta pour un bain moussant. Elle avait découvert une nouvelle marque dans une petite boutique du quartier, à la lavande et au basilic. Absolument délicieux ! La propriétaire lui avait montré l'arrière-boutique et l'avait laissée prendre des photos. Jane avait aimé l'expression intense de la femme quand elle parlait des propriétés des plantes.

Jane remplit la baignoire d'eau aussi chaude qu'elle pouvait le supporter. Elle devait ensuite aller vérifier la véranda, sans quoi, toute la durée de son bain, elle se demanderait si quelque chose y avait été déposé.

Elle boitilla jusqu'à la porte, l'ouvrit et se força à regarder par terre. Il y avait une sandale d'homme qui semblait pouvoir servir encore longtemps, une brosse à cheveux, une casquette de base-ball des Red Sox et un mouchoir froissé qui avait l'air humide. Qui pouvait bien faire ça ? Qu'est-ce que cela pouvait signifier ? Elle devrait peut-être punaiser une note sur la porte expliquant que Desmond ne vivait plus ici. Ces trucs devaient lui être adressés. Ou bien étaient-ce des gamins qui s'amusaient ? Elle devait demander à Ruby si, depuis le poney, quelque chose avait été déposé sur son seuil.

Et si ce n'étaient pas les enfants ? Tous ces objets provenaient-ils du même type ? Quelqu'un était-il obsédé par elle ? Pourquoi ? La ville regorgeait d'actrices et de mannequins à poursuivre. L'idée que quelqu'un la prît pour cible était terrifiante. Elle essaya de chasser cette pensée. Trop, trop effrayante. Les sous-vêtements étaient de tailles différentes, ce qui signifiait…

— B'jour, Toots.

Jane sursauta et vit Hud qui montait l'allée menant à sa porte. Elle se précipita en bas des marches pour le saluer. S'il voyait la pile de trucs dans sa véranda, il poserait des questions, plein de questions. Elle n'était pas d'humeur. Elle avait envie d'un bain et d'un livre qui lui feraient oublier un instant toutes ces bizarreries.

— Bonjour, dit-elle en s'efforçant de sourire. Vous allez pêcher ?

Il portait encore cette veste.

— C'est toujours mon intention, mais il se trouve toujours quelque chose qui m'en empêche. Aujourd'hui, il s'agit d'une chaussure manquante, dit-il en tirant un carnet d'une des poches de sa veste. Une sandale. Pointure 44, motif mosaïque. Auriez-vous des informations à ce sujet ?

Jane sentit son cœur battre plus vite. Elle se sentit coupable, alors qu'elle n'avait aucune raison de l'être. Devait-elle dire à Hud que la sandale était apparue dans sa véranda ? Elle allait subir un interrogatoire. Mais s'il la voyait et qu'elle n'avait rien dit…

— En fait, oui, je sais quelque chose, répondit-elle.

Il allait peut-être l'aider et trouver le fin mot de l'histoire. D'après Al, il était toujours à la recherche d'un mystère à résoudre.

— Une sandale comme ça a fait son apparition sur mon paillasson ce matin, expliqua-t-elle en montrant du doigt. Avec cette brosse et cette casquette de base-ball, également. Oh, et ce mouchoir.

— Vous avez dit « fait son apparition » ?

— Oui, fait son apparition.

Et Hud nota quelque chose dans son carnet.

— Pourriez-vous rendre la sandale à son propriétaire ? Ou me dire à qui la rendre ? demanda-t-elle.

— Vous dites que ce matin vous l'avez vue pour la première fois, ainsi que les autres objets ?

— Je le confirme.

Il la fixa. Jane lui rendit son regard.

Si Ruby n'était pas apparue, Dieu sait combien de temps ce duel silencieux aurait duré. Hud se tourna vers elle.

— Ta présence ici a-t-elle une raison particulière ?

— Ai-je besoin d'avoir une raison ? demanda Ruby.

Hud lui lança son Regard Fixe. Il était presque aussi opérant que celui de Mac. Ruby soupira.

— Apparemment, il faut que je te donne une raison pour me trouver dans mon propre quartier. Je suis venue rendre visite à mon amie – elle hocha la tête en direction de Jane – pour savoir comment s'est passé son premier cours de surf.

Hud se retourna vers Jane.

— Cours de surf. C'est chérot, comme loisir, non ?

Jane était agacée par ses méthodes d'intimidation.

— Si je les finançais en revendant des affaires volées, j'aurais pris la paire, vous ne croyez pas ?

— Vous avez réfléchi à ce qui était le plus rentable, n'est-ce pas ? demanda Hud.

— Aide-moi, Ruby, s'il te plaît, aide-moi.

— Intéressant d'apprendre que vous deux êtes amies, commenta Hud, avant que Ruby ait pu intervenir. Sachant que Tootsie Pop, ici, a également vu apparaître sur sa véranda un objet volé et a clamé qu'elle ignorait d'où il venait.

— Et tu sais quoi ? J'étais désolée pour cette petite fille, Riley, alors je lui ai fabriqué une écurie pour son poney. Elle l'adore.

— Et ça t'a fait du bien, hein ? demanda Hud en détachant une paire de petits ciseaux de la lanière autour de son cou.

Il s'en servit pour se curer les ongles.

— Ça m'a fait un bien fou ! Je n'ai jamais vu quelqu'un avec un aussi large sourire, répondit Ruby.

— L'esprit criminel est une chose fascinante, commenta Hud. On pense que le profit est la motivation du crime. Ou la vengeance. Et ce sont souvent les raisons pour lesquelles un crime est commis. Mais, pour certains, le câblage du cerveau est plus retors, plus compliqué. Un criminel peut, par exemple, voler afin d'apparaître comme un héros quand il rend ce qu'il a pris.

— Alors, tu crois que j'ai pris le poney pour obtenir la gratitude d'une petite fille en le lui rendant et en lui fabriquant une écurie ? demanda Ruby.

— Ai-je dit ça ? s'étonna Hud en écarquillant ses yeux innocents.

Pas étonnant qu'il n'ait plus joué dans une série, se dit Jane. *Son jeu craint vraiment.*

— Tu as presque dit ça, oui, confirma Ruby.

— Et je devrais retirer un frisson de plaisir avec ce Kleenex usagé ? demanda Jane. Vous pensez que quelqu'un serait heureux de retrouver son vieux Kleenex ?

Hud continuait à se curer les ongles.

— Un criminel intelligent comprend la valeur d'une fausse piste.

Jane secoua la tête.

— Je rentre, tu viens ? demanda-t-elle à Ruby.

— Tout de suite. Nous devons planifier la prochaine série de délits.

— Il arrive que des criminels qui partagent la même psychose fassent équipe. Ça se termine toujours mal, leur lança Hud.

— Il est très subtil, notre Sherlock, commenta Jane en ouvrant la porte pour laisser entrer Ruby.

— J'ai failli confesser que nous étions les Thelma et Louise de Storybook Court.

— Il me faut un café. En veux-tu ? demanda Jane.

— Oui, bien sûr.

Ruby s'assit à la table de la cuisine et Mac sauta aussitôt sur ses genoux.

— Oh ! D'habitude, Mac prend son temps avant d'honorer quelqu'un de sa présence. Il ne te gêne pas ?

— Pourquoi me gênerait-il ? s'étonna Ruby, en grattant Mac sous le menton.

Le chat ferma à demi les yeux de plaisir.

— As-tu trouvé d'autres choses dans ta véranda ? s'enquit Jane en remplissant deux mugs de café avant de les poser sur la table.

— Non, mais toi si, apparemment.

— Oui, depuis la dernière fois qu'on s'est parlé, j'ai trouvé un T-shirt et les objets que tu as vus. Je m'efforce de ne pas flipper.

Jane versa deux cuillerées de sucre dans son café et en but une grande gorgée.

— C'est vraiment bizarre. Mais ce n'est pas forcément malveillant, la rassura Ruby en continuant de gratter le cou du chat.

— Et l'ex-détective de la télé ? Va-t-il nous dénoncer ?

Ruby s'esclaffa.

— À qui ? Il apprécie beaucoup trop l'énigme pour vouloir qu'elle prenne fin. Alors, comment c'était, le surf ?

— Je suis si contente que tu m'aies conseillé ça ! C'était incroyable ! Je suis déjà accro. Et aussi affreusement courbatue.

— Je pensais bien que tu aimerais ça. Et Kylie est super.

— Oui, et j'ai bien aimé la façon dont elle a insisté pour que ce soit du plaisir. Regarde les photos que j'ai prises.

Jane prit son portable et montra à Ruby sa galerie de photos.

— C'est quelque chose que je souhaite pour le job de mes rêves : je veux que ce soit du plaisir, au moins une partie du temps.

— Elles sont chouettes, ces photos ! s'exclama Ruby. Tu as bien saisi la personnalité de Kylie. J'aime beaucoup celle du Donneur-de-mauvais-conseils !

— Merci.

— Jane, Marie propose que tu viennes dîner demain soir, cria Al.

— Qu'est-ce qu'il fait l'hiver quand les fenêtres sont fermées ? murmura Jane avant de répondre sur le même ton : très bonne idée. Que voulez-vous que j'apporte ?

— Rien du tout. Mais Marie dit de mettre une robe. Viens à 19 heures.

— Oh, oh, fit Ruby.

— Ça ne me dérange pas d'aller dîner chez eux, je les aime bien.

— Moi aussi. Je suis déjà allée dîner chez eux, mais Marie ne m'a jamais fait dire par Al comment m'habiller.

Ruby but une gorgée de café et sourit.

— Mon amie, je pense que demain soir on va te présenter un prétendant.

— J'ai dit à Marie et à Helen que je ne voulais pas !

— Il n'y a pas longtemps que tu connais Marie, mais je suis sûre que tu as déjà compris qu'elle n'en fait qu'à sa tête.

— Si tu vois juste, elle a dû inviter son petit-neveu. Elle en parle chaque fois. Et Helen ramène son filleul. Puis-je ne pas y aller ? Prétendre être malade ?

— Marie viendra t'apporter de la soupe, des biscuits et vérifier ton état de santé et ton alibi, prédit Ruby. Tu n'y peux rien.

— Tu as raison, attendons que ça passe, soupira Jane. Et c'est juste un dîner chez Al et Marie. Ce n'est pas la fin du monde.

Ça ne durera qu'une demi-heure, se dit David. Il s'attendait à être un peu nerveux. Il y avait longtemps – très très longtemps – qu'il ne s'était pas rendu à un rendez-vous galant.

Ce n'était pas vraiment un rendez-vous, juste une rencontre rapide pour que chacun apprenne à qui il avait affaire. Il avait raconté à Madison, la lycéenne qui travaillait à mi-temps comme vendeuse, qu'une de ses amies passait par là. Elle n'avait pas à en savoir davantage et elle serait occupée avec les clients. Beaucoup de gens s'arrêtaient à la boutique en rentrant du travail. La prochaine fois, il choisirait un lieu où il ne connaissait personne.

Il vérifia l'heure. Plus que trois minutes. Il déposa une assiette avec ses cupcakes alcoolisés sur une table près de la vitrine et s'assit. Il s'essuya les doigts avec une serviette en révisant mentalement les sujets de conversation qu'il avait envisagés. Bon, il s'était aidé de quelques articles en ligne. « Quel est le job de vos rêves ? » « Aimez-vous les chats ou les chiens ? » et le classique : « Comment s'est passée votre journée ? » Il envisageait d'emprunter la question préférée de Ruby pour faire connaissance : « Quel serait le titre du film de votre vie ? » D'habitude, il n'avait pas de mal à parler avec les gens, mais cette situation n'était pas habituelle.

Il résista à la tentation de regarder encore une fois la photo de Sabrina, même s'il n'avait pas oublié à quoi elle ressemblait. Ils avaient échangé quelques SMS dans la journée et il aimait bien ce qu'il percevait d'elle. Elle avait le sens de l'humour, même si elle n'avait pas saisi sa référence à *Pulp Fiction*, et il fallait se méfier un peu des gens qui n'appréciaient pas *Pulp Fiction*.

Les clochettes de la porte tintèrent, la porte s'ouvrit. C'était elle. Elle ressemblait bien à sa photo. Adam l'avait prévenue qu'elle pourrait ne pas y ressembler. Mais c'était bien la même, jusqu'à ce qu'elle dépasse le muret, près de la porte, et qu'il la voie de la tête aux pieds.

Elle était enceinte. *Enceinte*. De huit mois ? Plus ? Il n'aurait pu dire. Mais *vraiment* enceinte, peut-être même enceinte-en-route-pour-la-maternité. Son cerveau se mit à lui envoyer des ordres. *Souris. Ne fixe pas son ventre. Présente-toi.*

Il sourit et se leva.

— Sabrina ?

Elle lui rendit son sourire. Un joli sourire.

— David ?

Il hocha la tête et lui fit signe de s'asseoir en face de lui.

— Cupcakes cocktail, comme promis.

— Fabuleux !

Elle s'assit, prit un gâteau et y mordit.

— Mon petit ami serait fou s'il me voyait manger ça. Il a tellement peur que je prenne du poids.

— Petit ami, répéta David.

Sa première rencontre sur partenaires.com était-elle, de fait, avec une femme enceinte ayant un petit ami ?

— Ex-petit ami, corrigea-t-elle. Il faisait comme s'il ne voulait pas que je mange mal par souci pour ma santé et celle du bébé. Mais, en fait, il ne voulait pas que je grossisse. Il s'attend – s'attendait – à ce que je mette un bikini en sortant de la maternité.

Elle prit une nouvelle bouchée.

— Succulent !

David comprit que ce petit ami n'était pas un ex depuis longtemps. Que diable était-il supposé faire maintenant ?

— Voulez-vous un café ou autre chose ?

Clairement, ce qu'il était supposé faire était agir normalement, prendre le café avec elle, dire qu'il était heureux d'avoir fait sa connaissance, et retourner à sa vie.

— Café, s'il vous plaît. Une autre chose que mon petit ami – ex-petit ami – ne voulait pas que je boive. Le docteur a dit qu'un peu de caféine n'était pas nocif, mais Patrick ne voulait pas que je boive de café pendant neuf mois. Par contre, il n'avait pas l'intention, lui, de se priver de ses deux expressos en guise de soutien moral. Il répétait qu'il n'était pas enceint et que ce qu'il ingérait ne pouvait en aucun cas faire du mal au bébé, que je n'étais pas raisonnable de lui demander de se priver de quoi que ce soit.

— Je reviens tout de suite, dit David.

Il prit son temps pour rassembler le café, le sucre, la crème, derrière le comptoir, et les lui apporter.

— Je suppose que j'aurais dû vous poser la question avant : il n'y a pas beaucoup d'alcool dans les cupcakes, n'est-ce pas ?

— Il faudrait sans doute en manger une douzaine pour absorber la quantité d'alcool qu'il y a dans une bière, tant que vous ne l'arrosez pas avec une des pipettes.

Sabrina passa son doigt sur le dessus et lécha le glaçage.

— Je ne vous demande pas combien de calories. C'est long, huit mois et demi.

— Je m'en doute.

David avait envie de regarder l'heure, mais il résista. Il allait la laisser boire son café, ça ne devrait pas prendre beaucoup de temps, et il trouverait une excuse pour s'échapper.

Sabrina ricana :

— Les hommes essaient toujours d'avoir l'air compréhensifs et amicaux. Mais vous ne pouvez pas comprendre, c'est impossible, n'essayez même pas.

Sa voix montait dans les aigus et ses yeux brillaient de fureur. Ou peut-être était-ce de l'hyperglycémie. Elle attaquait son deuxième cupcake.

— OK, vous avez raison, répondit David d'une voix calme et basse. Aucun homme ne peut savoir ce que c'est d'être enceinte.

Elle mâchait si fort qu'il pouvait entendre ses dents claquer.

— Et maintenant, vous faites ce truc en parlant d'une voix douce, comme si j'étais un animal enragé qui allait vous mordre.

T'as raison, se dit David. Quelle que soit sa réaction, il aurait tout faux. Il mit du sucre dans son café et tourna consciencieusement sa cuillère.

— Tu vois ? Tu veux que j'arrête le sucre et tu t'en verses, juste sous mon nez, l'accusa Sabrina.

— Attendez un peu. On ne s'était jamais vu avant. Je ne veux rien du tout.

— Et tu te fiches du bébé.

Sabrina finit le deuxième cupcake et prit le reste du gâteau sur l'assiette de David.

— Écoutez, visiblement, ce n'est pas le moment pour démarrer quoi que ce soit. J'espère que tout se passera…

Sabrina ne le laissa pas terminer.

— Je te dégoûte. On ne peut pas avoir un bébé sans grossir. C'est impossible.

— Je ne vais pas discuter avec vous. Laissez-moi vous donner quelques gâteaux pour la route.

David se leva si rapidement qu'il faillit renverser sa chaise. Il retourna au comptoir, l'esprit en ébullition, tandis qu'il plaçait une demi-douzaine de gâteaux dans une boîte. Pourrait-il la faire sortir avant qu'elle se décompose complètement ? Était-elle si énervée que l'accouchement risquait de commencer de façon prématurée ?

Il jeta un coup d'œil à Madison. Elle ouvrit des yeux ronds. Elle ne lui serait d'aucune aide.

— Et voilà, dit David en retournant à la table. (Il posa la boîte devant Sabrina.) Il y en a deux au cabernet. Les autres sont sans alcool.

— Je peux choisir toute seule, tu sais, cria-t-elle. J'ai bien lu quatre cents livres sur la maternité. Je sais ce qui est bon et ce qui ne l'est pas.

— Bien sûr, fit David en reculant d'un pas et en levant les mains en signe de reddition.

Un chien, des amis, un boulot qu'il aimait, c'était bien. C'était parfait.

Les clochettes tintèrent et un homme grand, aux cheveux roux clairsemés, entra en coup de vent.

— Sabrina, qu'est-ce que tu fous ? hurla-t-il.

Elle leva le menton d'un air de défi.

— Tu m'as eue. Je mange des gâteaux, avec de l'alcool dedans. Et je prends du café. Si tu te préoccupais du bébé, tu ne crierais pas. Tu dis toujours que ça stresse la petite.

— Je ne te parle pas de ces foutus gâteaux, répondit-il en marmonnant très fort. Je te parle de ton rendez-vous, là, avec cet homme.

— Et pourquoi devrais-je m'en empêcher ? s'étonna Sabrina en ouvrant la boîte. (Elle prit un gâteau et en fourra la moitié dans sa bouche sans même ôter le papier.) Il est évident que tu ne veux pas rester avec moi. Je suis beaucoup trop grosse, égoïste et stupide pour toi.

David recula de quelques pas. Madison assistait à la scène la bouche ouverte.

— Tu sais que ce n'est pas vrai, chérie, susurra-t-il. Il l'entoura de ses bras. Tu es parfaite, absolument parfaite.

Madison lança à David un regard signifiant « Tu entends ça ? » L'homme regarda David d'un air dur.

— C'est joli, de s'attaquer à une femme quand ses hormones la rendent vulnérable.

— Je ne savais même... David laissa la phrase en suspens.

Tout ce qu'il dirait risquait de faire péter les plombs à l'un ou l'autre, ou même aux deux.

— Je suis désolé.

C'était l'entière vérité. Il était complètement, absolument, colossalement désolé.

— Rentrons à la maison, conseilla le type en caressant tendrement le ventre de Sabrina.

Elle se mit lourdement debout et sourit à David, comme si elle n'avait pas été prête à le frapper avec une fourchette quelques minutes plus tôt.

— Tu as l'air d'un chic type. Je suis sûre que tu vas rencontrer quelqu'un de bien pour toi. Je ne suis pas la bonne personne. J'ai mis ce profil parce que j'étais un peu contrariée.

— Ce n'est pas grave.

David regarda Sabrina et son « non-ex-petit ami » sortir de la boutique. Il les suivit des yeux jusqu'à ce qu'ils disparaissent. Alors il inspira profondément.

— Je dirais, pour elle, « trouble réactionnel de l'attachement ». « Trouble de la personnalité dépendante » pour lui, diagnostiqua Madison qui, en attendant d'étudier la psychologie à l'université, émettait un diagnostic sur tous les clients.

— Je dirais qu'ils sont tous les deux frappadingues. Je rentre.

Il avait l'intention de sortir le monstre, de boire une bière, de trouver une émission de sport quelconque à la télé et de ne plus penser à rien jusqu'au lendemain matin. Mais, en arrivant chez lui, il vit Zachary assis sur les marches. Le gosse avait visiblement quelque chose en tête.

— Quoi *te* neuf ? demanda-t-il en s'asseyant à ses côtés.

Doggy se leva et présenta son arrière-train à son maître qui se mit à le gratter. Zachary lui tendit un petit livre avec une couverture de velours, zébrée de mauve.

— J'ai trouvé ça devant la porte, ce matin.

David le prit et le feuilleta. La première page comportait un avertissement en majuscules au feutre noir :

QUICONQUE LIRA CECI
SERA DÉMEMBRÉ

— C'est le journal intime d'Addison Brewer, précisa Zachary.

— Tu l'as lu ? demanda David en le lui rendant.

— Non. Enfin juste un peu, pour voir à qui il appartenait. Maintenant, je ne sais pas quoi faire. Si je le lui rends, elle me tuera probablement, pensant que je l'ai lu.

— Ce qui est la vérité, lui rappela David.

— Je n'ai pas tout lu, protesta Zachary. J'ai pensé le déposer en douce dans sa véranda, mais si elle me voit ? Elle me tuera. Mais il y a des trucs vraiment personnels là-dedans…

— Que tu n'as pas lus, compléta David.

— Pas tout, répéta Zachary. Ça va la rendre folle de ne pas savoir où il est. Enfin, encore plus folle. Je me demandais si tu pouvais, peut-être…

— Pas question. Je ferais beaucoup de choses pour toi, mec, mais je ne vais pas risquer de me faire démembrer.

— On pourrait peut-être laisser Doggy le mâchouiller ? suggéra Zachary plein d'espoir.

Doggy remua la queue dès qu'il entendit son nom en rapport avec l'action de manger.

— Je suis sûr qu'il serait heureux de le faire, concéda David. Mais non. Tu as une idée de la facture du véto pour lui recoudre tous ses membres ?

Il réfléchit un moment.

— Et si tu le lui renvoyais par la poste ? On pourrait imprimer une étiquette et porter des gants de caoutchouc. Pas d'écriture manuscrite à analyser et pas d'empreintes.

— Génial !

Zachary s'appuya en arrière, les coudes sur la marche supérieure.

— Tu sais, dans les pages que j'ai lues…

— Le texte écrit à la main, le coupa David.

— Je n'ai pas tout lu ! protesta Zachary. Mais j'ai lu quelques trucs qui font penser que son petit ami est un pauvre mec.

— Tu n'avais pas besoin de lire quoi que ce soit pour le savoir.

David commençait à ressentir des crampes aux doigts, mais quand il s'arrêta Doggy lui lança un regard tellement suppliant qu'il reprit ses gratouilles.

— Tout le monde alentour l'a entendue l'enguirlander au téléphone. Mais il s'agit peut-être d'un ensemble : lui est un pauvre type et elle a des attentes déraisonnables.

— Je ne pense pas que ce soit déraisonnable de s'attendre à ce qu'il la salue devant ses amies, vienne quand il doit la retrouver ou se rappelle son anniversaire. Même moi, je me rappelle la date de son anniversaire.

Il a le béguin pour elle, comprit David. Il s'était bien dit que la marque rouge sur son front avait un rapport avec une fille, mais il n'aurait jamais imaginé qu'il s'agissait d'Addison Brewer. Addison était jolie, mais Zachary lui-même disait qu'elle se comportait comme une mégère. Enfin, depuis un an environ. Mais c'était peut-être à cause du petit ami qui la rendait folle. Il observa Zachary. Le garçon se rendait-il compte qu'il avait le béguin ?

— Est-ce que je joins une note dans le paquet ?

Zachary se redressa.

— Je me dis… Tu ne crois pas qu'elle va flipper de le recevoir par la poste alors qu'il n'y a pas son adresse à l'intérieur ? Elle va croire qu'elle est suivie.

— Oh ! Je sais, dit David. Ruby fabrique une écurie modèle pour le poney de Riley. Je lui donnerai le journal intime et, la prochaine fois qu'elle ira là-bas, elle le glissera sous le canapé ou ailleurs. Comme ça, Addison ne saura jamais que quelqu'un l'a vu.

— Génial ! Merci, dit Zachary en s'accoudant de nouveau.

— Je t'en prie. Tu as envie de promener Doggy avec moi ?

À ces mots, Doggy fila par sa trappe, ronde comme la porte de la maison des Hobbits.

— Ouais.

Au moment où Doggy revenait à fond de train en tenant la laisse dans sa gueule, le portable de David vibra. Adam. Il savait que son ami ne le lâcherait pas tant qu'il ne saurait pas comment s'était passé le rendez-vous avec Sabrina.

— Je dois répondre. Toi et Doggy, allez-y, je vous rattraperai.

Zachary acquiesça et prit la laisse. Il l'attacha au collier de Doggy qui le remorqua à travers la pelouse. Le chien n'allait pas laisser Zachary passer le portail le premier. David décrocha :

— Elle était enceinte. Et elle avait un petit ami.

— Cela ne doit pas t'arrêter, affirma Adam quand il arrêta de rire.

David entendit la voix de Lucy par-derrière et Adam lui raconta l'histoire.

— Lucy dit qu'elle veut choisir la prochaine parce que toi et moi, visiblement, on est nuls.

— J'ai besoin d'un temps de récupération, dit David. J'ai l'impression d'avoir vécu une scène de série télé.

— Pas question. Un peu de temps, et tu mettrais des mois. Lucy va regarder les profils. Elle va te trouver quelqu'un de bien.

Adam raccrocha avant d'entendre David refuser sa proposition.

8

Jane s'allongea pour prendre une photo de Ruby et Riley en train de contempler l'écurie de Paula. Ruby avait décidé qu'elle devait être ouverte sur un côté comme une maison de poupée. Leur expression était semblable : un mélange d'excitation et de concentration, tandis qu'elles discutaient de l'aménagement de l'espace. Fallait-il un lit ou de la paille douce et dorée, ou bien quelque chose qui évoque des nuages roses ?

— Et ça ? demanda Ruby. Un lit à baldaquin mais avec de la paille dorée sur le lit ?

— Avec un oreiller en nuages roses ! s'exclama Riley en tapant des mains.

Puis elle fit frapper Paula des sabots.

Ruby prit sur le lit de Riley son sac polochon et le posa par terre à côté d'elles.

— J'ai apporté différents tissus. Voyons avec quoi on peut faire le baldaquin.

Jane, tout sourire, prit d'autres photos tandis qu'elles examinaient un foulard fleuri dans les tons de violet et rose – évidemment. *C'est sans doute ainsi que Ruby se comporte avec les metteurs en scène*, pensa-t-elle. *Attentive à leur vision, elle trouve la meilleure façon possible de la réaliser.* Elle avait vraiment trouvé sa passion et elle en vivait. Et s'en servait pour rendre une gamine follement heureuse.

La porte de la chambre s'ouvrit brutalement et les fit sursauter. Addison, la grande sœur de Riley, apparut, son journal intime à la main. Jane savait que c'était son journal parce que, avant d'arriver, Ruby lui avait confié qu'un garçon du voisinage l'avait trouvé devant sa porte et qu'elle devait le rapporter en douce afin qu'Addison ne sache pas que quelqu'un l'avait vu.

— Riley, tu as dit que tu n'y avais pas touché, accusa Addison en agitant le carnet.

— C'est vrai, pleurnicha la petite.

— Alors comment est-il arrivé dans le coin derrière le fauteuil avec ton coloriage « Princesse Sofia » et ta baguette magique ?

— Je n'y ai pas touché, confirma Riley.

— Je passe mon temps à retrouver des choses là où je ne me souviens pas les avoir posées, ajouta rapidement Ruby. L'autre jour, j'ai trouvé un sachet de petits pois congelés dans mon tiroir à chaussettes. Vraiment : dans mon tiroir à chaussettes.

— Moi aussi, ça m'arrive. Tu t'es peut-être assise là, et il est tombé.

— Ouais, je suppose, murmura Addison. N'y touche pas, où qu'il soit, Riley, prévint-elle avant de sortir.

— Je n'y ai pas touché.

Riley frotta le foulard sur sa joue puis le passa sur le dos du poney.

— Paula aime bien celui-ci.

— Très bon choix. Jane et moi devons partir. Je dois l'aider à se préparer pour un rendez-vous.

— Ce n'est pas vraiment un rendez-vous, dit Jane, avant de se sentir idiote de son besoin de s'expliquer devant une enfant de quatre ans.

— Je dis qu'il faut garder l'esprit ouvert, conseilla Ruby en attrapant son sac. (Elle passa la main dans les cheveux de Riley et donna une caresse à Paula.) Je vais commencer le baldaquin. Si ta mère est d'accord, tu pourras venir demain pour choisir la paille et le nuage.

— Ça ira. Je l'amènerai après l'école, cria Addison du salon. Il faudra qu'elle soit rentrée à 19 heures. C'est l'heure où Maman arrive à la maison et elle insiste pour qu'on dîne ensemble les soirs où elle rentre assez tôt.

La jeune fille avait la voix gaie. Il devait être difficile d'avoir aussi souvent la responsabilité d'une petite sœur, même aussi adorable que Riley. L'arrivée de Ruby était parfaite pour elles trois. Addison disposait ainsi de temps libre. Riley profitait de l'attention de Ruby qui, elle, appréciait la compagnie de l'enfant. Jane se rappelait le ton mélancolique de Ruby quand elle avait dit avoir raté sa chance d'avoir des enfants.

— On fait comme ça, alors. Au revoir, mignonne.

— Au revoir. Merci pour la visite, ajouta Jane.

— Au revoir, dit Riley en regardant l'écurie modèle, comme si elle voyait déjà le baldaquin à l'intérieur.

Jane et Ruby avaient à peine quitté la maison quand elles entendirent un hurlement. Elles firent aussitôt demi-tour.

— Qu'y a-t-il ? Que se passe-t-il ? cria Ruby en regardant les filles l'une après l'autre.

Addison jeta son téléphone par terre.

— Il se passe que mon petit ami est un… Elle jeta un coup d'œil vers sa sœur et poursuivit : il n'est pas gentil, d'accord ? Il vient de m'envoyer une photo où il est avec ses copains chez McDonald's, et cette fille,

Olivia, qui y travaille et qui va à notre lycée, est presque assise sur ses genoux. Et il adore ça. Il envoie la photo à plein de gens. Je ne suis pas sûre qu'il voulait me l'envoyer. De toute façon, voulu ou pas, ça en fait un… ça ne le rend pas très gentil, se rattrapa-t-elle.

— Depuis combien de temps sortez-vous ensemble ? demanda Jane pendant que Ruby accompagnait Riley dans sa chambre.

— Deux ans, moins le temps où on s'est séparés. Je compte deux ans parce qu'on s'est toujours rabibochés.

— Oui, c'est normal.

— Tu dois savoir que Riley pense que le cri a fait peur à Paula, mais que le poney va bien maintenant, annonça Ruby en rentrant dans le salon. Je dois dire, Addison, qu'en entendant ce cri mon cœur s'est arrêté une seconde. On aurait dit que quelqu'un se faisait poignarder.

Addison attrapa son portable.

— Je vais lui envoyer un SMS : *Respirer un mélange de crème anti-acné et de graisse de hamburger peut provoquer le cancer.*

— Nous devons partir. Rappelle-toi d'amener Riley demain, après l'école.

— Ouais, confirma Addison, le regard rivé sur son écran.

— J'essayais de trouver un moyen de lui faire comprendre qu'elle perd son temps avec ce garçon, confia Jane quand elles furent dehors. Mais tout ce que je trouvais avait l'air moralisateur, alors que j'ai moi-même fait l'expérience de rester trop longtemps avec quelqu'un.

— On a toutes eu ce genre d'expérience, je crois. J'aurais dû comprendre avant de me marier que mon ex et moi ne voulions pas les mêmes choses. Sauf que, aujourd'hui, il a des enfants : alors je suppose qu'il voulait les mêmes choses, mais pas avec moi. « C'est de ce côté qu'est la folie. » Je n'y pense plus. Je vais plutôt penser à l'écurie de Paula. Je crois que je peux tailler des colonnes pour le lit.

Jane comprit qu'il y avait certains sujets sur lesquels il ne fallait pas s'appesantir. Elle n'avait pas envie de penser à Monsieur Ventouse ni à Monsieur « J'ai-oublié-de-dire-que-j'étais-marié » ou à n'importe laquelle de ses relations ratées.

— Tailler ? Tu sais vraiment tout faire !

— J'ai taillé des petits animaux pour un film. C'est ce que j'aime dans mon travail : j'apprends toujours à faire de nouvelles choses. Je suis accro aux nouveaux apprentissages.

— J'aimerais ça, moi aussi. C'était dur d'enseigner toujours la même chose. Merci encore pour l'idée du surf. Tu as d'autres idées ? Développement personnel et salaire de base ?

Elle devait se concentrer sur l'avenir, oublier le passé.

— Je ne sais pas en ce qui concerne le salaire, mais j'ai pris un cours d'improvisation, une fois. L'école des Groundlings en donne. C'est là qu'ont débuté Melissa McCarthy, Cheri Oteri, Lisa Kudrow, Julia Sweeney, Kristen Wiig, Jennifer Coolidge… Des femmes incroyables. Et des types aussi. Ce cours était vraiment amusant.

— Cela a l'air un peu effrayant, commenta Jane.

— Ce qui ne te tue pas te rend plus fort, chantonna Ruby. Je peux regarder ce que tu as dans ton placard ? demanda-t-elle quand elles furent arrivées chez Jane.

Celle-ci se dirigeait vers la chambre, Mac sur ses talons.

— Certainement. Je n'ai pas grand-chose dans le rayon des robes. Je vis une période où aucun vêtement ne me correspond plus. Cela t'est déjà arrivé ? demanda Jane.

— Ma penderie ressemble à celle d'une personne ayant un trouble de la personnalité multiple. J'aime bien avoir le choix.

Ruby ouvrit la penderie et passa les vêtements en revue.

— Ah ! la petite robe noire. Jolie, mais pas adaptée à un dîner chez les voisins.

Elle continua à faire défiler les tenues.

— Il semble que la seule autre option ressemble à une tenue pour un enterrement.

— C'est la dernière fois que je l'ai portée. À l'enterrement de ma mère, reconnut Jane en tâtant la manche de la robe fourreau bleu marine.

— Désolée, murmura Ruby.

— Pas de mal. Penses-tu qu'une jupe satisferait Marie ? demanda Jane en tirant une jupe crayon à carreaux beige et marron, qu'elle portait lors des rencontres avec les parents d'élèves. Elle est ordinaire, mais c'est la seule autre possibilité.

— Il faut que je t'emmène faire les boutiques. On ira chez Quoi de 9, pour commencer. Ils ont un grand choix de vêtements vintage. Oui, cette jupe conviendra. Avec ça, proposa-t-elle en choisissant une chemise toute simple en coton. Et puis ça, indiquant un gilet rayé vert et blanc. Et ces chaussures, que je veux pour moi.

Elle sortit une paire de bottines au bout ouvert que Jane adorait. Une folie qu'elle s'était offerte quelques années plus tôt.

— Je n'aurais jamais pensé à assortir tout ça. Tu as vraiment l'œil d'une artiste. Tu as une idée de l'homme que Marie me présentera ce soir ? Elle a parlé d'un petit-neveu. Tu l'as déjà rencontré ?

Ruby secoua la tête.

— Je n'aimerais pas être à ta place, engluée dans une compétition entre Marie et Helen. La lutte concernant le meilleur pain irlandais sans levure fut épique – elle a duré plus d'un an. Nessie, la sœur d'Helen, y a participé. Même si elles ne se sont jamais parlé. Tout passait par Marie.

— J'ai entendu celle-ci mentionner Nessie, mais je ne savais pas qui c'était.

— La jumelle d'Helen. Elles ont grandi à Storybook Court. Leurs parents ont divorcé quand elles avaient onze ans. Papa a déménagé dans une maison à l'autre bout de la résidence. Maman est restée à côté des Defrancisco, et Nessie – Clytemnestre, de son vrai nom – est partie avec Papa. Helen est restée avec Maman. Helen et Nessie ne se sont plus jamais parlé.

— Triste.

— Oui, c'est triste. Je n'imagine pas ne plus parler à ma sœur. J'aimerais qu'elle habite plus près. Elle vit à La Nouvelle-Orléans.

— J'aimerais avoir une sœur ou un frère. Depuis que ma mère est partie, je n'ai plus de famille. Enfin, seuls quelques cousins avec lesquels j'échange des vœux à Noël.

Jane remarqua que Mac était entré dans la penderie et fixait la boîte contenant les affaires laissées devant sa porte. Elle le souleva et le déposa sur son lit, puis ferma rapidement la porte. Il émit un petit miaulement de dépit qu'elle ignora. Parfois, il fallait ne pas faire attention à MacGyver.

— Et ton père ? s'enquit Ruby.

— Accident de voiture. J'avais à peu près l'âge de Riley. Je ne me souviens presque pas de lui.

— C'est dur, compatit Ruby en serrant affectueusement l'épaule de Jane.

Celle-ci décida de changer de sujet. Elle ne voulait pas se sentir bouleversée juste avant ce qui était sans doute un rendez-vous arrangé chez Al et Marie.

— Ce qui est frustrant, c'est que j'ai prévenu Marie que ce n'était pas la peine d'arranger une rencontre. Je lui ai dit « Non, non, non ». Alors il s'agit peut-être d'un simple dîner.

— Certains signes ne trompent pas. Marie ne m'a jamais parlé d'un petit-neveu, je ne peux donc rien t'apprendre sur lui. Le filleul d'Helen, je l'ai rencontré une fois, et je ne peux pas t'en dire grand-chose. Il est du genre fade. Rien de ce qu'il a dit n'était mémorable.

Mac se mit à ronronner fort et Jane vit qu'il s'était couché en rond sur les vêtements qu'elle venait de choisir.

— Pas besoin d'accessoires, j'ai des poils de chat.

Elle lui donna une petite poussée ; il sauta du lit et sortit, vexé, la queue dressée.

— Marie essaie-t-elle de caser tout le monde, ou seulement moi ?

— Elle a essayé avec moi il y a des années, mais elle n'avait pas eu de sang neuf depuis longtemps, jusqu'à ce que tu arrives.

— Et Helen ? Marie a-t-elle essayé de lui trouver quelqu'un ?

— Non, autant que je sache. Mais Helen, contrairement à nous deux, peut se mesurer à Marie sur un pied d'égalité, et parfois elle l'emporte.

— Ah bon ?

— Je dois y aller, je ne veux pas être en retard pour mes gâteaux de Noël.

— Tu as raison, on approche de la fin septembre. Le temps passe, la taquina Jane.

— Je veux avoir tous les détails demain ! Ou tard ce soir. Passe me voir quand tu veux.

Ruby se dirigea vers la porte, mais Jane la rattrapa par le bras.

— Et si tu venais dîner, toi aussi ? Je te promets de t'aider pour les gâteaux. Je préparerai un million de cookies si tu m'accompagnes. Marie sera d'accord. Elle a cuisiné pour douze, j'en suis sûre.

— Au moins. Al sera peut-être chargé de me porter des restes plus tard. Mais je ne vais pas y aller sans être invitée. Marie m'ordonnerait de rentrer chez moi.

Ruby avait sans doute raison. Jane avait compris que Marie n'avait aucun problème à dire ce qu'elle pensait – au diable la politesse.

— Reste positive, conseilla Ruby. Qui qu'il soit, il est peut-être très bien. Et un type ne va pas forcément te détourner de ton « Année à Toi ». Et puis tu peux t'en servir juste pour le sexe…

Sois positive, comme dit Ruby, se répéta Jane au moment de toquer à la porte de ses voisins, quelques heures plus tard. Marie lui ouvrit et secoua la tête en la faisant entrer.

— Bon, tu as mis une jupe. Mais les carreaux ne vont pas avec les rayures. Tu as un peu l'air d'un clochard.

Bohème, rectifia Jane en pensée. Elle aimait bien, pourtant, l'ensemble funky que lui avait concocté Ruby, mais elle ne voulait pas contredire Marie. Elle lui tendit le bouquet qu'elle avait apporté. Son hôte eut un signe d'assentiment.

— Al, apporte-moi un vase.

Al arriva dans l'entrée, prit les fleurs avec un grognement et disparut dans la cuisine. Marie indiqua le canapé – vide – dans le salon et Jane, soulagée, s'y assit. Le soulagement ne dura que quelques secondes car la sonnette retentit.

— Notre conseiller fiscal s'est cassé le poignet. Il se nourrit de conserves, alors je l'ai invité à dîner quand je l'ai croisé à l'épicerie, ce matin, expliqua Marie avant d'aller ouvrir.

Ce matin, tu as raison, pensa Jane. Voilà pourquoi Marie, par l'intermédiaire d'Al, avait demandé *hier* qu'elle mette une robe pour venir dîner. Jane se demanda à quel point Marie connaissait cet homme et ce qui laissait penser qu'ils pourraient s'entendre. Elle croyait sans doute qu'à l'âge vénérable de trente-quatre ans Jane ne souhaitait rien d'autre qu'un cœur en état de marche.

L'homme qui pénétra dans le salon avait d'autres qualités. La mère de Jane aurait dit que c'était « un bel homme ». Taille moyenne. Un effort dans la tenue : il portait une veste sport avec une cravate et un pantalon au pli repassé. Jane se demanda si Marie lui avait donné des consignes pour s'habiller. Il n'eut pas l'air surpris de la voir.

— Voici Jane Snyder. Elle a emménagé juste à côté. Elle vient de Pennsylvanie. Elle est prof d'histoire au lycée, la présenta Marie.

— En réalité, je n'enseigne pas en ce moment, mais je suis vaccinée, plaisanta Jane.

Marie fronça les sourcils, mais l'homme sourit. Son sourire le transformait, son visage agréable devenait tout à fait séduisant.

— Voici Scott Reid. Il est notre conseiller fiscal depuis huit ans, depuis que son père a pris sa retraite.

— Ravi de faire votre connaissance, dit Scott à Jane, puis se tournant vers Marie : je vous ai apporté ceci. Merci de votre invitation.

Il tendit une boîte de chocolats.

Il a de bonnes manières, nota Jane. Mais elle ne pouvait s'attendre à moins de la part d'une personne invitée par Marie.

Marie déposa les confiseries sur la table basse.

— Je vais aider Al pour les cocktails, dit-elle en laissant Jane seule avec Scott.

— Comment vous êtes-vous cassé le bras ? demanda-t-elle. Ou bien en avez-vous assez de répondre à cette question ?

— Je n'en ai pas assez, mais je suis un peu gêné. Je suis tombé de ma planche de body surf.

— Il ne faut pas être gêné, répondit Jane. Cela peut arriver à tout le monde. Je viens de prendre un cours de surf et je suis tombée un millier de fois, quelquefois même avant de me mettre debout.

— Du surf ? Vous savez que nous sommes supposés être des ennemis mortels ?

— Pourquoi ça ? s'étonna Jane.

— Les pratiquants pensent que le surf est le roi des sports et que vous devez mériter le droit de faire partie du club, expliqua Scott. Ce que je peux comprendre. Il faut beaucoup d'entraînement pour glisser sur la vague debout sur la planche, et puis arrive un body-surfeur et il réalise un tube presque dès la première fois, allongé sur une éponge en quelque sorte.

— La planche qu'on m'a donnée avait aussi un peu la consistance d'une éponge. Ma prof m'a expliqué qu'elle pardonnait davantage les fautes d'équilibre.

Pourtant, je suis beaucoup tombée, et elle ne pardonnait pas tout, visiblement. Mais c'était génial. J'ai adoré !

Marie revint, suivie par Al qui portait, sur un plateau, des verres à Martini, emplis d'un liquide doré.

— Qu'est-ce que c'est ? Des Martinis à la poire ? demanda Jane.

— Ignorante, ce sont des *side-cars*, se moqua Scott. Et tu as givré les verres avec du sucre, apprécia-t-il en prenant le verre que lui tendait Al.

Ce dernier émit un grognement satisfait. Jane goûta le sien.

— Mmmm, j'ai l'impression d'être invitée à une soirée chez Gatsby.

— Ce cocktail aurait certainement été servi à East Egg, confirma Scott.

Sans doute Ruby avait-elle raison. Scott avait du potentiel, il s'y connaissait en surf, en littérature et avait un joli sourire. Elle ne voulait rien de sérieux pour le moment, ni s'engager dans une relation amoureuse. Elle pourrait à la limite envisager une relation sexuelle – agrémentée de discussions, peut-être de quelques balades à la plage. Mais rien de sérieux, ni qui la détourne de son « Année à Moi ».

— Tu t'es bien amusée, constata Ruby quand elle ouvrit la porte à Jane, plusieurs heures plus tard.

— En effet, reconnut Jane.

— Était-ce le petit-neveu ? demanda Ruby en se dirigeant vers sa cuisine.

Elle faisait partie de ces personnes dont la cuisine fait office de salon.

— Non, le conseiller fiscal d'Al et Marie, dit Jane en tendant un gros sac en papier. Les restes. J'ai dit à Al que j'assurais le service de livraison.

— Vous avez bu des cocktails, n'est-ce pas ? Al est un grand « mixologue ». Une fois, j'ai eu droit à des *grasshoppers* complets avec du chocolat râpé, et une autre fois à des *French 75's*, servis avec une écorce de citron en longue spirale. Cet homme soigne la présentation.

— Nous avons bu des *side-cars*. Je n'avais pas reconnu ce que c'était. J'ai compris que mon éducation est totalement à refaire.

— Mais pourquoi parlons-nous de tout ça ? Tu t'es amusée, c'est l'essentiel.

Ruby ouvrit le sac, renifla et sourit.

— Le poulet Kiev de Marie ?

— Exact. Et le gâteau qu'elle appelle le « tunnel de caramel ».

— Un kouglof, c'est ça ?

Jane acquiesça.

— Mais pourquoi parlons-nous de nourriture ? Dis-moi à quoi il ressemble, dit Ruby en refermant le sac.

— Intelligent, s'intéresse à quantité de choses, bonnes manières, très joli sourire, détailla Jane.

— Je t'avais bien dit de rester positive ! Vous avez échangé vos numéros ?

— Oui, admit Jane en sentant un énorme sourire affleurer à ses lèvres, qu'elle tenta de réduire à un sourire normal. Mais je ne vais pas m'exciter. J'ai inscrit des choses plus importantes qu'une idylle sur mon agenda.

— Tu dis ça pour moi ou pour toi ?

Ruby ouvrit le sac et en sortit un Tupperware.

— J'ai déjà mangé, mais il faut que j'y goûte. Ça ne te dérange pas ?

— Bien sûr que non.

— Il n'a pas à interférer avec ton désir d'organiser ta vie. Il pourrait constituer un supplément agréable. Comme le surf, suggéra Ruby en se penchant en arrière pour attraper une fourchette dans un tiroir sans se lever.

— Bon, on verra s'il appelle.

— Il appellera, assura Ruby.

— Oh ! Punaise ! mon portable vient de vibrer.

Jane sortit son téléphone de sa poche.

— Je ne peux pas croire que je suis amie avec quelqu'un qui dit sans rire « oh ! punaise ».

— Il m'a envoyé un SMS.

— Il ne joue pas à celui qui n'est pas vraiment intéressé : un bon point pour lui.

Ruby croqua une bouchée de poulet.

Jane lut le message. Relut le message. Et encore une fois.

— Et donc ?

Ruby prit une nouvelle bouchée de poulet tandis que Jane lui tendait son portable. Elle ne pouvait pas se résoudre à lire le message à voix haute. Ruby lut, s'étrangla, attrapa une serviette et recracha le poulet.

— Marie va… Je ne sais même pas ce que ferait Marie si elle lisait ça.

— Elle ne risque pas de le lire. Je l'efface, dit Jane en reprenant l'appareil.

Elle fit disparaître le texto, mais ne pensait pas pouvoir l'effacer de son esprit. *Pas en pleine possession de mes moyens avec mon plâtre et souhaite que tu prennes ton pied. As-tu une copine délurée qui pourrait se joindre à nous ? Je suis libre plus tard ce soir.*

Mac ne savait pas comment interpréter l'odeur de Jane ce soir-là. Il ouvrit la gueule, inspira pour récupérer le maximum d'indices, mais il demeurait incertain. Il ne savait quel cadeau apporter. Il se sentait nerveux et n'avait pas envie de dormir. Il allait surveiller le voisinage, sachant que d'autres humains dans les environs avaient besoin d'aide. Et le crétin d'une nouvelle leçon d'humilité.

9

— Ah ! celle-ci a l'air bien. Elle écrit qu'elle adore les quiz idiots sur Internet, commenta Lucy. Je préfère ça à « J'aime me cultiver et relire Proust ». Mais elle n'a pas l'air superficielle. Un de ses films préférés est *Eternal Sunshine of the Spotless Mind*. Elle ne dresse pas la liste de ce qu'elle n'aime pas chez un mec ni le million de qualités qu'un mec devrait avoir.

— Elle n'a pas compris que j'ai besoin de temps pour me remettre de l'épisode de la femme enceinte qui m'a pris pour son petit ami ? Je t'ai dit qu'elle avait un petit ami, n'est-ce pas ? demanda David à Adam.

Tous les trois se trouvaient sur la terrasse chez Adam et Lucy, avec l'interphone bébé allumé. Lucy craignait de ne pas entendre leur petite dernière, Maya, trois ans, si elle faisait un cauchemar. Elle hurlait alors à réveiller les morts.

— Mais c'est du passé, cette histoire, dit Lucy en faisant dérouler les profils. Si on te laisse attendre trop longtemps, on n'arrivera jamais à te faire accepter un nouveau rendez-vous.

— J'ai parfois l'impression d'être votre troisième enfant, soupira David.

— Notre troisième, grand et légèrement borné, confirma Adam. C'est tout à fait ce qu'on ressent.

— Et on souhaite ton bonheur, compléta Lucy. En voilà une autre : elle a mangé de la glace au foie gras dans un restaurant de gastronomie moléculaire. Elle aime essayer de nouvelles choses parce que cela crée de nouveaux trajets neuronaux, mais son plat favori, ce sont les frites de McDonald's. Elle a l'air intelligente, aventureuse et d'avoir les pieds sur terre.

— Fais voir sa photo, demanda Adam en tendant la main vers le portable.

— La photo n'est pas importante, dit Lucy en gardant l'appareil. Est-ce que tu m'aimes pour mon physique ?

— Existe-t-il une bonne réponse à cette question ? interrogea David.

— Bien sûr, dit Adam en regardant sa femme. J'aime tout chez toi.

— Ah, fit David en buvant une gorgée de sa Corona.

— De toute façon, elle est très jolie. Je pense seulement que cela ne doit pas être le critère le plus important.

Lucy montra l'écran à Adam qui hocha la tête :

— Je lui donne mon agrément.

— Alors, qu'est-ce que je lui écris de sa part ? demanda Lucy à Adam.

— Je peux faire ça moi-même, protesta David.

— D'accord. Qu'est-ce que tu veux lui dire ?

— Je veux dire que je pourrais lui répondre moi-même si je voulais, mais je ne le veux pas, expliqua David qui se sentit soudain très fatigué.

Il y avait une heure qu'ils examinaient des profils.

— Qu'est-ce qui ne te plaît pas ? Je vais en chercher une autre, proposa Lucy.

David se passa la main dans les cheveux. La seule façon de mettre fin à cette séance était de sortir avec quelqu'un. N'importe qui. Et il ne devait sans doute pas fonder son opinion sur les sites de rencontre après une seule rencontre loufoque. Après tout, cette femme semblait fréquentable, et il ne voulait pas rester seul le reste de sa vie.

— Passe-moi le téléphone.

Lucy le lui tendit avec un petit cri de joie. David lut le profil, regarda les photos puis envoya un message disant qu'il espérait améliorer ses circuits neuronaux en essayant les rencontres par Internet et en créant des recettes de cupcakes, les deux expériences excluant les produits animaux.

— Si vous sortez, tu pourrais peut-être l'emmener au Silent Movie Theater, suggéra Lucy. Ce serait un premier rendez-vous tout à fait mémorable.

— Tout à fait barbant, corrigea Adam. J'aime beaucoup le cinéma, mais, dans ces films muets, les expressions que prennent les acteurs…

Il pinça les lèvres et battit des cils dans une imitation outrancière de l'amoureux.

— Les films ont besoin de dialogues.

— Parole d'écrivain, remarqua David.

— Allez, même Clarissa n'y serait pas allée avec toi, rétorqua Adam.

On n'entendait plus que la respiration de Maya par l'interphone. David lut le regard que Lucy darda sur Adam et qui disait *Je n'y crois pas, comment as-tu pu dire ça ?*

— Je n'emmènerai personne voir un film muet, dit David. Imagine que ça lui plaise mais qu'on se déteste. Je ne veux pas devoir, par la suite, éviter un de mes endroits préférés à L.A.

— Restons positifs, dit Adam en lui donnant une bourrade dans l'épaule. Tu as fait une rencontre ratée, mais cela ne signifie pas que les suivantes seront nulles.

Il avait raison. Si David rencontrait cette femme, cela se passerait forcément mieux que la fois précédente. Forcément.

Jane prit place dans le petit théâtre du Community College. Le cours d'improvisation de Groundlings ne commençait que quelques mois plus tard, mais elle avait trouvé un cours de théâtre qui démarrait juste. Elle s'était aussitôt inscrite. Nouvelle expérience ! Son estomac n'approuvait pas complètement l'idée de jouer sur scène. Devant un public. *Écoute, estomac, tu n'étais pas sûr pour le surf non plus.*

Elle n'était pas seule à se sentir nerveuse. Quelques rangs devant, une femme se rongeait l'ongle du pouce, et quelques sièges plus loin un homme dans les soixante-dix ans tapait frénétiquement du pied par terre. Jane lui sourit.

— Qu'est-ce qui vous a décidé à vous inscrire à ce cours ?

Il parut surpris.

— J'ai déménagé jusqu'ici pour devenir acteur, répondit-il en souriant.

— Il y a combien de temps ? demanda Jane en tentant de masquer sa surprise. Moi, je viens juste d'emménager à Los Angeles.

L'homme s'esclaffa.

— Il y a environ cinquante ans. Quand j'avais encore plein de cheveux et pensais avoir le physique pour le cinéma.

— Qu'est-il arrivé ?

— J'ai passé beaucoup d'auditions. J'ai même pris un agent. Beaucoup de gens ont dit qu'ils m'adoraient. J'ai mis du temps à comprendre que c'est ce que tous les directeurs de casting disent à tous les agents. J'ai joué dans une pub. Enfin une publi-information. Elle passait en général entre 4 et 5 heures du matin. J'ai la cassette vidéo pour le prouver. J'ai finalement compris que mon rêve d'Hollywood n'allait pas se réaliser. J'ai trouvé un boulot de pharmacien.

Au fur et à mesure qu'il parlait, les mots sortaient de plus en plus vite, presque au rythme de ses battements de pied.

— Heureusement, j'avais écouté mes parents qui voulaient que j'aie un diplôme au cas où. Maintenant que je suis à la retraite, j'ai décidé de suivre un cours, juste pour mon plaisir. Et pour sortir un peu, éviter que ma femme ne demande le divorce. Je me demande si je n'aurais pas dû choisir le cours d'aquarelle, mais tout le monde s'en fiche si je ne suis pas bon.

Il s'arrêta enfin pour reprendre son souffle.

— C'est une première pour tout le monde, dit Jane. Je crois que nous sommes tous assez nerveux.

Il se pencha pour lui serrer la main.

— Clifton, se présenta-t-il.

— Jane. Enchantée.

La porte s'ouvrit et une petite femme avec de longs cheveux bruns entra.

— Bienvenue au cours d'introduction au théâtre. Je suis ravie de vous voir tous ici. Pourquoi ne pas plonger directement dans le grand bain ? Nous allons tous nous présenter et dire pourquoi nous sommes ici. Je commence. Je m'appelle Ann Purcell. Je suis ici pour partager mon enthousiasme pour le théâtre. Je suis un des membres fondateurs du Théâtre Journey de Los Angeles où j'ai joué et dirigé. Voilà pour moi. À qui le tour ?

Jane préféra se lancer plutôt que de subir une attente atroce. Elle raconta qu'elle s'était inscrite pour essayer quelque chose qu'elle n'avait encore jamais fait. La femme qui se rongeait les ongles dit qu'elle écrivait pour la télévision et qu'elle pensait qu'un tel cours l'aiderait à présenter ses projets d'une façon plus captivante. Clifton répéta au groupe ce qu'il avait expliqué à Jane – en parlant encore plus vite. Avec sa publi-information, il était le seul à avoir approché le métier d'acteur professionnel.

— Bravo à tous, c'est formidable, les félicita Ann quand ils se furent tous présentés. J'adore l'esprit d'aventure qui vous anime tous. Nous allons commencer par un exercice d'improvisation très efficace pour faire naître l'émotion. Je pense que vous allez être surpris de voir jusqu'où on peut aller avec un bon point de départ. Jane, veux-tu donner le coup d'envoi encore une fois ?

— Euh, oui… répondit Jane, sans tenir compte des protestations de son estomac.

— Super. Viens me rejoindre.

Jane monta sur la petite scène, à côté d'Ann.

Les élèves ne lui avaient pas semblé très nombreux quand elle s'était présentée, mais soudain, debout sur la scène, elle avait l'impression que des centaines de gens la regardaient.

— OK. Tu vas prétendre te trouver dans un cimetière et tu te rends sur une tombe. Ce sera plus facile si tu te sers de ta propre vie pour commencer. Tu peux parler ou pas. Simplement, tu t'imagines là… Vas-y !

Ann recula dans les coulisses, laissant Jane seule sur la scène.

Évidemment, la première tombe à laquelle elle pensa fut celle de sa mère. Elle fit semblant de déposer des fleurs dessus, puis fixa le plancher, en attendant qu'une pensée lui vienne.

— Salut, Maman, dit-elle en sentant sa voix trembler, non seulement de nervosité mais aussi d'émotion.

Prononcer le mot « Maman » faisait venir les larmes aux yeux et piquer l'intérieur de son nez. Elle ne s'y attendait pas.

— Me voici à L.A. Surprise ! Grâce à toi. À l'héritage. Je prends une année sabbatique pour… réfléchir à ma vie. Découvrir ce que je veux faire dans ma vie. Je sais que tu dirais que je peux réussir tout ce que je décide de faire, mais nous savons toutes les deux que ce n'est pas exact. Attends, tu ne le croiras pas ! J'ai fait du surf. Et j'ai adoré ça. Alors je cherche d'autres activités que je n'ai encore jamais pratiquées. Comme ici. Un cours de théâtre. Alors, merci, Maman.

Suffoquée, elle sentit des larmes couler sur ses joues. Elle les essuya puis chercha Ann des yeux.

— Je crois que j'ai fini.

Les élèves applaudirent chaleureusement.

— Excellent, la complimenta Ann. Tu t'es vraiment mise en situation et tu as laissé les émotions arriver. Tu t'es surprise toi-même, n'est-ce pas ?

— Je ne m'attendais pas à me mettre à pleurer, reconnut Jane.

— Cela fait partie du jeu d'acteur, laisser venir les sentiments. Très bien, suivant ?

Jane retourna vite à son siège. Clifton lui fit un signe pouce levé et elle réussit à répondre par un hochement de tête. Se mettre en situation, comme disait Ann, avait été facile. En revenir était plus dur. Les émotions tourbillonnaient encore à l'intérieur.

— Euh… je reviens.

Elle se leva, trébucha en atteignant l'allée et se dépêcha de sortir. Elle s'appuya sur le mur du théâtre et fit de profondes inspirations. Dès le premier exercice, elle avait compris que ce cours n'était pas pour elle. Elle aimait que ses sentiments restent enfermés jusqu'à ce qu'elle les libère dans un lieu adéquat, dans une salle obscure par exemple, en regardant un film triste qui n'avait rien à voir avec sa vie, ou en buvant du vin dans son bain. Elle décida de rentrer chez elle.

Une demi-heure plus tard, elle remontait l'allée, se réjouissant à l'idée de caresser son chat. Mac n'était pas toujours d'humeur à se laisser faire, mais il sentait quand elle en avait vraiment besoin et consentait aux caresses.

Elle glissait la clé dans la serrure, quand une voix l'appela. En se retournant, elle vit Helen sur le trottoir qui la foudroyait du regard.

— Tu as laissé Marie t'organiser un rendez-vous !

— Je n'ai pas eu le choix, protesta Jane. Elle m'a invitée à dîner sans me prévenir qu'elle avait convié quelqu'un d'autre.

— Alors, maintenant, c'est mon tour.

— Non, vraiment, Helen, non, dit Jane de son ton le plus résolu. J'aurais dit la même chose à Marie, si je l'avais su. En fait, je le lui ai dit, tu m'as entendue. Je vous ai dit non à toutes les deux.

Marie sortit sous sa véranda.

— Scott m'a dit qu'il t'avait envoyé un SMS et que tu ne lui as pas répondu, dit-elle d'un ton accusateur.

Ouais, c'est un pervers, pensa Jane.

— Je ne voulais pas le blesser, mentit-elle. Je ne suis pas douée pour dire à quelqu'un qu'il ne m'intéresse pas. J'ai pensé qu'en ne répondant pas je lui ferais passer le message.

Et en bloquant son numéro, ajouta-t-elle pour elle-même.

— Mais pour quelle raison ne souhaites-tu pas au moins lui parler ? s'étonna Marie.

— Marie, je vous ai dit que cela ne m'intéressait pas de rencontrer quelqu'un en ce moment, expliqua Jane en s'efforçant de conserver son calme.

— Tu dois donner sa chance à mon filleul, sinon ce n'est pas juste, dit Helen en s'approchant de Jane.

— Helen, si Jane n'a pas aimé Scott, elle n'aimera sûrement pas ton filleul. Je le sais, je les connais tous les deux.

Elle ajouta en pointant son index vers Jane :

— Et toi, tu dois te reprendre. Si tu crois qu'il existe une personne correspondant exactement à ce que tu cherches, eh bien, elle n'existe pas.

Elle n'avait rien écouté des paroles de Jane.

— C'est bon à savoir. Je suppose que c'est mon problème. Vous avez entendu, Helen. Je suis trop difficile. Il est donc inutile de me présenter votre filleul. À plus tard.

Elle fit demi-tour, ouvrit sa porte aussi vite que possible et s'engouffra à l'intérieur. Le temps de la refermer, elle entendit Helen renchérir :

— Je pense que mon filleul est exactement la personne qu'il lui faut. Elle ne le sait pas parce qu'elle ne l'a pas encore rencontré.

— Pas encore ! s'écria Jane en claquant la porte. Elle a dit « pas encore ». Je suis maudite, Mac. Maudite !

Mac trottina vers elle et Jane le souleva dans ses bras. Il pressa sa tête contre son menton et ronronna.

— Tu es le seul dont j'ai besoin, MacGyver.

Et pourtant, trois jours plus tard, la voilà qui entrait chez Sorella, un petit restaurant italien à quelques rues de chez elle, cherchant des yeux un type qui ressemble à la photo du filleul d'Helen. Cette dernière n'avait pas arrêté de clamer qu'il était injuste que Marie ait eu l'occasion de lui présenter quelqu'un et pas elle, et Jane avait cédé. Après ce dîner, Marie et Helen seraient à égalité et Jane serait libre de poursuivre sa vie.

Jane vit deux hommes seuls, assis chacun à une table. L'un, cheveux bruns, silhouette sportive, l'autre blond, avec ce qu'elle appelait des traits aristocratiques, un nez aquilin et des lèvres minces. Le blond était le filleul d'Helen. L'autre semblait d'un abord plus accessible. Tout d'abord, il n'étudiait pas le menu comme s'il révisait un examen et il avait souri en la voyant, un sourire franc qui plissait les rides autour de ses yeux.

Mais je le connais ! Enfin, pas vraiment, mais elle lui avait parlé, le jour où elle regardait les laisses pour son chat, à l'animalerie. Elle eut l'envie un peu folle d'aller s'asseoir à sa table. Il avait eu l'air sympa, ce jour-là, amusant. Mais Scott, chez Marie, avait eu l'air sympa et amusant, lui aussi, et s'était révélé infréquentable.

Une serveuse s'approcha et Jane expliqua qu'elle dînait avec le type assis au fond. Le filleul d'Helen ne leva pas les yeux du menu alors qu'elle se tenait debout à côté de la table.

— Charles ?

Il leva enfin la tête mais ne dit pas un mot.

— Salut, je suis Jane. Tu es bien le filleul d'Helen ?

— Oui, salut.

Très accueillant, pensa Jane. Mais peut-être que le filleul n'avait pas plus envie qu'elle de ce rendez-vous. Elle imaginait bien Helen le harceler jusqu'à ce qu'il accepte de dîner avec Jane. Ou bien il était timide.

Jane s'assit.

— Helen m'a dit que tu es prof. J'ai enseigné moi aussi.

Helen lui avait certainement donné ce détail, mais c'était une bonne entrée en matière.

— Mais aujourd'hui, tu prends une année sabbatique pour trouver ta voie.

Il n'avait pas dessiné des guillemets avec les doigts pour « trouver ta voie » mais il aurait aussi bien pu, et l'expression avait l'air un peu ridicule.

— Oui, j'étais fatiguée d'enseigner et j'ai eu l'occasion de venir passer une année par ici. Je me remettrai à chercher un travail, mais pour le moment j'essaie de nouvelles activités. J'ai pris un cours de surf, l'autre jour.

— La plupart d'entre nous n'avons pas ce luxe, commenta Charles, l'air amer.

— Oui, c'est vrai. Je sais la chance que j'ai. Ma mère m'a laissé un petit héritage qui me permet un peu de liberté.

— Tu connais le niveau d'un salaire de prof. Puisque tu es rentière (encore une expression qui aurait pu être entre guillemets et qui avait l'air méprisable), c'est toi qui régales ce soir.

— Euh, oui, bien sûr.

Jane était prise de court et n'avait rien trouvé d'autre à répondre – enfin rien qui pouvait être rapporté à Helen.

Une jeune serveuse en blouse paysanne et jupe à volants vint prendre leur commande. Avant que Jane ait pu répondre, Charles débita :

— Je prendrai en entrée le bœuf à la truffe blanche et une bouteille du Vega Sicilia Unico.

Il n'avait pas pris la peine de lui demander s'il y avait une entrée qu'ils auraient pu partager et Jane était sûre qu'il avait commandé un vin largement au-dessus de ses moyens. *Très classe*. Jane promena son regard vers l'homme de l'animalerie. Sa compagne était arrivée et il s'était levé pour l'accueillir, en lui glissant quelque compliment sur son élégance, imagina Jane.

— Et que voulez-vous boire ? lui demanda la serveuse. J'aime beaucoup vos boucles d'oreilles.

Jane sourit. La serveuse était plus amicale et plus flatteuse que son compagnon de table.

— Merci, je…

— Et je vais prendre la bruschetta, également, l'interrompit Charles.

— Vous avez choisi ? s'enquit la serveuse.

David et Annabelle se regardèrent et éclatèrent de rire.

— Nous n'avons *encore* rien choisi, admit Annabelle.

— Peut-être parce que nous n'avons pas encore regardé le menu. Désolé, s'excusa David.

— Pas de problème, je reviens plus tard, dit la serveuse en s'éloignant.

David n'en revenait pas comme la conversation s'était déroulée avec facilité. Elle était restée anodine, passant du cinéma à la course à pied et aux romans graphiques. Elle était fan de Sakai et aimait la façon dont les oreilles de lapin faisaient de parfaits chignons de samouraï.

— Moi, il y a des jours où tout ce que je veux c'est lire *Calvin & Hobbes*, convint David.

— Les BD, c'est comme avaler des bonbons pour se réconforter, conclut Annabelle – et ils se sourirent. Maintenant, le menu, ou on va se faire jeter dehors.

Ils décidèrent de partager une entrée parce qu'ils aimaient tous les deux les moules grillées. Quand elles furent servies, Annabelle sortit de son sac un petit flacon.

— Je mets un peu de MinMir, ça ne te dérange pas ?

Elle haussa ses sourcils noirs. David aimait la façon dont ils pointaient. Cela lui donnait un air un peu diabolique, mais dans le bon sens. Il avait remarqué ses sourcils. Il *admirait* ses sourcils. Il ne se souvenait pas depuis quand il avait regardé une femme avec autant d'attention.

— Pas du tout. Qu'est-ce que c'est ?

— Tu ne connais pas ça ? C'est génial ! Ça s'appelle Minéraux Miracle. J'en prends depuis un an environ et, bon, les gens disent toujours ça même si ce n'est pas vrai, mais moi, ils ont vraiment changé ma vie. J'avais de terribles allergies alimentaires. Manger au restaurant était un cauchemar. Aujourd'hui, je mange tout ce dont j'ai envie.

— Super ! Ça a quel goût ?

David piqua une moule avec sa fourchette pour l'ôter de sa coquille.

— Tu veux essayer, dit-elle en en saupoudrant un peu sur la moule, sans attendre sa réponse. Ça n'a pas vraiment de goût mais ils apportent plein de bienfaits. Pas seulement contre les allergies. Ils allègent les graisses du foie. Ils aident à contrôler le taux de sucre dans le sang. Ils éliminent toutes sortes de toxines, ce qui donne une peau claire et surtout, ils réduisent les maux de tête, ils préviennent les tumeurs bénignes et même le cancer, et ils stoppent la dégénérescence cellulaire.

— Waouh !

Annabelle avait été plus animée en lui parlant de ces MinMir que de tout autre sujet. Il prit une bouchée… et se força à avaler. La poudre avait un goût salé, amer et métallique, plus une saveur qu'il n'arrivait pas à décrire mais qu'il était sûr de ne plus jamais vouloir goûter. Il but un grand verre d'eau.

— Tu as vu, on ne le sent même pas.

David fit un signe de tête et se resservit un verre d'eau.

— C'est important d'éliminer les toxines autant que possible, expliqua Annabelle. Il en existe trois types, tu le savais ?

Elle poursuivit sans attendre sa réponse.

— Deux sont internes, on les appelle *ama* et *amavisha*, et la troisième est présente dans l'environnement, c'est *garavisha*. *Ama* provient d'une mauvaise digestion, ou bien quand tu manges des aliments frits ou froids ou des restes de nourriture.

Elle se pencha et posa la main sur la sienne.

— Je mange tout ça. Tu ne peux pas savoir comme je suis heureuse de manger de la glace. Follement heureuse. Et je le peux grâce aux MinMir qui m'ont débarrassée de mes allergies et annulent les *ama*. *Amavisha* est…

Elle continuait de parler mais David n'arrivait plus à se concentrer. Il avait l'impression d'être tombé dans une autre dimension. Qui était cette femme qui rabâchait, encore et encore, les bienfaits miraculeux de ses minéraux ? Il l'écouta un instant. Maintenant elle expliquait comment les flatulences étaient causées par *amavisha* (c'était quoi, ce truc ?) et comment elles disparaissaient en prenant le supplément minéral.

Il se dit qu'il devait lui laisser une chance. C'était la même femme avec qui il conversait si agréablement un quart d'heure plus tôt. Elle avait toujours ces sourcils diaboliques, ces épais cheveux bruns et ce corps en forme. Bon, elle s'était laissé un peu emporter en parlant d'un produit qui l'avait aidée, et alors ? Il prit une moule qui était intacte mais, avant qu'il ait pu la mettre dans sa bouche, Annabelle tendit la main et l'arrosa de MinMir.

— Attends, demain tu vas commencer à en ressentir les effets. Tu te sentiras peut-être un peu nauséeux et tu passeras sans doute du temps aux toilettes. Mais après, tu te sentiras *tellement* bien ! J'adore vanter les bienfaits des MinMir. J'ai même commencé à en vendre pour que mes amis l'achètent plus facilement. Et certains ont aussi commencé à en vendre. Nous ne le faisons pas pour gagner de l'argent mais… (Elle se pencha vers lui et lui pressa la main) on s'est fait un sacré paquet. Je pense même quitter mon boulot. Une de mes amies l'a déjà fait. Ça marche très bien pour elle. Elle gagne presque deux fois plus que quand elle était coiffeuse, dans un salon branché où on lui donnait de gros pourboires.

Ce n'est pas un rendez-vous galant, comprit David. *C'est une combine de système pyramidal.*

Il fit en sorte d'en finir aussi vite que possible. Il mangea sans parler ou presque. Annabelle parlait pour deux, enchaînant les histoires sur ses amis qui avaient bénéficié des mérites des MinMir pour leur santé et son porte-monnaie. Il ne prit ni dessert ni café, expliquant à Annabelle qu'il devait commencer très tôt à la pâtisserie, ce qui était vrai, mais qui ne l'en aurait pas empêché, si la soirée avait continué aussi bien qu'elle avait débuté.

Il l'accompagna jusqu'à sa voiture. Elle l'embrassa sur la joue et lui dit qu'elle était impatiente de le revoir. Il murmura quelques mots sans conséquence et partit à pied vers sa maison, à quelques rues de là.

Il s'arrêta devant le bar à l'enseigne de *La Chèvre assoiffée* et décida d'y entrer. Un verre lui ferait du bien. Il prit place au bar et commanda une Corona avec un *shot* de Bacardi citron. C'était la meilleure façon de décoller rapidement, et c'est ce qu'il voulait.

— Je n'ai pas bu de *shot* depuis la fac, lança une femme en s'asseyant sur un tabouret libre à côté de

David. Je prendrais bien un Skittles Bomb, si vous en avez ? demanda-t-elle au barman.

Curieux, David l'examina. Yeux bruns, cheveux blonds bouclés. Elle lui semblait vaguement familière.

— Je sais, je sais, je devrais avoir honte. Mélanger du Red Bull avec du Cointreau est une hérésie. Enfin, je sais ce que je fais ici, mais vous ? Je veux dire, tout seul. Vous sembliez passer un bon moment, tout à l'heure, au restaurant.

David la regarda, interloqué.

— Désolée. La question était tout à fait inappropriée. Je suis parfois complètement à côté de la plaque. Mais pas autant que le type avec qui on m'avait fixé un rancard au restaurant où, apparemment, vous ne m'avez pas remarquée. Deux secondes après mon arrivée, il m'a pratiquement forcée à dire que c'était moi qui l'invitais puis il a commandé deux entrées, une avec des truffes blanches, sans me proposer de partager et une bouteille horriblement chère, sans m'en proposer non plus, et après il a pris le plat le plus cher du menu. Et il a semblé étonné que je veuille partir dès la fin du repas !

— Mon rendez-vous, également arrangé, a tenté de me faire entrer dans une arnaque de vente pyramidale. Au début, elle était super. Elle aimait les mêmes choses que moi. Maintenant que j'y pense, elle connaissait mes goûts à partir de mon profil. Mais je n'y ai pas pensé au début. J'ai juste cru qu'on s'entendait super bien. Et puis les choses ont pris un tour affreux.

— Et nous voilà ici, en train de commander des verres pour nous soûler rapidement. Jane, ajouta-t-elle en lui tendant la main. Désolée pour ta soirée nulle.

— David.

— Le restaurant n'est pas le premier endroit où on s'est vus. Enfin, je t'y ai vu. Tu ne m'as pas vue.

— L'animalerie ! Tu parlais toute seule ! s'exclama David.

Jane sourit.

— Et toi tu te vantais de faire porter un collier rose à ton chien.

— Qu'est-ce que ton chat a pensé de la laisse ?

— Il l'a détestée. M'a détestée pour lui avoir mise. Bon, si tu n'as pas envie de parler après ton dîner foireux, je me contenterai de boire mon verre et de te laisser tranquille.

— Non, j'ai l'impression de rencontrer un frère d'armes. Et tu as eu beaucoup de rendez-vous arrangés ?

— Deux, récemment. Parce que je suis une mauviette et que je n'ai pas su dire non à deux vieilles voisines. Mais maintenant qu'elles ont eu chacune l'occasion de me caser, je suis libre, expliqua Jane. Et toi ? demanda-t-elle au moment où le barman déposait leur verre devant eux.

— C'est pour moi. Tu as assez dépensé pour ce soir.

— Merci, c'est très gentil. Mais si on remet ça, ce sera ma tournée. Quoique je ne sache pas si un deuxième serait une bonne idée.

Elle prit une gorgée.

— Mmmm. Ça me rappelle les ours en guimauve imbibés de vodka, que je mangeais quand j'étais à la fac.

— On dirait que la fac a été une bonne expérience.

Jane s'esclaffa.

— C'est vrai ! Et toi ?

— Je ne suis pas allé en fac. Enfin si, mais un semestre seulement, corrigea-t-il, en se demandant si elle faisait partie de ces gens qui estimaient qu'il était idiot parce qu'il n'avait pas de diplôme.

— Je suis pâtissier. J'ai appris sur le tas en aidant ma mère à préparer les gâteaux de Noël chaque année.

— Et ça te plaît ?

Elle avait l'air vraiment intéressée.

— Oui, j'aime beaucoup ce que je fais. Je ne me vois pas faire autre chose.

— Voilà, c'est exactement ce que je veux. Un job que j'aurais vraiment envie de faire. Tu es content d'aller travailler, n'est-ce pas ?

— La plupart du temps.

David avala une gorgée de sa boisson.

— Et toi, qu'est-ce que tu fais que tu n'aimes pas ?

— J'enseignais l'histoire au lycée. Au début, ça me plaisait. Mais j'en suis venue à détester cet endroit. Je m'enfilais des cookies au déjeuner pour tenir le coup.

— C'était si dur que tu es devenue accro aux cookies ? Heureusement que tu as arrêté, ironisa David.

— Sérieusement ! Et aujourd'hui, j'essaie de découvrir qui je suis. Je sais, ça a l'air idiot et égoïste. Le type, ce soir, me l'a bien fait comprendre. Je dois trouver une meilleure façon de l'expliquer. En fait, j'ai l'occasion de prendre une année sabbatique, de faire ce que je veux, et je souhaite découvrir une activité qui me procure le même plaisir que tu as à préparer des gâteaux.

Elle but une gorgée de son verre.

— Retour en arrière : et toi et les rendez-vous arrangés ? Tu en as eu beaucoup ?

David secoua la tête.

— Non, c'était le deuxième. Au premier, il y a une semaine, elle était enceinte, très enceinte, avec un petit ami, lequel petit ami est arrivé pendant qu'on buvait un café.

Jane grogna.

— Oh ! non ! C'est pire que mon premier. Il avait l'air bien. Vraiment super. Je n'avais pas voulu le rencontrer parce que c'est supposé être… non, laisse tomber. Enfin, j'ai pensé qu'on s'entendait bien. J'avais envie de le revoir. Une heure plus tard, il m'envoie un texto. Je croyais qu'on était sur la même longueur d'onde. Mais non. Il voulait que je contacte une amie pour nous rejoindre pour une soirée, disons, intime.

Le barman jeta un regard intéressé à la jeune femme. David se tourna de façon à l'empêcher de la voir.

— Ça me laisse sans voix. Quel trouduc !

— Bon, pour être honnête, il avait un bras dans le plâtre et il avait peur de ne pas me donner assez de *plaisir*, expliqua Jane en insistant sur le dernier mot.

— Je confirme, un trouduc, dit David en finissant son verre.

— Tu en veux un autre ? Je serais ravie de payer ma tournée, tu l'as mérité.

— Je serais tenté, mais non merci, je commence à 5 heures, et faire des gâteaux à moitié ivre donne de piètres résultats. Quoique, j'ai parfois inventé des recettes géniales, mais je ne m'en souvenais plus, par la suite.

— Je vais m'en aller, mais d'abord… Jane indiqua la direction des toilettes. Merci pour le verre. Tu as au moins contribué à me réconcilier avec la gent masculine.

— Et toi, avec la tienne. Avec la gent féminine, je veux dire.

En sortant du bar, David se demanda s'il aurait dû l'attendre, peut-être lui demander son numéro de téléphone. Mais elle l'avait remercié pour le verre ce qui avait mis fin à leur conversation. De toute façon, après ce soir – après ses deux rendez-vous – il était heureux, seul avec Doggy.

Mac s'assit sur la poitrine de Jane en plongeant ses yeux dans les siens. Le mélange d'odeurs qui se dégageait d'elle était déroutant. Elle semblait ressentir beaucoup de choses en même temps. Et elle mettait toujours des vêtements différents quand elle se couchait. Ce soir, elle était juste tombée sur le lit. Quelque chose n'allait pas. Il devait travailler plus dur pour accomplir sa mission et lui trouver un partenaire. Les humains étaient bizarres. Parfois, il fallait être de leur espèce pour arriver à vraiment les comprendre.

Mac sortit. Ce soir flottait dans l'air une odeur similaire à celle de Jane, un mélange de solitude, de colère et d'autre chose. Il y avait comme un parfum d'invitation. Il le suivit et arriva à un endroit familier : la maison du crétin et de l'homme solitaire. Peut-être que cette invitation qu'il exhalait signifiait qu'il avait compris son besoin d'une partenaire humaine. Et comme Jane portait cette même odeur, elle avait peut-être enfin compris que Mac lui avait trouvé un humain qui serait un bon partenaire. Il lui rapporterait des choses provenant d'autres compagnons potentiels, au cas où elle ne serait pas du même avis que lui. Cela arrivait parfois. Ainsi, il n'avait jamais réussi à lui faire comprendre que sa nourriture devait lui être servie chaque fois qu'il le demandait.

Jane et l'homme étaient ses priorités. Mais il devait aussi s'occuper de l'adolescente qui dégageait de la colère, de la tristesse et de la frustration. Les humains… il y en avait tant qui avaient besoin d'aide.

10

Jane, toujours vêtue de sa tenue froissée de la veille, ouvrit sa porte pour ramasser le journal. Elle n'avait bu qu'un verre et il l'avait rétamée. Si elle s'était endormie aussi vite, c'était peut-être pour échapper au souvenir de cet horrible dîner. Heureusement, rencontrer ce type, David, au bar, avait rattrapé la soirée, au moins partiellement.

Il lui fallut quelques secondes pour se rendre compte que Hud était assis sur les marches de sa véranda, occupé à fabriquer une mouche artificielle. Il se retourna et lui sourit, les yeux cachés derrière ses lunettes de soleil, même si le temps était couvert.

— Salut, Beauté ! Avez-vous quelque chose à me raconter à ce sujet ? dit-il en tapotant une pile d'affaires près de lui.

Jane n'avait pas non plus fait attention à ça. Elle se pencha un peu pour voir : une nouvelle paire de caleçons, deux T-shirts, l'un beaucoup plus grand que l'autre, un maillot de bain orange fluo, une pince à épiler, une chaussette, violette avec un motif de *tacos*, une brosse à dents usagée et une ceinture en cuir avec une boucle portant les lettres KISS.

— Je n'ai jamais vu aucun de ces trucs.

Hud ne dit rien, il se contenta de hausser les sourcils. Jane leva les yeux au ciel.

— Si j'avais volé ces affaires, pourquoi les laisserais-je devant ma porte ? Pas besoin d'être un génie pour savoir qu'il faut cacher les objets volés.

Hud ne répondit pas, absorbé par sa mouche.

— Si vous voulez enquêter, ce serait bien. Je suis sérieuse. Comme je vous l'ai dit, depuis que j'ai emménagé, des choses étranges apparaissent sur mon paillasson, insista-t-elle, devant son silence. J'ai plusieurs théories : soit quelqu'un en a après Desmond, qui vivait ici avant moi, peut-être un ex-petit ami en colère. Ou bien je suis la cible d'un obsédé, ce qui me semble improbable.

Elle s'arrêta pour reprendre son souffle.

— Franchement, ça commence à me faire peur. Si vous pouviez découvrir ce qui se passe, je vous en serais reconnaissante. Du fond du cœur.

Hud fixa la mouche terminée sur sa veste, se mit debout et posa un pied sur la plus haute marche.

— Intéressant que vous n'ayez pas mentionné vos théories plus tôt.

— Pourquoi l'aurais-je fait ? répliqua-t-elle. Dès le premier jour, il était clair que vous me soupçonniez. Ou que j'étais de mèche avec Ruby.

— Je garde l'esprit ouvert tant que je n'ai pas arrêté le criminel. Et je l'attrape toujours. Mais je n'ignore pas les preuves. Et vous semblez en possession de nombreux objets qui ne vous appartiennent pas, comme vous l'avez reconnu.

— Je ne suis pas « en possession » de ces trucs. Ils sont juste posés là, protesta Jane.

— Sur votre propriété, nota le détective.

— Oui, sur ma propriété. Où vous vous trouvez sans y avoir été invité, rétorqua la jeune femme.

Elle était consciente qu'elle ne devait pas se laisser emporter. Il était juste un acteur sur le retour, essayant de revivre ses jours de gloire. Mais il l'énervait avec ses insinuations et sa veste de pêche idiote. Une piscine était probablement la seule étendue d'eau dont il se soit jamais approché.

Hud hocha la tête.

— Je m'en vais. Mais je ne serai pas loin.

Jane l'observa jusqu'à ce qu'il tourne le coin de la rue. Elle s'attendait presque à ce qu'il se mette en planque sur le trottoir en face de chez elle.

Il était temps qu'elle découvre le fin mot de l'histoire. Ce soir, elle surveillerait sa véranda et demain matin, elle saurait exactement qui déposait toutes ces horreurs chez elle.

Jane se réveilla en sursaut. À l'écran, James Corden animait son *Late, late show*, alors que la dernière chose dont elle se souvenait c'était Stephen Colbert, en seconde partie de soirée. Elle s'était endormie pendant sa surveillance. Elle se leva et s'étira pour éliminer les raideurs dans son dos. Son canapé était confortable pour se prélasser mais pas pour y dormir.

Elle se précipita à la porte d'entrée et l'entrouvrit pour jeter un œil. Rien sur le paillasson. Elle n'avait pas dormi pendant la livraison de la nuit. Elle alla chercher une grande bouteille de soda dans le frigo et, sans prendre de verre, elle tira une chaise près d'une des fenêtres en façade, d'où elle pouvait voir l'allée menant chez elle.

Avant d'avoir eu le temps de s'asseoir, elle aperçut une ombre traverser la pelouse.

— Quoi ?

De surprise, elle lâcha la bouteille qui heurta son orteil. Elle ignora la douleur. C'était Mac, là, dehors ! Elle trouverait plus tard comment il avait pu sortir. D'abord, elle allait découvrir ce qu'il faisait.

Jane sortit et suivit son chat à travers le quartier silencieux. Il trottina jusqu'à une maison qui faisait penser à celles des Hobbits. Sans hésiter, il alla jusqu'à la trappe destinée à un chien. Il n'entra pas mais se posta sur le côté. Quelques secondes plus tard, Jane entendit aboyer et la tête d'un chien – d'un très gros chien – se montra. Mac lui donna quatre coups de patte rapides sur la truffe. Le chien gémit et rentra la tête à l'intérieur.

Mac est une petite brute, se dit Jane, regardant fascinée son chat qui bondit sur un arbre, grimpa jusqu'à une fenêtre entrouverte et disparut à l'intérieur de la maison. Moins d'une minute plus tard, il réapparut – portant quelque chose dans sa gueule.

— Oh, non ! murmura Jane. C'est Mac le voleur. J'ai un chat cambrioleur !

Mac trottina à travers la pelouse et sauta par-dessus la barrière. Il s'approcha de Jane et déposa l'objet à ses pieds. C'était un short. Il avait l'air humide. Son chat lui apportait le short d'un inconnu, récemment porté.

— On ne rapporte pas ça à la maison, lui dit Jane d'un ton sévère. Tu es un vilain chat. Vilain.

Mac se mit à ronronner bruyamment. Il ne se vexait pas qu'on l'appelle vilain. Parfois, comme à cet instant, il avait même l'air d'apprécier.

Elle regarda le short. Qu'allait-elle en faire maintenant ? Le jeter dans le jardin ? Ça devrait aller. Elle le ramassa avec précaution mais avant d'avoir pu le lancer, elle fut prise dans un rayon de lumière aveuglant. Elle plissa les yeux et vit Hud qui dirigeait une énorme lampe-torche sur elle.

— Comme ça, vous ne savez rien des objets volés ?

— Je n'ai rien fait, s'écria Jane. C'est lui !

Mais Mac avait disparu.

— Allez-vous plaider la folie ? Ça marche rarement, jolie poupée. Et je témoignerai que vous et moi avons eu plusieurs conversations tout à fait sensées.

— Mon chat. Il s'est échappé. Mais c'est ce que je voulais dire. Mon chat a pris ce truc, expliqua Jane en montrant le short. Il l'a déposé à mes pieds et je l'ai ramassé. Alors vous êtes arrivé avec votre torche.

Elle était toujours dirigée sur Jane.

— Pouvez-vous baisser l'intensité ?

— Je pense que c'est à moi de poser les questions. Exactement combien de…

La porte de la maison s'ouvrit brusquement, répandant une douce lumière jaune.

— Que se passe-t-il, ici ?

La voix d'homme semblait familière. Jane se retourna et plissa des yeux mais elle ne distinguait pas ses traits. Ses yeux allaient souffrir de lésions irréversibles à cause de cette torche de modèle industriel.

— J'ai la preuve de l'identité du voleur de Storybook Court, annonça Hud d'une voix triomphale. Je l'ai attrapée, comme j'aurais attrapé un poisson, si ce satané job me laissait le temps d'aller à la rivière.

L'homme ricana.

— Tu n'en as pas marre de cette tirade ?

Il ouvrit la barrière et entra dans le cercle de lumière.

— David ? s'exclama Jane.

— Jane ? Qu'est-ce que tu fais ici ?

David – c'était bien David – semblait aussi surpris qu'elle.

— Je vis ici. Enfin pas ici exactement, mais dans la résidence. J'ai emménagé il y a quelques semaines.

— Tu connais Toots ? s'étonna Hud. Et elle t'a menti sur son lieu de résidence ?

— Je n'ai pas menti. Je ne l'ai jamais mentionné, protesta Jane. Il ne m'a pas dit non plus où il habitait.

La trappe du chien claqua et un gros toutou avec un collier rose apparut. Il approcha de son maître avec précaution. David le repoussa dans la cour et ferma la barrière.

— Reste là, mec.

Puis son regard alla de Hud à Jane.

— L'un de vous peut-il me dire ce qui se passe ?

— Regarde ce qu'elle tient dans sa main, lui dit Hud. Je pense qu'il a été volé, et vraisemblablement il a été volé chez toi. Je viens de la prendre sur le fait.

Jane s'aperçut qu'elle tenait toujours le short. Elle le lança par terre.

— Mon chat est entré par la fenêtre de ta salle de bains et l'a pris.

— Il est clair que vous avez dressé votre chat à voler. Il est votre complice, l'accusa Hud.

Il se tourna vers David.

— Je pense qu'il faut avertir la SPA ainsi que la police. Elle a aussi entraîné Ruby Shaffer dans ses actions délictueuses, une personne qui n'avait montré aucune tendance criminelle auparavant.

— Attendez, vous parlez d'un chat ? s'étonna David en cherchant autour de lui.

— Il s'est enfui. Il n'aurait pas dû être dehors pour commencer. C'est un chat d'appartement, s'empressa d'expliquer Jane. Manifestement, il a trouvé un moyen de sortir. Je vais devoir vérifier la maison.

— À partir de maintenant, je me charge de l'affaire, annonça Hud à David.

Il prit Jane par le coude, mais elle se dégagea.

— Vous ne vous occupez de rien, protesta-t-elle.

David se pencha pour ramasser le short et le fourra dans sa poche.

— Quoi qu'il se soit passé, on ne peut pas parler de vol qualifié. Je ne vais pas déposer plainte, donc, comme l'a dit Jane, il n'y a pas d'affaire, précisa David à l'attention de Hud.

— Il est clair que tu n'utilises pas ton cerveau en ce moment. Je vais chercher les autres victimes et voir si elles pensent comme toi.

Il partit en sifflotant.

Jane et David se regardèrent dans la lumière pâle qui venait de la maison.

— Merci, dit Jane. Je te jure que mon chat… Elle secoua la tête. Non, c'est trop ridicule, je ne peux pas le répéter.

— Veux-tu entrer boire un café ou autre chose ? proposa David.

— Je serais heureuse de m'asseoir après cette discussion, reconnut Jane.

— Viens.

David ouvrit le portail. Jane fit un pas et chancela aussitôt sous le poids de deux pattes de la taille d'une soucoupe.

— Doggy, bas les pattes, ordonna David.

Le chien garda les pattes sur Jane et lui lécha le visage du menton jusqu'au front.

— Désolé.

David saisit le collier de son chien et le tira en arrière.

— Pas de problème, je ne fais pas partie des amoureux des chats qui détestent les chiens.

Elle donna une tape sur la tête de l'animal et fut presque renversée par les battements frénétiques de sa queue.

— Vas-y le premier, Doggy. C'est quoi ce nom, Doggy ?

— *Dog* comme « chien », expliqua-t-il.

— Ah ! futé ! En même temps, cela dénote un certain manque d'imagination, le taquina-t-elle.

— Quel nom inventif as-tu déniché pour ton chat ?

— Peluche, répondit Jane en essayant de ne pas rire. Non, il s'appelle MacGyver. Mais il semble que j'aurais dû le nommer Robie, d'après...

— Cary Grant, surnommé le Chat, dans *La Main au collet*, compléta David.

— Exactement ! J'adore ce film, en particulier les couleurs. Le vert dans les scènes de nuit ! Elle sourit. Je parle trop. J'aime bien tous les films d'Hitchcock, ceux en noir et blanc ou en couleurs.

— Si on aime le cinéma, on aime Hitchcock. Il a influencé tout un tas de réalisateurs de la génération suivante. Sans lui, Tarantino ne serait pas Tarantino.

— La mallette dans *Pulp Fiction*, le MacGuffin classique, l'élément moteur de tous les scénarios. MacGuffin ferait un beau nom pour un chat. Je pourrais avoir MacGuffin et MacGyver. Mais je pense que MacGyver ne tolérerait pas un autre chat à la maison. Trop habitué à mener sa vie comme il l'entend.

Jane s'arrêta, se rappelant soudain qu'elle était chez David parce que son chat avait volé un short chez lui.

David se passa la main dans les cheveux.

— Il est un peu tard pour du café. Ou bois-tu du café du matin au soir ?

— Je n'ai besoin de rien, sauf de m'excuser et de te remercier de ne pas avoir laissé Hud m'embarquer.

David se laissa tomber sur le canapé où Doggy le rejoignit aussitôt. Jane s'assit dans un fauteuil.

— Puisque tu m'as invitée à entrer, je suppose que tu ne me considères pas comme une folle. C'est déjà ça.

— Vu que je ne t'avais pas donné mon nom et que tu ne pouvais pas savoir où je vis, je pense être en sécurité.

— J'ai cru que j'étais harcelée par un pervers, raconta Jane. Des trucs ont été régulièrement déposés sur mon paillasson. Je suppose que mon chat les a tous apportés. Alors s'il te manque autre chose – chaussettes, T-shirt, maillot de bain. Quoi encore ? Une pince à épiler. En résumé, s'il te manque un objet, dis-le-moi et je chercherai dans tout ce qui a été déposé. Ou tu peux venir et regarder.

— Le maillot de bain ne m'appartient pas, mais le reste probablement. J'ai cru que Doggy en avait mangé certains. J'ai même appelé le véto.

Jane grimaça.

— Je suis désolée. Je ne m'étais pas aperçue que Mac avait trouvé le moyen de sortir. J'ai encore du mal à croire qu'il ait pu faire ça. Il lui arrivait de m'apporter un insecte mort en cadeau, mais ça…

Elle leva les mains et les laissa retomber en signe d'impuissance.

— Je vais y aller, il est tard. Tu as été compréhensif pour toute cette histoire. Encore merci. Passe quand tu veux pour inspecter les biens mal acquis par mon chat. Je vis dans la maison qui ressemble à la chaumière de Blanche-Neige, à côté des Defrancisco.

— D'accord, je passerai.

Il la raccompagna jusqu'à la porte.

— Je veux rencontrer ce chat cambrioleur.

Le lendemain après-midi, en rentrant du travail, il laissa Doggy lui faire faire le tour du pâté de maisons puis prit une douche.

— Je vais aller récupérer mes affaires, expliqua-t-il au chien qui se mit à agiter la queue frénétiquement en entendant le mot « aller ».

Doggy n'était pas le chien le plus intelligent du quartier, mais certains mots déclenchaient automatiquement des mouvements de queue.

— Désolé, je ne parlais pas de toi.

La queue ralentit son mouvement mais maintint un balancement plein d'espoir. David prit un biscuit dans l'énorme pot en plastique sur le comptoir de la cuisine et le lança au chien.

— Je reviens très vite.

La queue s'affaissa et David, en sortant de la maison, entendit un aboiement prolongé, extrêmement pathétique. Mais il savait que Doggy serait assoupi dans son panier *king size* avant même qu'il soit arrivé chez Jane.

Il vit une affichette bleu vif sur un arbre, ce qui était interdit par le règlement de la résidence. Il s'étonna que Hud ne s'en soit pas déjà occupé. Il appliquait le règlement à la lettre et le faisait respecter.

En lisant l'affichette, il comprit que personne d'autre que Hud lui-même n'avait pu la placarder. Il avait dû la poser ce matin. Le texte disait : « Vague de délits à Storybook Court ! Si on vous a volé quoi que ce soit, rendez-vous à la fontaine. Si vous avez découvert sur votre propriété un objet qui ne vous appartient pas, apportez-le à la fontaine. Les déclarations seront enregistrées. Le voleur et tous ses complices seront attrapés et ne seront pas relâchés avant deux à quatre ans. »

Cela n'avait aucun sens. Pourquoi un voleur déposerait les objets volés chez quelqu'un ? Même si le poney de Riley était arrivé devant chez Ruby. Et Zachary avait trouvé le journal intime d'Addison devant sa maison. Bizarre. Mais certainement pas un réseau criminel, comme Hud le laissait penser. Rien de ce qu'on lui avait volé ne paierait un verre au Blue Palm si on les revendait.

Il vit plusieurs affichettes sur son trajet jusqu'à la rue de Jane. Hud s'était donné du mal. Il était assis près de la fontaine. Il abaissa ses lunettes sur son nez en voyant David approcher.

— Salut, Sportif ! Ça fait plaisir de te voir. Tu as décidé d'apporter ta contribution à la communauté et déposer contre le voleur ?

— Non. Ça va. Il ne s'agissait que d'un short et je ne vais pas porter plainte contre un chat, répondit David.

— Un chat dressé par une voleuse, contra Hud.

David lui adressa un salut de la main et continua son chemin. Il sourit en arrivant dans l'allée de Jane. Un chat tigré brun et caramel était assis derrière la fenêtre, fixant Hud. Il tourna la tête vers David, émit un miaulement de bienvenue et sauta par terre. Quand Jane ouvrit la porte, elle le tenait sous son bras.

— J'ai peur qu'il essaie de sortir, expliqua-t-elle en laissant David entrer. J'ai trouvé son passage : une déchirure dans la moustiquaire de la véranda. Je l'ai réparée, il ne pourra plus t'ennuyer. Ni Doggy. Je ne te l'ai pas raconté, mais j'ai vu Mac donner de grands coups de griffes sur la truffe de Doggy, la nuit dernière.

Elle s'arrêta un instant.

— Est-ce que je parle beaucoup ? Trop vite ? Oui, je le sais, conclut-elle en répondant elle-même à ses questions.

— Pas de problème. Et Doggy se porte bien.

— Bien. C'est étrange de voir toutes ces affichettes, dit-elle en inspirant à fond. Elles ne mentionnent pas mon nom mais je sais qu'elles me visent.

— Personne ne prend Hud au sérieux, la rassura David.

— C'est une bonne chose. Voici ce que Mac a laissé sur mon paillasson.

Jane lui indiqua un carton sur la table basse. David s'assit et l'ouvrit. Jane resta debout à l'observer. Mac sauta sur l'accoudoir du canapé et l'observa, lui aussi, en ronronnant.

David sortit une de ses chaussettes à motifs, une de ses chaussettes de sport, un T-shirt et un caleçon.

— Ces affaires m'appartiennent.

Il sortit un essuie-mains blanc.

— Ça aussi, je pense. Tu as été bien occupé, dit-il à Mac.

— Je te rachèterai un essuie-mains. Je me suis servi de celui-ci comme chiffon. C'est le premier objet qui a été déposé et je n'ai pas imaginé qu'il appartenait à quelqu'un. Je veux dire, je savais qu'il ne m'appartenait pas mais j'ai cru qu'il avait été oublié par l'occupant précédent. Je parle encore trop.

Elle se sentit embarrassée et se mit à rougir. Ses yeux étaient brillants. L'émotion lui allait bien. David se mit à gratter le chat sous le menton et le ronronnement monta d'un cran.

— Tu as dit qu'il n'avait jamais fait ça auparavant ?

— Jamais. Mais, avant, je vivais dans un appartement, et il ne sortait pas. Je n'arrive toujours pas à croire qu'il ait pu commettre ces larcins.

— Tu veux t'asseoir ?

Et Jane s'assit.

— Ce n'est vraiment pas grave, dit David en regardant de nouveau dans le carton. Il semble que la moitié des affaires m'appartiennent. Je me demande comment il a choisi ses victimes.

— Je ne peux pas décrypter l'esprit d'un chat, surtout pas celui de MacGyver.

— Il est facile de décrypter celui de Doggy. Il y a certaines choses qu'il aime comme les promenades et les friandises, et il en veut tout le temps. Sauf quand il fait un somme.

— Comme un mec en quelque sorte.

Jane se plaqua la main sur la bouche et écarquilla les yeux d'un air horrifié.

— Comment ai-je pu dire ça ? marmonna-t-elle derrière sa main.

— Tu l'as dit ! s'esclaffa David. Mais je ne suis pas vexé. Les chats et les femmes sont peut-être plus complexes, mais cela ne les rend pas supérieurs.

Jane ôta sa main et lui sourit.

— C'est vrai. Parfois, j'aimerais cogiter un peu moins, dit-elle en poussant un soupir. Que suis-je censée faire avec le reste des affaires que Mac a rapportées ? Dois-je les apporter à la fontaine ? J'aimerais que leurs propriétaires les récupèrent mais si Hud recommence à m'interroger, je finirai peut-être par commettre un geste que je regretterai. Enfin, que je regretterai *peut-être*.

— Tu m'intrigues. Comme quoi ?

— Comme… le pousser dans le bassin de la fontaine. Je n'ai pas d'autre idée pour le moment. Tu vois ? Je ne suis pas vraiment un génie du mal, dévalisant lentement mes voisins avec l'aide de mon chat. Si je l'étais, je serais capable d'imaginer un tas de choses horribles à lui infliger.

— Je t'accompagne, proposa David. Mais je ne te retiendrai pas si tu décides de pousser Hud dans la fontaine. Je serais trop content de te regarder faire.

— Merci. Finissons-en, dit-elle en prenant le carton et en se dirigeant vers la cour.

— Tu fais partie des meilleurs, Sportif ! s'écria Hud. Il n'y en a pas beaucoup qui pardonneraient aussi facilement. T'afficher avec celle qui t'a dévalisé. Je suppose que ça aide que Toots soit jolie à regarder.

— Hud, Toots… je veux dire Jane ne savait même pas ce que faisait son chat avant la nuit dernière.

Il jeta un coup d'œil vers la maison : Mac était de nouveau assis derrière la fenêtre.

— Allez-vous me montrer ce qu'il y a dans la boîte ? demanda Hud en s'adressant à Jane.

Sans un mot, elle sortit les affaires et étala les caleçons, le maillot orange et le reste sur le bord de la fontaine.

— Je souhaite que tout ceci retourne à ceux à qui mon chat les a volés.

— Hé, ma jolie, qu'est-ce qu'on t'a volé ? demanda Hud à Addison qui approchait.

— Ne m'appelez pas comme ça, gronda-t-elle. On ne m'a rien volé. On a trouvé ça sur le paillasson, dit-elle en laissant tomber un T-shirt orné d'un personnage de dessin animé, à côté des affaires sorties par Jane.

— C'est le T-shirt de Zachary, annonça David.

Il était sur le point de proposer de le lui rapporter mais pensa que Zachary préférerait qu'Addison le fasse.

Addison regarda le T-shirt.

— Il appartient à Zachary ? Il n'a pas l'air d'un type qui aime *Adventure Time*.

— Ça remonte à quand, la dernière fois que vous avez parlé tous les deux ? Quand vous aviez sept ans ou à peu près ? demanda David. Il a grandi lui aussi, tu sais.

— Peu importe, murmura-t-elle en partant avec le T-shirt.

Marie prit sa place à côté de David.

— J'ai entendu dire que le filleul d'Helen et toi, ça n'avait pas marché, dit-elle à Jane. Helen a dit qu'il t'avait trouvée acerbe, comme le sont certaines femmes quand elles ne sont pas mariées à ton âge.

Jane ouvrit la bouche et la referma, comme si elle n'arrivait pas à trouver les mots pour répondre.

— Il a dit ça ? finit-elle par articuler.

— C'est un sournois, il l'a toujours été, répondit Marie. Ne t'inquiète pas. J'ai appris que mon petit-neveu sort avec quelqu'un mais notre dentiste vient de divorcer. J'arrangerai quelque chose.

— Non, Marie. Non ! Je vous ai dit que je ne voulais rencontrer personne. Pas d'homme. Cette année est Mon Année à Moi, lâcha Jane.

— C'est ridicule, siffla Marie.

— De nombreux criminels sont incapables d'établir des relations stables, intervint Hud. Ils sont capables de voler, ou pire, parce qu'ils ne ressentent pas les mêmes émotions que nous.

— Mes émotions se portent très bien, l'informa Jane. Si j'ai une carie, j'irai voir votre dentiste. En attendant, laissez tomber, Marie.

Elle fit demi-tour et s'en alla. David la suivit.

— Mon Année à Moi ? s'étonna-t-il.

Jane grommela :

— Je n'arrête pas de dire tout haut des choses que je devrais garder pour moi.

Elle s'assit sur une marche de sa véranda et David s'assit près d'elle.

— Quand ma mère est morte, elle m'a laissé assez d'argent pour me permettre de prendre une année sabbatique. Et, comme je te l'ai dit l'autre soir, je veux découvrir ce que j'aimerais faire dans la vie. Je ne souhaite pas m'engager dans une relation en ce moment, même si Marie et Helen pensent que je ne devrais penser qu'à ça.

— Je suis désolé pour ta mère.

— Merci. Il y a un peu plus d'un an. Je… la douleur était si intense, et maintenant qu'elle s'atténue c'est presque pire. Parce que… les détails s'atténuent aussi, elle devient un peu floue, et je déteste ça.

— Je connais ça.

— As-tu toujours tes parents ?

— Oui, ils vivent en Californie du Nord, je vais les voir deux ou trois fois par an. Mon frère vit là-bas également. Mais ma femme, elle a… elle est morte, il y a bientôt trois ans. Parfois, je n'arrive plus à me rappeler certains détails aussi clairement qu'avant, la façon dont elle riait par exemple. Parfois, je l'entends encore dans ma tête, et puis d'autres fois je n'y arrive plus.

— Exactement, confirma Jane en hochant la tête.

Si Adam était là, il secouerait la tête. Voilà que David parlait de Clarissa alors qu'il était assis à côté d'une jolie jeune femme. Mais cela n'avait rien à voir avec la soirée avec Adam au Blue Palm. Il n'avait pas l'intention de nouer une relation avec Jane. Ils parlaient comme deux amis. Il aimait bien discuter avec elle.

Mac ouvrit la gueule et aspira une grande bouffée d'air, content de la nouvelle odeur de Jane, assise avec cet homme – dont l'odeur avait également changé. Le parfum de solitude diminuait, remplacé par un autre, plus chaud et attrayant.

Mais le désir de la chasse le tenaillait. Furtivement, il se glissa dans la véranda, oubliant que Jane avait bloqué son passage secret. *Pfff*. Comme si cela pouvait l'arrêter. Il était descendu par un conduit de cheminée, le chemin inverse ne devrait pas être trop ardu.

Même s'il bouillait de l'envie d'agir, il décida d'attendre que Jane soit endormie. Alors, il passerait à l'action.

11

— Mon dernier spectacle de marionnettes date de mes six ans, dit Jane à Ruby. Ce sera donc quasiment une expérience nouvelle.

— Je suis sûre que ce sera entièrement nouveau, confirma Ruby en garant sa Coccinelle entre un SUV et une borne à incendie. Almighty Opp n'est pas un simple spectacle de marionnettes. Le type qui l'a créé appelle ça un service. Je ne vais pas essayer de te le décrire. Il faut que tu le vives.

Elles descendirent de voiture et traversèrent la rue. Quelques jeunes avaient installé des fauteuils de jardin sur le trottoir et buvaient des bières. Ruby leur sourit et ils la saluèrent de la main.

— Le théâtre est près d'ici ? s'enquit Jane.

— Il est ici. Enfin, il le sera bientôt, sur le trottoir.

— Crois-tu qu'ils font ça à plein temps ? Comme un travail à plein temps ?

Jane vit venir un couple branché qui transportait des chaises pliantes.

— Ils donnent une représentation par mois, donc j'en doute. Ils reçoivent des dons mais je ne suis pas sûre qu'ils couvrent leurs frais. Ces types ajoutent sans arrêt des choses nouvelles. Je pense qu'ils font ça pour la simple raison que ça les rend heureux. Et je crois qu'ils veulent changer le monde, ou au moins les gens qui les regardent.

— Je te remercie sincèrement de m'avoir emmenée.

Jane était impatiente de voir ce spectacle – ou service. D'après ce que disait Ruby, les types qui avaient créé l'Almighty Opp avaient trouvé leur passion.

Ruby passa son bras autour des épaules de Jane et la serra contre elle.

— J'ai négligé ton éducation, mais je vais t'emmener voir les hauts lieux de Los Angeles.

— Le spectacle ne devait pas commencer à 21 heures ?

Il n'y avait aucun artiste en vue.

— La ponctualité n'est pas leur qualité première, répondit Ruby. Mais ils vont arriver.

— Je me demande si quelque chose va disparaître ce soir. Voilà deux jours que j'ai réparé la déchirure dans la moustiquaire, par laquelle Mac sortait, mais il y a encore des affaires qui sont volées et qui sont déposées à la fontaine. Mac ne peut pas en être tenu responsable. Je ne l'ai même pas dit à Hud, parce qu'il déforme tout ce que je dis pour coller à sa théorie selon laquelle je suis le cerveau d'une entreprise criminelle. Ainsi, il est persuadé que j'ai laissé des affaires chez d'autres personnes pour détourner l'attention. Il pense que j'ai déposé ce qui m'intéressait sur mon paillasson et le reste me sert à brouiller les pistes. Comme tu sais, j'ai toujours rêvé d'un slip de bain orange fluo !

— Et cela n'aurait rien changé si tu l'avais forcé à venir dans la véranda pour lui montrer la moustiquaire réparée. Mais rappelle-toi, selon lui, Mac n'est pas ton seul complice. Il penserait que c'est moi qui vole les nouveaux trucs – si tu l'avais convaincu que Mac ne pouvait plus sortir de la maison. Il me jette un regard par en dessous quand il me croise. Il est persuadé que je fais partie de tes acolytes.

— Le plus fou c'est que Mac a effectivement volé certains articles. Je l'ai vu emporter le short de David. C'est bizarre que quelqu'un d'autre pique des choses en même temps que Mac.

— Mac a peut-être un imitateur. Un *copycat* ! Ah ! Ah ! s'esclaffa Ruby, en lui donnant un coup de coude dans les côtes.

— Je ne comprends pas, je suis une fille de la campagne, plaisanta Jane en battant des cils. Mais en attendant, c'est bizarre.

— C'est vrai, reconnut Ruby. Tu n'as rien retrouvé devant ta porte ?

— Non, je t'en aurais parlé. J'espère que tu ne m'en veux pas d'être mon refuge pour me calmer, me conseiller et me donner des cookies.

— C'est un plaisir. Quand je travaille sur un projet, tous ces gens deviennent presque ma famille. Quand le film est terminé, on se dit tous qu'on va rester en contact, mais on ne le fait pas, à moins de retravailler ensemble. Je suis contente d'avoir une amie en dehors du travail, d'autant plus que mon prochain film n'entre pas en production avant quelques mois.

Jane surveilla la rue du regard.

— Ils vont arriver, ne t'inquiète pas, la rassura Ruby. Lors de ta surveillance de la fontaine, as-tu revu David ?

— Non. On n'a rien dû lui voler depuis que je lui ai rendu ce que Mac m'avait apporté. Sinon, il serait venu me voir, je pense.

— On dirait que tout l'univers souhaitait que vous vous rencontriez : d'abord à l'animalerie, ensuite vous dînez tous les deux dans le même restaurant pour un rendez-vous galant qui se révèle un fiasco pour chacun et, enfin, vous vous retrouvez dans le même bar. Cerise sur le gâteau, c'est ton chat qui vole chez lui.

— Je peux admettre que tu accroches les décorations de Noël en septembre, répondit Jane. Je trouve même ça charmant. Mais si tu commences à parler des intentions de l'univers pour moi, je ne marche pas.

— OK, OK, capitula Ruby en levant les mains. Mais David est un type sympa. Et toi aussi, tu es très sympa. Je ne veux pas faire comme Marie et Helen, mais…

— Alors abstiens-toi, la pria Jane. Crois-moi quand je te dis que je ne souhaite pas m'engager avec quiconque pour le moment. Même avec quelqu'un de sympa. C'est vrai, David à l'air d'un type très bien. Il est amusant, gentil, n'a rien suggéré d'obscène dans les quelques heures qui ont suivi notre rencontre, et m'a même offert un verre après mon dîner avec le profiteur.

— Et il a de jolies fesses, ajouta Ruby.

— Oui, il est aussi joli garçon, à tout point de vue. Mais sérieusement, je ne suis pas intéressée.

— Bon, je comprends. Je comprends tout à fait. Mais je connais David depuis des années. J'aimerais le voir heureux. Et même si je ne te connais que depuis quelques semaines, j'aimerais te voir heureuse, toi aussi. Et je vous imagine bien tous les deux. David n'est pas du genre à t'empêcher de chercher ce que tu veux faire de ta vie. Je pense qu'au contraire il t'y encouragerait.

Jane voulait changer de sujet de conversation.

— J'ai parlé au secrétariat de l'université ce matin, et ils me laissent transférer le prix de l'inscription au cours de théâtre à un cours de maquillage pour effets spéciaux, annonça-t-elle. Je continue à suivre ton conseil de tenter de nouvelles expériences. Et puis, je pourrai fabriquer un super costume pour Halloween.

— Les voilà ! s'écria Ruby, en montrant deux hommes maquillés en clown, à bicyclette. Ils tiraient chacun une carriole qui ressemblait aux chariots couverts des pionniers.

L'univers est peut-être de mon côté, pensa Jane. *Mais maintenant, Ruby n'aura plus l'occasion de remettre David sur le tapis.*

Les deux hommes s'arrêtèrent au niveau de l'arrêt de bus et commencèrent à décharger, demandant silencieusement l'aide de Ruby et de Jane. Elle ressentit un frisson de plaisir en voyant monter la scène, complète, avec deux chapiteaux, un canon à confettis et une collection de marionnettes, merveilleusement étranges. Pour faire ça – venir dans un quartier calme, quasiment sans publicité, montrer un spectacle qui n'est pas rentable, il fallait que ce soit par passion. Si ces types avaient trouvé ce qu'ils aimaient, elle le pouvait aussi. C'est sur ça qu'elle devait se concentrer. Pas de mec pour le moment. Et certainement pas David, parce qu'il lui semblait pouvoir la distraire, une distraction beaucoup trop agréable.

— Addison m'a rapporté mon T-shirt *Adventure Time*, annonça Zachary en partant promener Doggy en compagnie de David. Elle l'a trouvé devant sa porte et tu lui as dit que c'était le mien.

Plusieurs jours étaient passés depuis qu'Addison avait apporté le T-shirt à la fontaine. Elle avait pris son temps pour le donner à Zachary. Mais David n'allait pas le dire au garçon. Il voyait que Zachary essayait de garder un ton neutre, mais il n'arrêtait pas de sourire.

— Comment va la mégère ? demanda David, incapable de résister à l'envie de le taquiner.

— Ce n'est pas une mégère, protesta Zachary.

David ne lui rappela pas que c'était lui qui avait surnommé Addison ainsi.

— Dans son journal…

— Que tu n'as pas lu, l'interrompit David.

— Je l'ai juste feuilleté. Dans certains passages, elle avait l'air vraiment en colère, et je pouvais comprendre pourquoi, vu les crasses que lui a faites son petit ami. Mais dans d'autres, elle avait l'air drôle. Et elle a écrit des poèmes vraiment subtils.

Il était plus amoureux que ne l'avait pensé David.

— Elle a l'air d'être fan d'*Adventure Time* elle aussi. Elle a tout de suite reconnu le T-shirt *Mushroom War*. Avez-vous parlé du dessin animé ?

— Ouais, on en a parlé. Selon elle, le champignon de la bombe crée des mutations et le monstre gluant qu'on voit autour de Simon et Marcy est une mutation d'humain. Je ne suis pas sûr d'être d'accord avec cette théorie, mais c'est pas bête.

— Je ne suis pas encore fan, reconnut David.

— Tu dois t'y mettre.

D'habitude, Zachary énumérait toutes les raisons pour lesquelles David devait lire tous les tomes, mais là, il enchaîna :

— Nous avons aussi parlé de Miss Marvel. Je crois qu'elle a été un peu surprise que je l'aie lu. Il y a tous ces *posts* sur Reddit de types qui pensent qu'on leur impose la diversité et que Miss Marvel ne s'adresse qu'à quelques groupes restreints. Comme les femmes. Qui ne sont pas un petit groupe. Et tous les deux, on pense que Kamala est une sorte de personnage à la Peter Parker et qu'elle est vraiment complexe.

David l'interrompit. Il savait que Zachary pouvait parler des heures de BD et il l'écoutait volontiers habituellement. Il lisait le même type de diatribes sur les sites spécialisés. Mais aujourd'hui, il était curieux de savoir ce qui s'était passé entre les deux jeunes gens. Le garçon semblait avoir marqué des points en défendant Miss Marvel.

— L'as-tu revue au lycée, depuis ?

Le sourire de Zachary s'évanouit.

— En anglais. Mais on a très peu de temps entre chaque cours, pas le temps de se parler. Et à la cantine… tu sais comment c'est. Chacun s'assoit toujours avec les mêmes copains. Addison est toujours avec son petit ami.

— Elle avait pourtant l'air de l'envoyer promener le jour où elle a jeté son portable par la fenêtre.

— Ouais, ben… fit Zachary en haussant les épaules. Je le croyais. Et d'après son journal, c'est ce qu'elle voulait faire.

Cette fois, David ne le taquina pas d'avoir lu le journal intime d'Addison.

— Mais aujourd'hui, elle a passé la moitié du déjeuner sur ses genoux à lui faire manger des frites, donc si jamais ils s'étaient séparés, ils sont de nouveau ensemble.

— Les choses bougent. Souviens-toi, MJ avait un petit ami quand Peter Parker l'a rencontrée pour la première fois.

— Et tu veux dire quoi ? rétorqua Zachary d'un ton sec.

Doggy cessa de renifler et regarda autour de lui pour comprendre ce qui se passait.

— Je ne… Je m'en fiche qu'elle ait un petit ami ou pas. Sauf qu'il a l'air d'un pauvre crétin, et je ne comprends pas pourquoi elle reste avec quelqu'un qui la traite aussi mal.

— Personne ne devrait rester avec quelqu'un qui le traite mal, confirma David.

— Ouais. C'est pour ça que ça m'a énervé de la voir accrochée à lui, au lycée.

— Je comprends.

David se demandait si Zachary en était vraiment convaincu.

Les humains n'étaient vraiment pas malins. Au début, Mac avait mis ça sur le compte de leur odorat, qui était vraiment défaillant. Mais il ne pouvait plus blâmer leur nez uniquement. Il avait réussi à réunir Jane et l'humain associé au baveur. Ils s'étaient assis tous les deux devant la maison et Mac avait senti la solitude les quitter. Il avait ressenti l'attraction entre eux deux. Il avait été persuadé d'avoir accompli sa mission.

Et puis… rien ! Ils ne s'étaient pas revus depuis. Pourquoi ? C'était incompréhensible. Quand quelque chose te plaît, tu en veux encore. Comme le thon. Mac aimait le thon, alors il en voulait davantage. Il voulait toujours du thon. Ou bien, Mimi-Souris. Mac aimait bien Mimi-Souris – enfin, presque toujours. Il pouvait jouer avec elle toute la journée, sauf que parfois Jane la cachait dans une boîte avec un système de fermeture que Mac n'avait pas encore réussi à ouvrir.

Les deux jeunes, ceux qui n'étaient plus aussi malhabiles que des chatons, mais pas encore comme des chats adultes, étaient tout aussi nuls. Il s'était passé la même chose avec eux. Mac avait réussi à les rapprocher. Il en était sûr, il pouvait le sentir sur chacun. Et il sentait que chacun pouvait rendre l'autre plus heureux. Mais est-ce qu'ils s'étaient de nouveau rapprochés ? Non. Parce qu'ils étaient humains et qu'ils savaient à peine comment rester en vie sans une aide extérieure.

Au moins la petite fille et la nourrice n'avaient-elles plus besoin d'encouragements de la part de Mac. L'une ou l'autre, ou les deux, avait compris qu'elles étaient mieux ensemble. Mac soupira, contrarié. Il allait devoir sortir ce soir et tâcher d'améliorer la situation. Il ne pourrait plus s'amuser avec Mimi-Souris tant que ça ne serait pas résolu.

Il trottina jusque dans la chambre de Jane qui dormait paisiblement, visiblement inconsciente du gâchis dont elle était responsable. Il s'empara d'un objet sur le sol, imbibé d'un parfum susceptible de pénétrer un nez humain. Puis, il retourna dans le salon, sauta dans l'âtre et entreprit de grimper dans le conduit de la cheminée. Ceux qui n'étaient pas encore adultes devraient se sentir reconnaissants qu'il les prenne en pitié. Et Jane devrait se sentir reconnaissante d'être la maîtresse de Mac. Même s'il devait sortir toutes les nuits du reste de sa vie, il réussirait à lui faire comprendre ce dont elle avait besoin pour être heureuse.

Il se rendit directement à la maison de l'homme. Sa fenêtre habituelle était fermée. Pas d'importance. Il utiliserait la trappe du chien. Il attendit quelques instants pour s'assurer que le chien n'était pas juste de l'autre côté, puis il se glissa par l'ouverture.

Pas de baveur en vue. Bien. Mac n'était pas d'humeur à jouer. Pas ce soir. Il s'élança dans l'escalier et entra dans la chambre où l'homme dormait. Le chien dormait là, lui aussi, enroulé, la truffe sur la queue, sur un énorme coussin moelleux. Mac aimerait bien un coussin comme celui-ci. Il chercherait le moyen de l'emporter plus tard. Ce soir, il bossait.

Il sauta sur le lit. Il allait s'assurer que l'homme verrait bien le cadeau que Mac lui apportait. Il avança doucement et le déposa sur la poitrine de l'homme. Et… chaos général.

L'homme se redressa d'un coup. Le crétin se mit à aboyer. Mac devait absolument partir de là. Il se carapata du lit et se rua dans la salle de bains. Il se rappela une seconde trop tard que la fenêtre était close. Tant pis. Mac était passé maître ès ouvertures. Il bondit sur l'appui de la fenêtre et donna des coups de patte sur le loquet.

Trop tard. L'homme était là. Il attrapa Mac qui se débattit. Mais l'homme le tenait fermement, même quand Mac le griffa en matière d'avertissement.

— Ça suffit ! Je t'ai pris sur le fait, MacGyver.

12

Jane se réveilla en entendant frapper à la porte d'entrée. Le réveil indiquait une heure passée de quelques minutes. Elle avait l'impression d'avoir dormi des heures alors qu'elle ne s'était couchée qu'une demi-heure plus tôt. Mais il était tout de même *beauuucoup* trop tard pour venir frapper à sa porte.

La personne à l'extérieur n'était visiblement pas de cet avis. Les coups redoublaient d'intensité. Jane enfila le jean qu'elle avait porté lors du spectacle de marionnettes sous le T-shirt qui lui servait de chemise de nuit. Elle se dirigea vers la porte puis fit demi-tour, le temps d'attraper son portable sur la table de nuit. Elle tapa les deux premiers chiffres du numéro d'urgence. Si c'était un fou furieux, elle n'aurait qu'à taper le dernier et attendre l'arrivée de la police.

— Qui est là ? cria Jane, en prenant une grosse voix, pour faire croire qu'elle mesurait 1,85 mètre.

Sa jolie porte ne comportait pas de judas.

— C'est David. Désolé de te réveiller. Je te ramène ton chat.

— Mac ?

C'est vrai qu'il n'était pas couché à sa tête, sa place habituelle au milieu de la nuit. Elle ouvrit la porte et vit David, l'air échevelé, Mac, l'air furieux et Doggy, l'air extatique.

Elle tendit les bras pour prendre son chat mais David recula d'un pas.

— Il vaut peut-être mieux que je le pose par terre, il est… agité.

— Entre, proposa-t-elle en ouvrant grand la porte.

David entra et attendit qu'elle referme la porte avant de libérer Mac qui fila dans la chambre de Jane.

— Je n'arrive pas à croire qu'il soit encore sorti. Je n'ai pas essayé de réparer la moustiquaire avec du ruban adhésif. J'ai acheté un outil spécial. J'ignorais ce que c'était jusque-là mais j'ai deviné comment ça marche.

Elle se précipita dans la véranda et vérifia l'endroit de la déchirure.

— Regarde. C'est toujours impeccable, constata-t-elle en passant le doigt dessus.

En levant les yeux, elle remarqua une longue griffure sur le bras de David.

— Oh ! Tu saignes !

— Ce n'est rien, la rassura David.

Son chien gémit et tira sur sa laisse. Visiblement, il réclamait de l'attention. Jane s'accroupit et commença à le caresser.

— Je suis désolée, je ne faisais pas attention à toi. Oui, désolée.

Doggy s'allongea sur le dos et Jane, complaisante, lui gratta le ventre.

— Je vais mettre quelque chose sur cette griffure, avant que ça s'infecte, dit-elle à David en se relevant.

Doggy lui donna un coup de patte sur la jambe, pour qu'elle poursuive ses caresses.

— Doggy, arrête ! ordonna David.

— Veux-tu lui enlever sa laisse ?

— Si tu es d'accord.

— Bien sûr. Il ne peut rien casser, ici.

David détacha la laisse et Jane le conduisit jusqu'à la salle de bains.

— Lave ton bras pendant que j'attrape une pommade antibiotique.

— Ce n'est pas… protesta David.

— Fais-le quand même.

David s'exécuta et elle se pencha au-dessus de lui pour fouiller dans l'armoire de toilette. Elle était si proche qu'elle sentait son parfum. Il sentait bon, une odeur de savon, d'homme et peut-être un peu la vanille.

— Et, euh, où as-tu trouvé Mac ? demanda-t-elle pour penser à autre chose. Il faut que je découvre par où il s'est échappé.

— Dans ma chambre.

— Oh ! Punaise. Je ne sais pas ce qui lui prend. Il va me faire expulser de Storybook Court.

Jane trouva le tube de pommade, referma la porte du placard et s'écarta de David.

— Ne t'inquiète pas, je ne vais pas te dénoncer à Hud.

David referma le robinet et Jane attrapa une serviette, sa poitrine frôlant son dos, chaud et ferme. Elle se rendit compte qu'elle ne portait pas de soutien-gorge. La salle de bains était sacrément trop petite. Elle lui passa la serviette et s'assit sur le rebord de la baignoire.

— A-t-il pris quelque chose qui t'appartient ?

— Euh, non. Mais il m'a apporté quelque chose qui doit venir de chez toi, répondit David en tirant de la poche de son jean un mini slip rose vif avec un motif d'aliens verts.

— Ouais, ça vient de chez moi.

Jane le saisit et l'enfouit dans sa poche de jean. Elle se sentit rougir. Elle détestait rougir. Elle dévissa le bouchon du tube de pommade et déposa une noisette de gel sur le bras de David, avant de se demander pourquoi elle ne lui avait pas simplement donné le tube, parce que maintenant elle avait l'air obligée de l'étaler. Mais pourquoi était-ce bizarre ? David l'étala lui-même, lui évitant de répondre à sa propre question.

— Tu veux un pansement ?

— Ça va comme ça, répondit David en sortant de la salle de bains.

Il s'arrêta à la porte du salon. Jane se mit à sa hauteur et réprima un rire.

Doggy était allongé sur le canapé. Mac également. Ils étaient nez à nez, les yeux dans les yeux, immobiles.

— Je n'arrive pas à croire que Doggy n'essaie pas de défoncer ta porte pour sortir, s'étonna David à voix basse. Il est peureux d'habitude.

— Je ne peux pas croire que Mac n'ait pas sorti les griffes, admit Jane. Visiblement, ils ont trouvé un terrain d'entente. Laissons-les là.

David ne bougea pas.

— Ma grand-mère me lisait un poème sur des animaux en peluche qui se battaient. À la fin, il ne restait que quelques débris.

— Le chien en tissu Vichy et le chat en calicot ! C'était dans un livre que ma mère avait acheté dans un vide-grenier ! Je pense que, s'ils devaient s'entre-déchirer, ils auraient déjà commencé. Viens.

Une fois dans la cuisine, elle ouvrit le frigo.

— Que puis-je t'offrir ? Je vais prendre une bière.

— Ça me va.

Jane lui tendit une Corona et ils s'assirent à table. Elle résista à l'envie de croiser les bras pour cacher sa poitrine. C'était trop tard. Il avait vu ce qu'il avait vu. Ce qui ne devait pas être trop gênant. Le T-shirt n'était pas si fin.

— Tu dois être au travail dans quelques heures. Tu n'es pas obligé de rester. Tu peux emporter la bière pour la route, puisque tu ne conduis pas !

— Tu me mets à la porte ? Alors que je me remets à peine d'une fièvre féline, s'indigna David avec un grand sourire. Je me suis couché tôt. J'ai déjà eu quelques heures de sommeil.

— Tu peux rester aussi longtemps que tu le souhaites, offrit Jane avant d'avaler une lampée de bière. Désolée que Mac ait réussi à pénétrer chez toi. J'étais persuadée que la maison était bien fermée. C'est plus logique qu'il ait trouvé un moyen de sortir, que s'il existait un individu qui vole et redistribue les objets volés dans la résidence.

— Avec ses vols, il a peut-être rendu service à mon voisin Zachary. Il va au lycée avec Addison et il est visiblement tombé amoureux. Tu vois qui c'est ? La grande sœur de Riley.

— Je l'ai rencontrée. Et ce garçon, l'a-t-il rencontrée ?

David éclata de rire.

— Oui, ils se connaissent depuis qu'ils sont bébés. Et il est conscient de son caractère. Mais les hormones font leur effet. Et qui sait, si elle avait un petit ami un peu moins nul, elle ne serait peut-être pas tout le temps en colère. Enfin, c'est la théorie de Zachary.

Jane leva les sourcils.

— C'est possible. Zachary connaît-il le petit ami ?

— Il l'a vu au lycée avec Addison et il a lu quelques pages de son journal intime, expliqua David.

— Son journal ? Attends, c'est lui qui a retrouvé le journal sur son palier ? J'étais là quand Ruby l'a remis subrepticement chez elle.

— Oui, c'est moi qui le lui ai demandé. Zachary avait peur, s'il le lui rendait, qu'elle pense qu'il l'avait lu. Ce qu'il a fait.

— Et tu imagines que Mac lui a rendu service parce qu'il a volé le carnet ? Oui, probablement. Et le poney de Riley. Je n'ose pas compter le nombre de maisons dans lesquelles il s'est introduit.

— Je ne parlais pas du carnet. Je parlais du T-shirt *Adventure Time* de Zachary, qui avait disparu. Tu te souviens, Addison l'a apporté à la fontaine quand on y était. Je lui ai dit qu'il appartenait à Zachary et elle le lui a rapporté. Ils se sont mis à discuter à ce sujet et sur d'autres romans graphiques. Je crois que c'est la première fois depuis des années qu'ils se parlaient. Zachary ne portera certainement pas plainte contre Mac.

— À ton avis, que dois-je faire ? Faire du porte-à-porte, confesser que j'ai un chat voleur et m'excuser platement ?

— Je pense que tu devrais chercher par où il sort et bloquer l'issue, conseilla David. Et toute cette histoire sera vite oubliée. À part Hud, personne ne semble très inquiet. Je peux t'aider à découvrir par où il sort, si tu veux.

— Je veux bien. Il me serait bien utile d'avoir une autre paire d'yeux.

— Je viendrai demain, après le boulot, vers 15 h 30, si ça te convient.

David finit sa bière et ajouta :

— Allons chercher les débris. C'est dingue que tu connaisses ce poème.

— On dirait que ni l'un ni l'autre n'a bougé d'un pouce, constata Jane quand ils retournèrent dans le salon. Bravo Doggy ! Moi, je n'ai jamais gagné un duel de regards avec Mac mais lui, il s'accroche. Tu devrais l'amener, demain.

— D'accord. À demain.

David fixa la laisse sur le collier de son chien et dut le traîner à moitié jusqu'à la porte d'entrée car Doggy n'arrêtait pas de se retourner vers Mac.

— Merci de m'avoir ramené Mac ! J'espère que tu pourras dormir un peu avant le boulot.

— Pas de problème. Joli T-shirt, dit-il au moment où elle refermait sa porte.

Elle espérait qu'il parlait vraiment du T-shirt et pas de ses seins nus en dessous. Les Minions, Vinnie et Jules étaient assez drôles. C'est certainement ce qu'il voulait dire.

Jane s'étendit sur le canapé à côté de Mac.

— Tu me causes bien des ennuis, mais je t'aime, lui dit-elle, en frottant sa joue sur le haut de la tête de Mac.

Il se mit à ronronner.

— Viens, on va se recoucher. Enfin, toi tu n'étais pas couché.

Elle le prit dans ses bras et le porta dans sa chambre.

— S'il te plaît, sois gentil et ne bouge pas. Sinon, tu vas dormir avec ta laisse. Je t'attacherai à moi s'il le faut.

Mac se roula en boule au milieu du lit. Jane soupira, enleva son jean et se coucha près de lui, mais elle était tout à fait éveillée.

— Tu avais une maison pleine d'objets et il a fallu que tu choisisses un slip. Merci beaucoup, MacGyver.

Enfin, elle avait bien vu les sous-vêtements de David. Il portait des boxers. Elle pariait qu'il était mignon avec ça.

Elle gémit et se tourna sur le côté en tirant l'oreiller sur sa tête. Elle ne voulait pas penser à David en boxer. Elle voulait – elle avait besoin de – réfléchir au moyen de garder Mac à l'intérieur de la maison. Et ensuite, découvrir quel était son rêve.

— J'espère que, quand je lui ai dit « joli T-shirt », elle a compris que je parlais bien de son T-shirt, dit David à Doggy sur le chemin de la maison.

Il s'était aperçu, au moment où les mots lui sortaient de la bouche, qu'ils pouvaient sous-entendre qu'elle ne portait pas de soutien-gorge. Ce qui lui avait été impossible de ne pas remarquer.

— Et je suis fier de toi d'avoir tenu tête à ce chat.

David se disait parfois qu'il parlait trop à son chien. Mais quand on a un chien, on lui parle. Il aurait parié que Jane parlait à son chat.

En arrivant chez lui, David alla directement se recoucher. Il devrait se lever dans quelques heures. Il entendit Doggy s'allonger sur son gigantesque coussin en soupirant d'aise. Quelques instants plus tard, le chien ronflait bruyamment. Mais David avait l'impression que toutes les lumières étaient allumées dans son cerveau. Il ne pouvait pas s'arrêter de penser. C'était intéressant – bizarre, étonnant, troublant ? – que MacGyver ait donné quelque chose de Zachary à Addison et vice versa. Quelles étaient les probabilités ? Il y avait vingt-trois maisons dans Storybook Court.

Jane était vraiment jolie dans ce T-shirt. Quand cette pensée jaillit dans son esprit, il la chassa. Pourquoi Mac avait-il volé autant de choses lui appartenant ? Quand David pensait à ce qui avait été déposé près de la fontaine, le chat lui en avait pris plus qu'à aucun autre voisin.

Jane était vraiment jolie dans ce T-shirt.

Il avait réussi à ne pas y penser pendant quinze secondes. Son T-shirt était amusant. Jules et Vinnie des Minions tenant des bananes à la place de pistolets.

— Ba – na – ne, fit-il en imitant l'accent des petits personnages.

Il avait vu tous les films plusieurs fois parce que Maya, la petite dernière de Lucy et Adam, et filleule de David, les adorait. Au moins, elle avait bon goût. Elle avait catégoriquement refusé de regarder *Norm* après la première demi-heure.

Jane était vraiment jolie dans ce T-shirt.

Il ne contrôlait plus ses pensées. Il était prêt à parier qu'elle était aussi très jolie avec ce tout petit slip décoré d'aliens. Des images s'imprimaient dans son esprit, il gémit et tira son oreiller sur sa tête. Il n'allait pas réussir à s'endormir.

L'après-midi suivant, Jane ne tenait pas en place. Elle prit son carnet. Elle devait ajouter des *items* dans sa « Liste de ce que j'aime », comme créer une fausse cicatrice, ce qu'elle avait appris à faire le matin même, et Almighty Opp – mais là elle tentait encore de décrire précisément ce qu'elle avait vu. Thérapie par les marionnettes ? Révélation par les marionnettes ? Les deux types qui présentaient le spectacle, Jeffrey et Kranko, semblaient vouloir aider les gens à se connecter, et à créer… de la jubilation. *Jubilation* était le terme qui s'en approchait le plus. Ce serait génial de faire quelque chose comme ça ! Pas créer du théâtre de rue – enfin, elle n'avait pas encore essayé, elle ne devrait peut-être pas éliminer cette possibilité. Mais une activité dont le but est de connecter les gens entre eux et les rendre heureux.

Elle reposa le carnet. Elle avait beaucoup d'idées mais pas la patience de les noter. Elle alla dans la véranda et vérifia de nouveau la moustiquaire réparée. Mac n'avait absolument pas pu sortir par là.

Elle revint dans la cuisine et ouvrit le frigo, le referma, le rouvrit, prit un cornichon et le croqua alors qu'elle n'avait pas vraiment faim. Puis elle grignota un cracker pour chasser le goût du cornichon, puis décida de se brosser les dents.

Ce faisant, elle s'étudia dans le miroir. Devrait-elle se changer ? Elle portait un haut rose à encolure en V et un pantalon kaki. Très simples. Attends. Pourquoi se posait-elle la question de savoir si elle devait se changer ? Qu'est-ce que cela pouvait faire si ses vêtements étaient simples. Son voisin venait l'aider à découvrir par où son chat prenait la poudre d'escampette. Elle était très bien comme ça. Elle portait un soutien-gorge. Elle était présentable. C'est tout ce qui importait.

Pourtant, elle alla dans sa chambre, ouvrit la porte de la penderie, poussa quelques cintres puis referma la porte. Elle ne se changerait *pas*. Voilà exactement pourquoi Mon Année à Moi devait exclure les hommes. Un type séduisant venait chez elle lui rendre un service, amical, en voisin, pas pour un rendez-vous galant.

Elle prit dans ses bras son chat qui dormait dans une flaque de soleil et lui fit des câlins. Au bout de deux secondes, il s'échappa. Mac aimait être caressé et câliné… seulement quand *il* était d'humeur. Ou bien quand il était triste pour elle.

Jane attrapa son portable et chercha le poème sur le chien en tissu Vichy et le chat en calicot. Il s'intitulait *Le Duel*. Elle l'avait oublié. Elle se demanda si David en connaissait le titre. Ça recommençait ! Elle ne pensait plus à ses vêtements mais pensait toujours à lui. Elle était ridicule.

Elle inspira profondément et sortit. Elle allait chercher toute seule par où Mac sortait. David avait été gentil, très gentil de le proposer mais elle pouvait le faire toute seule. Elle n'avait pas entamé son inspection quand Marie apparut sous sa véranda.

— Vérifie tes mails, dit-elle à Jane.

— Pourquoi ?

Jane n'aimait pas la façon dont Marie la regardait. Une lueur impatiente brillait dans ses yeux.

— Parce que Fred Hernandez, notre dentiste, m'a envoyé un message disant qu'il venait de t'adresser un mail.

Jane ferma les yeux, compta jusqu'à trois et les rouvrit.

— Marie, s'il vous plaît, ne donnez pas mon adresse e-mail à quiconque sans m'en parler. Je vous ai dit très clairement que je ne souhaite pas faire la connaissance de votre dentiste ni de personne d'autre. S'il vous plaît, envoyez-lui un message en disant que vous vous êtes trompée.

— C'est bon, on peut lui dire, Janie.

Jane tourna la tête et vit David venir vers elle. Il lui adressa un clin d'œil et, l'entourant de ses bras, il l'attira contre lui.

— Jane et moi sommes sortis ensemble quelques fois. Nous ne voulions pas en parler aux voisins au cas où cela n'aurait pas marché. Mais je crois qu'on n'a plus à s'en inquiéter.

Marie leur lança un regard suspicieux.

— Vous êtes sortis ensemble quelques fois, répéta-t-elle. Où êtes-vous allés ?

Elle ressemblait un peu à Hud Martin.

— Les studios Universal. Je sais, c'est pour les touristes mais Jane vient juste d'arriver. Et puis il fallait qu'elle voie le Bates Motel. Elle est fan d'Hitchcock, expliqua David.

— Oui, je l'adore, confirma Jane qui se sentait un peu étourdie.

Elle ne souhaitait pas sortir avec le dentiste de Marie mais elle n'était pas sûre d'apprécier la façon dont David débarquait et prenait les choses en main.

— Nous avons aussi bu un verre dans ce bar, à quelques rues d'ici. Comment s'appelle-t-il ?

La chaleur de son corps contre ses épaules et son flanc détournait son attention.

— La Chèvre assoiffée, répondit-il. Vous ne le croirez pas mais Jane a bu un Skittles Bomb ; elle a dit que ça lui rappelait les oursons en guimauve, imbibés de vodka, qu'elle mangeait en douce dans sa résidence universitaire.

— Je suis trahie, plaisanta Jane.

Marie pencha la tête et les observa un instant puis hocha la tête.

— Je vais dire à Fred que tu as rencontré quelqu'un. Mais si ça ne marche pas vous deux, tu sortiras avec lui. Tu as trente-quatre ans. Tu dois y penser.

Elle rentra chez elle. Jane était sur le point de s'éloigner.

— Reste là encore un peu, conseilla David. Marie voit tout.

— C'est vrai, reconnut Jane en se tournant légèrement pour le regarder. M'avais-tu appelée Janie avant ?

— J'ai pensé que ce serait plus convaincant. Si on sortait ensemble, je te trouverais un joli surnom. Je n'ai pas eu beaucoup de temps pour réfléchir. Janie est mignon. Cela m'a semblé sympa.

Un large sourire éclaira son visage mais Jane se força à affirmer :

— Je n'avais pas vraiment besoin d'être secourue.

David fit une grimace.

— Désolé si tu me trouves présomptueux. C'est parce que je me suis trouvé dans la même situation, avec des amis qui me poussaient à sortir avec quelqu'un. Je voulais t'aider, c'est tout.

— Tu m'as aidé, effectivement, reconnut-elle. Heureusement qu'on s'était rencontrés dans ce bar. Cela nous a permis de donner beaucoup de détails. Je ne crois pas que, sinon, on l'aurait convaincue, même si Hitchcock était bien trouvé. Si elle m'avait interrogée sur ses films, j'aurais été en mesure de lui répondre.

Elle le regarda et sourit, au cas où Marie les surveillait, et ajouta :

— Maintenant, on pourrait chercher comment Mac s'échappe de la maison.

David acquiesça, l'embrassa sur la tempe et laissa lentement glisser son bras. Il ne la touchait plus, pourtant Jane ressentait encore sa chaleur sur son corps.

— Hé, tu n'as pas amené Doggy !

Il fallait qu'elle dise quelque chose et c'est la première pensée qui lui vint à l'esprit.

— Zachary le promène.

— OK, mais j'étais sérieuse quand j'ai dit que tu pouvais l'amener. Je pensais commencer par vérifier la maison de l'extérieur.

— Bonne idée. Je vais peut-être dire à Adam et Lucy – c'est mon plus vieil ami et sa femme – que nous sortons ensemble, si tu es d'accord. Chaque fois que je les vois, ils veulent me montrer de nouveaux profils sur partenaires.com. Ils n'arrêtent pas. Et je t'ai raconté comment se sont passées les deux premières rencontres.

Jane haussa les épaules.

— Pourquoi pas ? Autant que tu profites du mensonge, toi aussi.

— J'ai reçu quelques messages, non en fait beaucoup de messages d'une des femmes que Lucy a choisies pour moi sur le site. Je lui ai envoyé un texto et elle m'en a envoyé une dizaine, sans attendre de réponse de ma part. Je ne l'ai pas fait exprès, mais j'étais au boulot.

— Dix, ça fait beaucoup s'il n'y a pas d'échange.

— Oui. Elle ne disait rien qui soit étrange mais le nombre m'a fait peur. Je n'ai plus envie de la voir, maintenant.

— Oui, je comprends. Mais elle pense peut-être que tu es génial et elle a vraiment envie de te rencontrer, expliqua Jane en essayant de se montrer équitable envers cette inconnue.

David et elle ne sortaient pas ensemble. Elle n'avait aucune raison de sentir des picotements de jalousie.

— Peut-être, reconnut David.

— Toutes les fenêtres semblent hermétiques, non ?

— Oui, je ne vois rien non plus. À moins que… Tu vois ce buisson de lilas de Californie ?

David montrait l'arbuste qui poussait sous la fenêtre de sa chambre.

— Le haut des branches est courbé comme si quelque chose était tombé dessus. Ou comme si un chat avait sauté du toit.

— Le problème reste entier. Comment sort-il pour grimper sur le toit ? interrogea Jane.

Ils firent tout le tour de la maison sans trouver par quel moyen Mac s'échappait.

— On va vérifier à l'intérieur, proposa Jane.

Ils débutèrent par le salon. Mac décida d'être sociable et les suivit pendant leurs recherches, ronronnant de satisfaction. Le portable de David se mit à vibrer.

— Désolé, je dois répondre. Je remplace le responsable de la boulangerie quand il est en déplacement, comme maintenant.

Il ouvrit son téléphone et le referma un instant plus tard.

— Tout va bien ? demanda Jane.

— C'était elle, Mme Comme-il-faut347. Elle vient de se rendre compte que je ne mentionne pas sur mon profil si je veux des enfants ou pas, et elle est curieuse de le savoir.

— Oh, je pense que ne pas vouloir d'enfants est une clause suspensive, commenta Jane qui tentait de garder l'esprit ouvert concernant cette femme, même si elle commençait à la trouver antipathique.

Non, *antipathique* était trop fort. Mais elle était barbante. Mme Comme-il-faut347 ? Elle n'avait rien trouvé de plus intéressant comme pseudo ?

Jane ne fit pas part à David de son analyse du pseudo. Elle demanda :

— Est-ce typique de vouloir tout connaître dès le début ? Je n'ai jamais fait de rencontres sur Internet. À Avella, on connaît tout le monde. Du moins en a-t-on l'impression.

Ils poursuivirent leur recherche tout en bavardant.

— Je ne sais pas. Ce n'était pas le cas avec les deux premières. J'aurais préféré que la femme enceinte me demande si j'avais envie d'avoir des enfants, mais sinon… Quel mal y a-t-il à attendre que la relation devienne un peu sérieuse avant de parler de la famille qu'on a envie de fonder ?

— Au contraire. Et elle, elle en veut ou pas ?

— Je n'en sais rien. J'ai parcouru son profil très vite, reconnut David. Je lui ai envoyé un SMS parce que sinon, je serais encore à écouter Adam et Lucy essayant de choisir quelqu'un pour moi, et je n'en pouvais plus. Donc, tu es d'accord pour que je leur dise qu'on sort ensemble ?

— Je suis d'accord, mais si tu changes d'avis, si tu veux qu'ils t'aident à regarder les profils, tu leur dis que c'est terminé entre nous. Je veux dire, si tu t'es inscrit, c'est que tu as envie de rencontrer quelqu'un.

— J'en avais envie. Récemment, l'idée de finir ma vie tout seul m'a filé le bourdon. Mais ce truc en ligne ne me convient pas. Je veux rencontrer quelqu'un dans la vraie vie. Toi aussi, si tu finis par rencontrer quelqu'un, dis-le-moi, et on fera semblant de rompre.

— Ma seule raison de faire semblant d'avoir un petit ami c'est de ne pas avoir à rencontrer quelqu'un, lui rappela Jane. Je ne vois vraiment pas par où Mac a pu sortir.

— Moi non plus. Tu devrais peut-être lire le message du dentiste, juste pour être sûre que tu n'as vraiment pas envie de le rencontrer.

Jane étudia son visage. Avait-il déjà changé d'avis ? Ne voulait-il déjà plus faire semblant de sortir avec elle ?

— OK, je vais le lire.

Elle saisit son portable, ouvrit sa messagerie et trouva celui qui devait provenir du dentiste.

— En objet, il écrit « Mes besoins. » C'est prometteur, non ?

Le portable de David vibra. Il vérifia :

— Encore un message de Mme Comme-il-faut347 qui veut savoir, au cas où je voudrais des enfants, combien j'en veux et si j'ai une préférence, fille ou garçon ?

— J'ai mieux que ça ! Le dentiste donne la liste des qualités requises par les femmes avec lesquelles il sort. Elles doivent travailler. Avoir une voiture.

— Il veut éviter les relations vénales. Ce n'est pas si horrible.

Jane fit signe qu'elle n'avait pas fini.

— Moins de 1,73 mètre, cheveux longs à mi-dos…

Elle referma son portable.

— J'en ai assez lu.

Le portable de David vibra de nouveau.

— Elle veut savoir ce que je pense du prénom Charlotte pour une fille, qu'on peut surnommer Charley, et Ethan pour un garçon.

Il leva les yeux vers Jane.

— Tu penses toujours qu'elle est raisonnable ?

— Euh, non, je reconnais.

Jane ressentit une petite secousse de plaisir en constatant que David ne voudrait jamais sortir avec cette femme. Elle tenta de balayer ce sentiment. Cela ne la regardait pas. Sauf qu'ils devenaient amis et les amis ne laissent pas leurs amis sortir avec des foldingues.

— Je vais lui dire que je commence à sortir avec une voisine et que j'attends de voir comment ça va évoluer. Tu arrives à point, ajouta-t-il avec un sourire.

Jane lui sourit en retour.

— Toi aussi. Le dentiste devrait t'en être reconnaissant. Je l'aurais certainement poignardé en plein cœur avec ma fourchette, si j'avais dîné avec lui.

— Tu sais, comme on prétend être ensemble, on pourrait aller quelque part tous les deux, proposa David. Parce que Marie voit tout. Et mes amis vont me demander des détails.

— Je suis d'accord. On va où ?

— Je sais que tu aimes les vieux films mais est-ce que tu aimes les films vraiment vieux ? Parce que, dans ce cas, je connais l'endroit idéal. C'est l'un de mes favoris.

Jane sentit son pouls s'accélérer, comme s'il lui proposait de sortir pour de vrai.

— Si c'est l'un de tes endroits favoris, je veux le voir.

— C'est le Silent Movie Theatre. Il n'y a des séances que le vendredi et le samedi. Vendredi te conviendrait ?

— Tout à fait. J'adore les vieux films mais je n'ai jamais regardé de films muets, à part des extraits à la télé. Et j'ai la mission d'expérimenter de nouvelles activités. C'est parfait.

— Je passerai te chercher à 19 heures. Je te donne mon numéro si tu as envie de m'envoyer des SMS tordus d'ici là.

Jane lui tendit son portable.

— Enregistre-le. Si je suis ta fausse petite amie, je dois absolument l'avoir.

Mac s'étira paresseusement, satisfait. Jane et l'homme, David, avaient passé davantage de temps ensemble et tous deux embaumaient l'allégresse. David n'avait pas amené le crétin, cette fois. La nuit précédente, Mac avait usé de tout son self-control pour ne pas sortir ses griffes devant le chien. Il n'avait pas voulu déranger Jane et David en faisant pleurer le chien.

Il serait bien resté tranquille ce soir mais il avait prévu de continuer à s'occuper des êtres humains, quand il s'était fait prendre. Prendre ! Il ne pouvait pas croire qu'un homme avait été assez rapide pour l'attraper.

Enfin, cela avait permis de rapprocher Jane et David. Presque comme s'il l'avait calculé.

Il devait aussi rendre visite au crétin. Le clébard devait savoir que, s'il avait été clément pendant quelques heures, cela ne signifiait pas qu'il le tolérerait désormais. Si Mac, Doggy, Jane et David devaient se retrouver sur le territoire de Mac, Doggy devait comprendre où était sa place dans la meute : au bas de l'échelle.

13

— Que penses-tu de celle-ci ?

Ruby lui montrait une robe trapèze bouton d'or. L'encolure avait de larges découpes et elle se fermait derrière le cou. Elle ajouta :

— Sobre et sexy. Une robe qu'aurait pu porter Megan Draper dans *Mad Men*, quand elle était encore la secrétaire de Don Draper.

— Très jolie, mais le jaune n'est pas une couleur qui me va, argua Jane. N'est-ce pas un peu cucul de porter une robe aussi vintage au Silent Movie Theatre ? Qu'en penses-tu ? Je ne veux pas avoir l'air déguisée.

— Pas du tout. Elle est parfaite. Les gens qui vont dans cette salle vont apprécier. Tu ne seras pas la seule à porter du vintage.

Ruby poursuivit sa quête dans les portants de la boutique.

— Oh ! Regarde celle-ci !

Elle sortit une courte jupe de patineuse, décorée de hot-dogs et de hamburgers, colorés comme un menu de *diner* des années 1950.

— Elle est plus ton genre que le mien, commenta Jane.

— Tu as sans doute raison. Je vais l'essayer, dit Ruby en continuant sa recherche. J'ai trouvé !

Elle lui tendit une ample jupe plissée, mi-longue, vert amande. Elle était ornée d'éventails en velours frappé noir, mais le motif n'était pas surchargé, rien à voir avec le méli-mélo de hot-dogs et hamburgers de la jupe précédente.

— J'adore ! murmura Jane.

— Et pour aller avec…

Ruby lui présenta un chemisier noir, à encolure bateau, tout simple. Comme aurait pu en porter Audrey Hepburn dans *Sabrina*.

— J'adore, répéta Jane.

— Mais ? demanda Ruby.

— Porter ce que je veux, sans tenir compte de ce que pensent les gens, fait partie de mon programme. Mais cet ensemble est une tenue avec un T majuscule. Et je ne suis pas sûre de pouvoir y arriver. Il faut la bonne coiffure. Le bon rouge à lèvres. Pour bien faire, il faut que je joue le jeu à fond.

— Je suis d'accord. Alors vas-y à fond. Ce sera amusant. Je peux t'aider pour la coiffure et le maquillage. Je pense que tu serais sublime, coiffée à la Veronica Lake, avec un rouge à lèvres bien rouge. J'en ai un de la bonne teinte.

— Je ne sais pas…

— Bien sûr que si, tu sais. Tu en meurs d'envie, je le lis sur ton visage.

— Mais ce n'est pas un vrai rendez-vous. On fait semblant. Ça ne va pas faire bizarre si je suis aussi bien habillée ?

— Je t'assure que toutes les femmes dans la salle vont regretter de ne pas avoir une tenue rétro. Et tu seras magnifique.

— Tu ne crois pas que David va se demander pourquoi j'ai fait un tel effort vestimentaire ?

— Tu oublies que les mecs n'analysent pas. En tout cas, pas la signification profonde d'une nuance de rouge à lèvres. David va penser que tu es jolie mais il ne va pas décoder ta tenue.

— Je vais l'essayer.

— Je t'accompagne. Je vais essayer la jupe des années 1950.

Les deux petites cabines d'essayage étant côte à côte, elles purent continuer à bavarder.

— Tu as vu la robe de petite fille avec des faunes et le jupon en tulle rouge ? demanda Ruby. Elle irait bien à Riley. En même temps, ce serait encore mieux avec des poneys plutôt que des faunes. Je parie que je pourrais trouver ce genre de tissu et fabriquer une version poney. Mais je ne sais pas ce qu'en penserait sa mère.

— Tu pourrais la lui offrir à Noël, suggéra Jane en ôtant son pantalon. Sa mère ne pourrait pas t'en vouloir de lui offrir un cadeau. La connais-tu ?

— De vue, seulement. D'après les filles, je sais qu'elle a deux jobs. Je devrais aller me présenter, maintenant que Riley passe du temps chez moi. Addison est au courant mais je devrais m'assurer que la maman est d'accord.

— Oui, mais je suis sûre qu'elle sera d'accord. Il y a beaucoup de voisins dans la résidence qui se porteraient garants pour toi, y compris moi. Il faut seulement éviter qu'elle parle avec Hud.

— Hud adore sa vie en ce moment. Il a une mission, commenta Ruby.

— Oui, une mission de contrôle, avec la fontaine.

Jane enfila la jupe et la zippa. Elle lui allait à la perfection, lui arrivant juste au-dessous du genou.

— J'ai vu le propriétaire du maillot de bain : dans les quarante-cinq ans, calvitie naissante, un peu de ventre. Brett Morris, conclut Ruby. Un type sympa. Pas un goût très sûr en matière de maillot de bain. Il traverse une mauvaise passe avec un divorce compliqué.

— Hud avait l'air de noter toute l'histoire de sa vie. Il lui a posé des questions pendant une bonne heure, raconta Jane en enfilant le haut.

Il était près du corps et s'accordait bien avec la jupe large. Elle le lissa puis tourna la tête pour se regarder par-dessus son épaule.

— La jupe est un peu trop courte. Et la tienne, comment te va-t-elle ? demanda Ruby.

— Je prends les deux, annonça Jane.

Il était hors de question qu'elle parte sans les acheter, maintenant qu'elle les avait essayées.

— *Brava !* apprécia Ruby.

Au moment où Jane raccrochait la jupe sur le cintre, son portable vibra. Elle lut le message et éclata de rire.

— Qu'est-ce qui te fait rire ? demanda Ruby.

— David m'envoie un texto. Il veut savoir si j'ai des tatouages, parce qu'il est incapable de passer du temps avec une femme qui ne prend pas le temps de s'occuper de son corps et de le parer. Il ajoute que, si je n'en ai pas mais si je suis d'accord pour m'en faire faire au minimum trois dans un futur proche, il pourrait encore envisager d'aller au cinéma avec moi.

Jane riait trop pour pouvoir continuer. Elle reprit son souffle et poursuivit :

— Très généreux, il dit que, s'il estime que nous sommes bien assortis, il pourra éventuellement payer une partie du coût des tatouages, parce qu'il veut s'assurer de leur qualité.

— C'est David qui écrit ça ? David, *David* ? s'étonna Ruby.

— C'est une blague, expliqua Jane en se rhabillant. Je lui ai lu un bout d'e-mail que m'a envoyé le dentiste de Marie, celui dont il m'a sauvée. Le type avait un cahier des charges. Certaines conditions comme la longueur de cheveux, selon lui, pouvaient être arrangées.

— As-tu raconté ça à Marie ?

— Euh, non, je ne voulais pas entamer une conversation où elle essaierait de me convaincre que je suis trop difficile et que le dentiste est un bon parti. Maintenant, elle croit que David et moi sortons ensemble, et je veux qu'elle continue à le croire, affirma Jane en sortant de la cabine.

— Ne t'énerve pas, dit Ruby en la rejoignant, mais si – seulement si – David et toi, vous vous découvrez des atomes crochus et passez des moments formidables ? Vas-tu au moins envisager de sortir avec lui pour de bon ?

Jane poussa un gémissement.

— S'il te plaît, ne la joue pas comme Marie ou Helen. S'il te plaît, crois-moi quand je dis que je veux prendre du temps pour moi.

— Je te crois. Et je te comprends. Mais il n'y aura peut-être plus un type aussi bien que David disponible quand tu auras trouvé comment occuper le reste de ta vie. Il est spécial. Garde ça à l'esprit.

Quand Doggy fit une pause-pipi, David en profita pour lire le dernier texto de Jane. Ils avaient continué à échanger des messages depuis celui sur les tatouages, le matin même. Jane disait qu'elle souhaitait qu'il apporte ses déclarations d'impôts des cinq dernières années quand il viendrait la chercher. Elle serait rassurée de savoir qu'il pouvait payer sa part au restaurant. Il sourit en cherchant quoi lui répondre. Il pourrait peut-être demander à voir ses papiers d'identité, parce qu'il pensait que, dans un couple, l'homme devait avoir dix ans de plus que la femme, et il devait vérifier sa date de naissance.

— David, attends !

Doggy aboya joyeusement en voyant Zachary les rejoindre. David était sûr qu'il portait une chemise neuve mais il ne fit pas de commentaire. Il ne voulait pas l'embarrasser.

— Comment vas-tu ?

— J'ai besoin que Ruby rapporte discrètement un truc chez Addison, expliqua-t-il en tirant un soutien-gorge de sport imprimé panthère, de la poche de son blouson, avant de l'y renfoncer rapidement. Je l'ai trouvé sur le paillasson, comme le carnet.

Le chat de Jane est diabolique, pensa David.

— Mais tu n'es pas sûr qu'il appartienne à Addison, n'est-ce pas ? Des tas d'objets sont apparus un peu partout. Tu devrais peut-être le déposer à la fontaine, suggéra David.

— On va passer à la fontaine maintenant.

— Mais si c'est le sien, ne va-t-elle pas être gênée de le ramasser là-bas ? Les gens vont la voir. Et Hud va lui poser plein de questions personnelles, remarqua Zachary.

— Si quelqu'un peut tenir tête à Hud, c'est bien Addison. J'adorerais la voir se mesurer à lui.

Zachary n'eut pas l'air de trouver l'idée amusante.

— Mais je comprends qu'elle n'ait pas envie de retrouver un sous-vêtement dans un lieu public. Tu pourrais lui dire que tu l'as trouvé sur ton paillasson et que tu penses qu'elle sait peut-être à qui il appartient. Tu le mets dans un sac, ça sera moins gênant.

— Ouais… Tu crois pas qu'elle va être furax s'il est à elle ? Elle ne va pas apprécier que je l'ai vu.

— Ce n'est pas très différent d'un haut de maillot de bain. Tu l'as déjà vue en maillot, fit remarquer David.

Zachary rougit.

— Pas récemment. Je ne suis pas beaucoup allé à la piscine depuis quelque temps.

David comprit. Avec sa poussée de croissance, le garçon se sentait sans doute mal dans sa peau. Il se rappelait cette sensation.

— Je ne pense pas qu'elle t'en voudra, le rassura David. Mais je peux demander à Ruby de dire qu'elle l'a trouvé et qu'elle se demande à qui il appartient, si tu préfères.

— Non, je le lui rendrai. Je vais y aller tout de suite, dit Zachary en tapotant sa poche. Il fit demi-tour.

— Tu me raconteras comment ça s'est passé, lui cria David.

Son portable vibra et il sourit en voyant s'afficher le nom de Jane. Il vérifia l'heure : encore trois heures avant d'aller la chercher. Il ressentait un frisson d'impatience, qu'il n'avait pas ressenti depuis longtemps. *Cela nous rend service à tous les deux, c'est tout*, se répéta-t-il. Il avait hâte d'être à ce soir. N'était-ce pas normal, après tout ? Il allait dans un de ses endroits préférés avec une femme qui le faisait rire.

Mais il n'eut aucune envie de rire quand elle lui ouvrit la porte, ce soir-là. Il ne s'attendait pas à cela. Elle était éblouissante, avec un haut qui épousait ses formes, les cheveux tombant souplement sur ses épaules. Il lui fallut deux secondes pour se rendre compte qu'il n'avait rien dit.

— Tu es superbe !

— Merci. Merci, répéta-t-elle. Ruby m'a dit que parfois les gens s'habillent vintage là où tu m'emmènes.

Elle lissa sa jupe. Elle avait l'air nerveuse.

— C'est vrai. Tu es parfaite, dit-il en souriant. Veux-tu que nous marchions lentement devant chez Al et Marie, jusqu'à ma voiture ?

Elle sourit également.

— Bien sûr. J'aimerais bien qu'Helen nous voie, elle aussi. Elle n'abandonne pas plus facilement que Marie.

Elle sortit et ferma sa porte à clé.

— Je m'aperçois que mes déclarations d'impôt sont restées dans mon autre veste. Mais je te promets que je peux te payer le pop-corn, à condition qu'on partage un petit pot, plaisanta-t-il.

— Oh, et moi j'ai oublié mes tatouages sur mon autre corps, lui répondit Jane.

Elle lui prit la main tandis qu'ils marchaient sur le trottoir.

— Est-ce que comme ça, ça va ? C'est la première fois que j'ai un faux petit ami.

— Pour moi, c'est parfait, répondit-il en lui serrant légèrement la main.

Il fut frappé de se rendre compte qu'il y avait très longtemps qu'il n'avait pas touché une autre personne. De temps en temps, il effleurait la main d'un client s'il lui arrivait de remplacer un employé à la caisse et il serrait brièvement Lucy dans ses bras, mais c'était différent.

Al poussa un grognement d'approbation en les voyant passer. Il arrosait sa pelouse à l'ancienne, avec un tuyau d'arrosage.

— Je crois que le rideau de la cuisine a frémi, murmura David à l'oreille de Jane. Il perçut une légère bouffée de son parfum, quelque chose de boisé, peut-être du santal, et de citronné.

— Même si Helen ne nous voit pas, je suis sûre que Marie l'informera, affirma Jane à voix basse. Quand j'ai emménagé, on aurait dit qu'elles avaient appris par cœur mon formulaire de location.

— Tu as dit que tu n'avais jamais regardé de film muet ? demanda David en se dirigeant vers la petite rue où était garée sa voiture.

Le problème de Storybook Court était qu'aucune maison n'avait de garage.

— Juste des extraits à la télé. Chaplin, Buster Keaton, confirma Jane.

— C'est complètement différent en live. Quand j'ai commencé à aller au Silent Movie Theater, l'homme qui jouait du piano ou de l'orgue, Bob Michell, avait dans les quatre-vingts ans. Il avait accompagné certains des films à leur sortie. J'aimais le regarder autant que regarder le film. Il était tellement pris par les images. Il se déguisait pour la projection du film d'Halloween, *Le Cabinet du docteur Caligari*.

— J'aurais bien aimé le voir. Ces derniers temps, je réfléchis beaucoup aux métiers que font les gens, puisque je cherche ce que je pourrais faire. Penses-tu que tu auras encore envie de faire des gâteaux quand tu auras quatre-vingts ans ?

— Oui, je crois. Je ne voudrais sans doute plus travailler à plein temps, mais je me vois bien inventer des recettes pour des repas en famille ou pour des soirées.

Ils avaient rejoint la Ford Focus et David lâcha la main de Jane pour lui ouvrir la portière. Il s'aperçut qu'ils s'étaient tenus par la main même une fois hors de vue de Marie et Al. Il l'avait fait sans y penser.

— Comment se passent tes recherches ? As-tu trouvé des idées sur ce que tu pourrais faire ? demanda David en démarrant.

— Pas encore, en ce qui concerne une carrière. Mais j'ai découvert que j'adore le surf. Une leçon et j'étais accro. Ruby m'encourage à tenter de nouvelles expériences. Elle pense que mon champ de recherches était trop étroit, et elle a raison. Alors, maintenant que je recherche la nouveauté, ta suggestion du Silent Movie Theatre est tombée à pic.

— Tu finiras peut-être par accompagner les films muets. Un choix de carrière très pragmatique. De grandes perspectives d'avenir.

Jane éclata de rire.

— Je réfléchirai plus tard au côté pragmatique. Pour le moment, je suis dans la phase exploratoire.

— Je t'admire. C'est si facile de se laisser enfermer et de faire toujours la même chose, aller dans les mêmes endroits. C'est exactement ce que je fais depuis… ces dernières années.

Il avait été sur le point de dire depuis que Clarissa est morte, mais il ne voulait pas parler d'elle ce soir, même si Jane savait qu'il était veuf.

— Je vois Adam et Lucy, les amis dont je t'ai parlé, qui m'ont poussé à m'inscrire sur un site de rencontres ; je promène Doggy ; je vais au cinéma ; je lis. Et je recommence.

— Il n'y a rien de mal à aimer cela. Tes amis ont-ils des enfants ?

— Oui, ils en ont deux. Je suis le parrain de la plus jeune.

— Et tu es resté ami avec eux ? Après que mes amis ont eu des enfants, on s'est éloignés peu à peu.

— Le fait que mes horaires soient différents a peut-être facilité cela. Je suis libre l'après-midi et Adam écrit pour la télé. Dans l'année, il a du temps libre et donc on emmène les enfants au parc. Et je sors souvent avec Lucy et lui. Ça se passe bien, je ne me sens pas de trop. D'ailleurs, Lucy insiste pour que nous sortions boire un verre, Adam et moi, de temps en temps. Elle s'inquiète pour moi.

David n'aurait jamais raconté cela lors d'un vrai rendez-vous. Il aurait voulu montrer uniquement son côté positif. Qui n'incluait pas l'image pathétique de l'homme pour qui s'inquiète la femme de son meilleur ami.

— Elle s'inquiète pour toi ?

— Elle s'inquiète de me voir trop souvent seul. Depuis la mort de Clarissa.

Et voilà, il parlait d'elle.

Jane hocha la tête.

— Je ne peux pas imaginer perdre quelqu'un comme ça. Avec un parent, c'est dans l'ordre des choses. C'est terrible, déchirant, mais toute ta vie, tu sais que ça va arriver.

— Oui. As-tu continué à chercher par où Mac réussit à s'échapper ?

— Sacré changement de sujet ! Si tu ne veux pas parler d'elle, je le comprends parfaitement. Mais si tu veux en parler, pas de problèmes. Parfois, parler de ma mère me fait du bien, juste évoquer des choses anodines.

— Comme quoi ? demanda David.

Jane pencha la tête sur le côté.

— Humm. Qu'elle pensait que j'étais parfaite.

Elle rit.

— D'accord, ce n'est pas anodin. Elle ne se racontait pas d'histoires, elle savait que je n'étais pas parfaite mais elle était toujours de mon côté, même quand je faisais des bêtises.

— Elle a l'air super.

— Elle l'était. Raconte-moi quelque chose sur ta femme.

— Clarissa m'écoutait et elle se souvenait de petits détails. Par exemple, je lui avais parlé d'un Noël quand j'avais cinq ans. J'avais reçu le Proton Pack des Ghostbusters que j'avais tellement désiré. Mais mon frère l'a cassé avant même que j'aie pu jouer avec. Il n'émettait même plus le sifflement du proton. Des années plus tard, quand j'ai ouvert mon cadeau de Noël, j'ai trouvé le Proton Pack. Qui datait des années 1980. Et qui faisait le sifflement.

— Elle a l'air super.

— Oui, elle était super.

Jane avait raison, cela lui avait fait du bien de raconter cette histoire.

David trouva une place pour se garer près du cinéma.

— Allons d'abord prendre nos places. Il y a quelques canapés devant qui sont beaucoup plus confortables que les autres sièges, expliqua-t-il en la menant à l'intérieur de la salle. Super, il y en a un de libre.

Ils s'assirent.

— Et maintenant, je t'ai promis un petit pop-corn. Il y a une fontaine à eau dans le hall, donc pas de problème pour les boissons.

— En passant, j'ai vu des cupcakes sur le comptoir, dit Jane.

David secoua la tête.

— Non, ma fausse petite amie n'a pas le droit de manger les cupcakes de quelqu'un d'autre. Je ne l'admettrais pas. Si tu en veux, je te préparerai des cupcakes. Et si j'essayais de gagner des bonbons ?

— Gagner ? Comment ? demanda Jane. Je peux essayer ?

— As-tu une bonne mémoire ?

— Assez bonne, oui.

— Pour gagner, il faut reconnaître toutes les stars qui sont en photos sur les murs. Je vais t'aider. D'abord les faciles. Tu connais Charlie Chaplin et Buster Keaton. Tu peux en nommer d'autres ?

— Euh… Louise Brooks, grâce à ses cheveux.

— OK. Là, c'est Fatty Arbuckle.

David passa en revue tous les portraits jusqu'à ce que Jane les connaisse par cœur. Quand le présentateur de la soirée monta sur scène et demanda qui acceptait de participer au challenge des stars, David se leva d'un bond en montrant Jane.

— Très bien. Vous, levez-vous et parlez fort, lui commanda l'homme.

Jane se mit debout, se racla la gorge et énuméra correctement tous les noms. Le présentateur lui jeta un assortiment de bonbons.

— Je prends les Mars, dit David.

— Hé, c'est moi qui les ai gagnés, protesta Jane.

— Sans moi, tu n'aurais eu aucune chance.

— D'accord, on partage.

Jane ouvrit la boîte, en sortit une friandise et la lui mit devant la bouche. Ils se regardèrent les yeux dans les yeux et Jane eut l'air aussi surprise que lui. Elle recula sa main mais il ouvrit la bouche et elle y enfourna le bonbon.

Cela n'était plus un geste pour faire semblant. C'était très réel. Et sacrément sexy.

— Mac, il y a quelque chose qui ne tourne pas rond chez moi, annonça Jane.

Elle était allongée sur le canapé, les pieds sur l'accoudoir. Mac, assis sur son ventre, pétrissait son T-shirt des Minions, bien trop fin pour ça. Elle sentait ses griffes mais ne faisait rien pour l'en empêcher. Elle ne voulait pas qu'il saute par terre et s'en aille alors qu'ils étaient en pleine conversation.

— Tu vois, on faisait semblant de sortir ensemble. Juste semblant. Je lui ai tenu la main, uniquement pour convaincre Marie et Helen de la réalité de notre relation. Mais après, je ne l'ai pas lâchée. Je n'ai même pas pensé à lui lâcher la main. Il s'est sans doute demandé pourquoi je lui tenais toujours la main, mais il a été trop poli pour retirer la sienne.

Jane grattait le chat sous le menton. Il ronronnait si fort qu'elle en ressentait les vibrations.

— Ensuite, je lui ai mis un bonbon dans la bouche. En tant que chat, tu ne sais peut-être pas que c'est un geste de flirt. Ce n'est pas la même chose quand je te donne une bouchée de saumon. Rien à voir. Quand une femme dépose une friandise dans la bouche d'un mec, c'est un signal. Et je ne veux pas envoyer de signaux. Parce que je ne veux pas de petit ami. Et David, il ne veut pas de petite amie non plus. C'est pour cette raison que nous sommes sortis ensemble.

Elle soupira, Mac suivant le mouvement de sa profonde respiration.

— Comme je te l'ai dit, il y a quelque chose qui ne tourne pas rond chez moi. Mais tu t'en fiches. Et c'est une des nombreuses raisons pour lesquelles je t'aime.

Mac frotta sa joue sur le ventre de Jane. Elle sentait beaucoup moins la solitude ce soir. Il décelait un peu d'anxiété dans son odeur mais rien d'inquiétant. Il était persuadé que s'il allait chez David, lui aussi sentirait meilleur.

Il avait bien travaillé. Ce soir, repos. Demain, il retournerait aider les gens qui vivaient dans le voisinage. Il y en avait tant qui n'avaient pas le bon sens de savoir s'aider eux-mêmes. Mais ce soir, il ne bougeait pas d'ici, avec Jane qui le grattait juste à l'endroit qu'il aimait, sous le menton. Il ne l'écoutait pas vraiment mais il avait compris le mot saumon. C'était une raison supplémentaire de ne pas bouger. Il adorait le saumon.

14

David souriait tout en dessinant des empreintes de pattes noires sur le glaçage à la vanille d'une fournée de cupcakes. Il les apporterait à Jane après le travail. S'il devait être un faux petit ami, il avait l'intention d'en être un bon. Il en donnerait quelques-uns à Marie et Al, en faisant en sorte qu'ils sachent qu'il les avait préparés exprès pour Jane. Il était persuadé que celle-ci apprécierait qu'il paraisse aussi dévoué.

Il entendit des pas dans l'escalier du laboratoire de la pâtisserie et vit Lucy qui descendait. Parfait. Les cupcakes lui prouveraient qu'il était vraiment content de sortir avec Jane, et elle en parlerait à Adam. David n'avait rien contre le fait de sortir pour de bon avec quelqu'un, mais il en avait assez de partenaires.com. Et il ne voulait plus que ses amis l'aident à trouver une compagne. Maintenant qu'il se sentait prêt à faire des rencontres, il remarquerait davantage les femmes et les signaux qu'elles pouvaient lui envoyer, comme la fille chez le véto qui flirtait avec lui. Et il finirait bien par rencontrer une femme pour de bon.

— Quoi de neuf ? demanda-t-il à Lucy, comme s'il ne se doutait de rien.

Évidemment, elle voulait en savoir plus sur la femme avec qui David était sorti.

— J'en ai déposé une à la garderie, l'autre à la maternelle. Alors, maintenant j'ai quelques précieuses heures à me consacrer et j'ai décidé de commencer par un café et une sucrerie. Je peux en goûter un ?

— Bien sûr. Ce sont des cupcakes à la vanille, fourrés à la confiture de myrtilles. Je les ai préparés pour Jane, la femme que j'ai rencontrée dans ma résidence. On est sortis hier soir et j'ai fait la connaissance de son chat. J'ai pensé qu'ils lui plairaient.

Il dessina une nouvelle empreinte de chat.

— Tu sors l'artillerie lourde, hein ? Aucune femme ne résiste à tes cupcakes, dit Lucy en se servant. Ce n'est pas moral. C'est comme utiliser un philtre d'amour.

— Mes cupcakes sont bons, mais pas à ce point-là, tout de même, répliqua David.

— Ils sont sacrément bons, insista Lucy en léchant un peu de glaçage sur sa lèvre supérieure. Allez, je veux tout savoir. Raconte ! Comment vous êtes-vous rencontrés ? À quoi ressemble-t-elle ? Où êtes-vous allés ?

— Tu te rappelles que j'avais parlé avec une femme dans l'animalerie ?

Lucy hocha la tête.

— Eh bien, il s'agit de cette femme. Je ne savais pas que nous étions voisins. Nous nous sommes retrouvés dans le même bar après mon dîner avec la folle au montage pyramidal. Jane – elle s'appelle Jane – sortait, elle aussi, d'un rendez-vous foireux. On a parlé, bu un verre. Je ne savais toujours pas qu'elle vivait à Storybook Court. Jusqu'à ce que son chat entre par la fenêtre de ma salle de bains et vole mon short. Jane essayait d'attraper son chat, qui n'est pas supposé sortir de la maison. Elle m'a rendu mon short et, finalement, je lui ai proposé de sortir avec moi.

Lucy éclata de rire.

— J'adore ! Et je comprends mieux les empreintes de patte.

Elle se mit à chantonner :

— *Tell me more, tell me more...*

David leva les mains en signe de protestation.

— *Grease* est interdit avant midi. Elle vient de déménager d'une petite ville de Pennsylvanie. Elle était prof, mais elle a décidé de changer de vie. Elle essaie toutes sortes de choses : surf, théâtre, maquillage pour effets spéciaux…

Lucy haussa les sourcils.

— Elle a l'air un peu barjot.

— Oui, dit comme ça, oui. Mais elle n'a pas l'intention d'en faire un métier. Elle tente des expériences. C'est cool !

David admirait sincèrement la façon dont Jane se lançait dans ces apprentissages.

— Et elle est jolie ?

David se rappela les différentes fois où il l'avait vue. Pieds nus dans son T-shirt de nuit, les cheveux décoiffés. En starlette hollywoodienne des années 1950 pour aller au cinéma. Habillée normalement à l'animalerie.

— Oui, très jolie.

— Cette garniture à la confiture est délicieuse ! Continue, je veux tout savoir.

— J'ai acheté la confiture au marché d'Hollywood. Elle est fabriquée par le Verger des fruits défendus. Leurs baies mûrissent lentement à cause des montagnes orientées est-ouest…

Lucy lui donna un coup de coude.

— Tu sais très bien que je ne parlais pas de la confiture. Où l'as-tu emmenée ?

— Nous sommes allés voir *The Parson's Widow*. Elle n'avait jamais vu de film muet et elle était curieuse d'en voir un.

— Attends ! Tu l'as emmenée au Silent Movie Theatre pour votre premier rendez-vous ? Toi qui prétendais que ça risquait de gâter ton endroit préféré si tu y emmenais une femme et que vous finissiez par vous détester ? C'est ce que tu m'as dit quand je l'avais suggéré, lui rappela Lucy.

David haussa les épaules.

— Ce n'est pas une femme que je pense détester un jour. Même si on ne sort plus ensemble, je nous vois bien rester amis.

Étant donné qu'ils l'étaient déjà.

— Et quand Adam et moi aurons-nous le plaisir de rencontrer cette femme digne du Silent Movie et pour qui tu es déjà en train de concocter des cupcakes ?

— Laisse-moi le temps de sortir avec elle quelques fois avant qu'elle subisse l'inquisition.

— Je ne suis pas une inquisitrice, je m'intéresse aux gens, protesta Lucy. Et je veux m'assurer qu'elle est assez bien pour toi.

— Elle est assez bien pour moi, assura David. Et vous pourrez la rencontrer un de ces jours.

— « Un de ces jours » semble assez éloigné. Mais je suppose que vous n'en êtes pas encore au stade du Je-te-présente-mes-amis, concéda Lucy en confectionnant une boîte en carton. Tu devines que je vais prendre quelques-uns de tes gâteaux.

— Mais pas ceux avec une empreinte de pattes ! Goûte ceux au café avec les mini *donuts* sur le dessus, conseilla-t-il en indiquant le plateau.

— Un cupcake avec un *donut* ? Tu es redoutable ! Et c'est pour ça que je t'aime tant.

Lucy emplit la boîte.

— Je suis contente que ton rendez-vous se soit bien passé, trésor. Tu le mérites.

Elle se dépêcha de remonter.

Quelques heures plus tard, David rentrait chez lui à pied, une boîte de cupcakes à la main. Quand il aperçut Zachary assis sur les marches à côté de Doggy, il sentit une pointe de déception. Il avait eu l'intention de rendre visite à Jane, mais visiblement Zachary avait besoin de parler.

— Salut Zachary ! Salut Doggy !

— Elle pense que je suis un pervers, annonça Zachary d'une voix blanche.

— Quoi ? s'étonna-t-il en reculant de quelques pas quand Doggy l'accueillit en lui sautant dessus.

— J'ai fait comme on avait dit. J'ai mis le soutien-gorge dans un sac et j'ai demandé à Addison si elle savait à qui il appartenait. Elle l'a regardé, m'a traité de pervers et m'a claqué la porte au nez, expliqua le garçon. Ce n'est pas juste. Quand elle m'a rendu mon T-shirt, je l'ai juste remerciée.

— Ça lui passera, le rassura David, en ajoutant en lui-même « probablement ». Tu la connais : elle est soupe au lait.

Il passa la main sur les oreilles de Doggy puis lui gratta le ventre quand il se coucha sur le dos.

— Juste quand on avait commencé à parler d'*Adventure Time*, de Miss Marvel, et de tout le reste…

— C'est vrai, c'est dur d'avoir un jour une conversation sympa et, le lendemain, de se faire claquer la porte au nez. Mais tu as lu – David décida d'arrêter de le charrier – quelques pages de son journal intime. Tu as vu qu'elle est très émotionnelle. Elle s'en remettra.

Zachary sembla reprendre un peu espoir.

— Comme son petit ami est un enfoiré, elle pense peut-être que tous les mecs le sont. Mais elle s'apercevra que je n'en suis pas un. Si j'arrive à lui reparler un jour.

— Tu as donc envie de lui reparler ? demanda David, curieux de voir si Zachary l'admettrait.

— Eh bien, nous sommes voisins. Et nous aimons les mêmes trucs. Ce serait cool d'avoir quelqu'un à côté avec qui traîner de temps en temps.

Une expression de culpabilité se lut sur son visage.

— Je veux dire... toi et Doggy, vous êtes très sympas.

— Pas de problème, nous ne sommes pas vexés. Dis donc, tu veux un peu d'argent de poche ? Tu promènes le Gros pour moi ? Je dois livrer des cupcakes et, si je le sors avec la boîte dans les mains, il pourrait y avoir du grabuge.

— Va chercher ta laisse, Doggy, ordonna Zachary et le chien se rua vers sa trappe. Pas besoin de me payer.

— Je paierais un promeneur de toutous, il n'y a pas de raison que je ne te paie pas. C'est toujours bien d'avoir un peu de cash, non ? dit-il en lui donnant un billet de vingt.

— C'est trop, protesta le garçon.

— Fatigue-le bien et tu les auras mérités, assura David, sachant qu'il en fallait beaucoup pour fatiguer l'animal.

Doggy fit claquer la trappe et Zachary fixa la laisse pleine de bave sur son collier.

— À tout à l'heure ! lança-t-il tandis que le chien l'entraînait vers le portail.

David entra chez lui. La pâtisserie était un travail physique. Il voulait prendre une douche avant d'aller chez Jane.

Jane ne pouvait s'empêcher de sourire tandis qu'elle garait sa voiture. Tout le long du chemin, elle avait affiché un large sourire. Elle en avait mal aux mâchoires mais ne pouvait s'arrêter. Elle venait de passer des heures dans une arcade de jeux vidéo. Elle n'avait pas fréquenté ce genre de lieu depuis ses treize ans. Elle y allait, à l'époque du collège, avec Bobby Martin, son tout premier petit ami.

Je me demande ce qu'il est devenu, pensa-t-elle en marchant vers sa petite chaumière de Blanche-Neige. Il avait déménagé à la fin de la cinquième. Déchirant. En s'engouffrant dans sa rue, elle vit David s'éloigner de la maison.

— Hé ! Salut ! Tu me cherchais ?

David se retourna et lui fit signe de la main.

— Oui, je te cherchais. Je t'ai préparé des cupcakes.

— C'est vrai ? Oh, comme c'est gentil !

Al grogna. Il plantait des bulbes dans son petit jardin.

— J'en ai aussi pour vous et Marie.

Al posa son truc à planter – Jane ignorait comment ça s'appelait – et héla :

— Marie !

Quelques instants plus tard, celle-ci ouvrit la porte :

— Quoi ?

— Il nous a apporté des cupcakes, dit Al en pointant le menton en direction de David.

— Je suis contente de voir que vous n'avez pas amené votre chien. Ne croyez pas que je ne l'aie pas vu l'autre jour, quand il a failli crotter sur ma pelouse.

— Mais c'est faux, rétorqua David. J'ai préparé des cupcakes pour Jane et j'ai pensé vous en donner quelques-uns. Auriez-vous une assiette où je puisse les poser ?

Sans un mot, Marie disparut à l'intérieur. David regarda Jane.

— À ton avis, cela signifie qu'elle ne veut pas de cupcakes, ou bien… ?

— Elle va revenir, l'interrompit Al en se relevant.

Il essuya ses mains sur son jean. Quelques instants plus tard, Marie ressortit, portant une large assiette en verre qu'elle posa sur la rambarde de la véranda. David s'approcha et y déposa quatre gâteaux.

— Ils sont fourrés à la confiture de myrtille. La préférée de Jane, précisa-t-il en lui lançant un clin d'œil par-dessus son épaule.

Ma confiture préférée. Il avait osé dire ça ! Il était vraiment décidé à convaincre Marie que Jane n'avait plus besoin d'entremetteuse. David ajouta deux cupcakes sur l'assiette.

— Pour Helen, je sais qu'elle aime les gâteaux.

Il n'a pas oublié que nous devons aussi prouver à Helen que nous sortons ensemble, se dit Jane.

— Helen ! Cupcakes ! cria Al.

— Elle n'a pas besoin de manger de gâteaux, commenta Marie. Nessie et elle sont jumelles. Il n'y a aucune raison qu'Helen ne soit pas aussi mince et séduisante.

Helen ouvrit sa porte.

— Tu n'en as pas besoin, mais David t'a apporté des cupcakes.

David rejoignit Jane qui l'embrassa sur la joue. Si elle était vraiment sa petite amie, c'est ce qu'elle aurait fait. Son corps ne semblait pas avoir enregistré qu'ils faisaient tous deux semblant. Un léger courant de chaleur la traversa.

— J'ai mis des empreintes de pattes en l'honneur de Mac, dit-il en ouvrant la boîte.

— Oh, j'adore ! Tu veux entrer et partager avec moi ?

— Bien sûr, dit David. J'espère qu'ils vous plairont, lança-t-il à Marie, Al et Helen qui venait de rejoindre les Defrancisco dans leur véranda.

— Maintenant, elles vont arrêter de jouer les entremetteuses. Tu as prouvé que tu es le meilleur des petits amis. Merci d'avoir déployé un tel effort.

— Je t'en prie.

Mac les suivit jusqu'à la cuisine.

— J'aurai sans doute besoin du même service, ajouta David.

— Service ?

— Lucy insiste déjà pour te rencontrer. Elle veut s'assurer que tu es assez bien pour moi, expliqua-t-il.

Il s'assit et Mac sauta aussitôt sur ses genoux.

— Je ne pense pas que je le sois. Je ne peux certainement pas rivaliser avec ce cadeau de cupcakes à la confiture, décorés d'empreintes de patte. Je n'ai même pas de petit nom pour toi.

— Et je t'en remercie, dit David en grattant Mac entre les oreilles.

— Tu veux du café ? J'adore ça, mais avec les cupcakes je bois du lait. Je peux aussi t'offrir de la bière ou du jus de fruits.

— Un café, s'il te plaît. Qu'est-ce que tu as fait aujourd'hui ? Tu avais l'air particulièrement réjouie quand je t'ai vue dans la rue.

— Tu ne le devineras jamais, le taquina Jane.

— Je suis intrigué. Plongée sous-marine dans les grottes ?

— Presque. C'était encore plus excitant et dangereux. J'ai joué à Mortal Kombat II, Crazy Taxi et Skee Ball.

— Tu as trouvé une machine à remonter le temps ?

En repensant à l'arcade, Jane retrouva son large sourire.

— Presque. J'ai découvert le Royce Arcade Warehouse.

— Vraiment ? Tu y es allée ? s'exclama David en secouant la tête. Avec Adam, on dit toujours qu'on va y aller, et toi, tu débarques à peine et tu l'as déjà déniché !

— Et c'était génial ! Ça ressemble à un garage avec un rideau roulant qui se relève. Toutes les machines sont placées les unes contre les autres. Des parents et grands-parents traînent en montrant aux gamins l'ancien temps. Et j'ai rencontré M. Royce. Enfin, c'est comme ça qu'on l'appelle. Royce est son prénom : Royce D'Orazio. Il a démarré son affaire dans son garage. Avant, il collectionnait déjà les jeux d'arcade. Puis il a commencé à les réparer et à les louer. Son hangar ouvre le samedi. Pour trois dollars l'entrée, j'ai joué pendant des heures. Et c'est la première fois que je n'ai pas eu à m'inquiéter de savoir combien de pièces il me restait.

— Je suis jaloux, dit David.

— La prochaine fois, je t'emmènerai, promit Jane.

Aïe ! Était-elle allée trop loin ? Il n'y avait pas de spectateurs dans la cuisine, et elle parlait comme une petite amie « pour de vrai ». Ou peut-être juste comme une amie. David et elle devenaient amis.

— Quand tu veux, proposa David.

Il ne semblait pas penser qu'elle était allée trop loin. Bien. Jane lui servit son café et s'assit avec son verre de lait. À la première bouchée de cupcake, elle plissa les yeux de plaisir.

— Moi qui pensais que rien ne pouvait dépasser les jeux d'arcade.

Mac grimpa sur les genoux de David et lança un miaulement chagriné.

— Oh ! je suis désolée, Votre Altesse. Il n'aime pas que je boive du lait sans lui en servir d'abord, expliqua-t-elle à David.

Dans une soucoupe qu'elle posa à terre, elle versa un peu de lait que Mac vint aussitôt laper.

— Quand je l'ai eu, je ne savais pas que la plupart des chats ne digèrent pas bien le lait. Mais il adore ça et le lactose ne l'a jamais rendu malade.

— Il est unique à maints égards, commenta David.

— Oui, on peut dire ça comme ça, déplora Jane. Où est ta bestiole ? J'étais sérieuse quand j'ai dit que tu pouvais l'amener avec toi.

— Zachary le promène. Il avait besoin d'être occupé. Je l'ai trouvé assis devant chez moi comme s'il attendait la fin du monde.

— Que s'est-il passé ?

— Je t'ai raconté qu'il a trouvé le journal intime d'Addison puis que son T-shirt s'est retrouvé sur le paillasson d'Addison ?

— Oui, et ils se sont retrouvés à discuter du dessin animé qui ornait son T-shirt, compléta Jane avant de reprendre une bouchée et de laisser fondre sur sa langue le glaçage à la crème au beurre.

— Mais Zachary a ensuite trouvé un soutien-gorge dont il pensait qu'il appartenait à Addison, poursuivit David.

— Il a *reconnu* le soutien-gorge ? s'étonna Jane.

— Il m'a dit qu'il pensait que c'était le sien. Peut-être qu'une fois il a aperçu la bretelle qui dépassait. À quatorze ans, voir la bretelle du soutien-gorge de la fille dont tu es amoureux peut faire travailler ton imagination, surtout s'il a un motif panthère, comme celui dont on parle. Bref, Zachary a décidé de le lui rapporter, dans un sac en papier pour ne pas la gêner. Mais Addison l'a traité de pervers et lui a claqué la porte au nez.

— Oh, le pauvre ! D'après toi, y a-t-il une chance qu'elle l'aime bien, elle aussi ? Claquer sa porte et employer à son propos tous les noms d'oiseaux ne signifie pas qu'elle le déteste. Cela pourrait même signifier le contraire. Les adolescentes sont parfois difficiles à déchiffrer.

— Je pense qu'elles le demeurent longtemps après…

— J'ai passé tellement de temps à essayer de comprendre ce que pensaient les garçons. Qu'est-ce que ça veut dire, quand il t'emprunte une feuille de papier ? Il aurait pu l'emprunter à Sarah qui est assise de l'autre côté. Ça doit vouloir dire quelque chose si c'est à moi qu'il l'a demandée, raconta-t-elle en imitant une voix chantante d'adolescente.

Elle rit.

— J'ai mis du temps avant de comprendre que la plupart des hommes ne se posent pas tant de questions avant d'agir.

— Essaies-tu encore de dire qu'ils sont un peu comme les chiens ?

— Peut-être, admit-elle. Mais pas dans un sens négatif. Je me parle beaucoup trop à moi-même.

— Donne-moi un exemple.

— Certainement pas, refusa-t-elle en secouant si fort la tête que ses boucles rebondirent en tous sens. Tu penserais que je suis folle.

— Allons ! Notre situation est unique. Nous faisons semblant d'être ensemble, nous pouvons nous dire des trucs que n'oserait pas un vrai couple, sinon avant longtemps.

Pourquoi ne pas être sincère ? Il n'y avait pas de raison, pas avec lui.

— D'accord ! Voici un exemple. Quand je t'ai dit que je t'emmènerais aux jeux d'arcade la prochaine fois que j'irais, mon cerveau a aussitôt produit un tas de pensées folles. Est-ce que je n'avais pas l'air de me prendre pour ta vraie petite amie ? Est-ce que j'avais l'air de m'autoriser à former des projets à ta place ?

— Si je n'aimais pas ce que tu fais, je te le dirais.

— Tu vois ? C'est la façon de faire des hommes. Ils n'analysent pas ce qu'ils vont dire jusqu'à en devenir fous.

— Tu veux bien essayer de ne pas penser pendant un moment ? Regarder bêtement la télé, peut-être commander une pizza, proposa David.

— Ça me convient, répondit Jane. Pendant qu'on y est, que penses-tu de la croûte de pizza ?

— C'est ce que je préfère dans la pizza, après le fromage.

— Parfait, alors tu auras la mienne ! Je trouve ça trop pâteux, mais je n'aime pas gâcher.

— Nous formons le faux couple parfait, commenta David. Je trouve que cela devient très amusant de simuler devant les voisins ou les amis, avec toi.

— Je le pense également.

Mac se réveilla en sursaut, désorienté. Il crut qu'il entendait sa Jane pleurer dans un endroit où il ne pouvait pas l'atteindre. Puis il comprit qu'il était couché sur le canapé entre David et Jane, qui sentait bon, sans aucun soupçon de solitude. David sentait la même chose.

Pourtant, une force le poussait. Il avait d'autres missions. Plus tard, quand Jane dormirait, il sortirait. Il ne se reposerait que lorsqu'il aurait aidé tous ceux qui avaient besoin de lui.

15

— J'étais en train de me dire qu'on ressemble aux deux vieilles amies de la série *Mary et Rhoda*, sauf qu'on serait toutes les deux Rhoda, lança Jane à Ruby en arrivant pour prendre le café, le jour suivant. J'adorais la façon qu'elles avaient de se retrouver chez l'une ou chez l'autre.

— Tu es beaucoup trop jeune pour connaître *Mary et Rhoda*.

— Ma mère et moi l'adorions. Et, tu sais, je suis peut-être une sorte de Mary. Qui déménage dans une nouvelle ville, prête à me faire un nom. J'ai juste besoin d'un chapeau à lancer en l'air.

— Je vais t'en trouver un. As-tu revu David depuis la soirée au cinéma ?

— Oui.

Jane sentit son sourire s'élargir.

— Il m'avait préparé des cupcakes à la confiture. Décorés d'empreintes de chat.

— Laisse-moi deviner. Parce que tu as un chat, la taquina Ruby.

— C'était gentil, non ?

— Très. David est un type bien.

— Il se révèle un faux petit ami hors pair, confirma Jane, en sirotant son café dans une tasse décorée d'un renne.

— Il pourrait…

Un coup frappé à la porte l'interrompit.

—… Je te dirai après ce que je pense.

Quelques instants plus tard, Ruby revenait dans la cuisine accompagnée de Riley et Addison.

— Journée de formation des profs pour Addison, et Riley voulait rester à la maison avec sa sœur, expliqua Ruby.

Elle servit une tasse de café et la tendit à Addison en ajoutant :

— Il y a du lait et du sucre, si tu veux, sers-toi.

Addison répondit par un grognement qui rappelait ceux d'Al.

— Cela ne vous dérange pas si elle reste ici un moment ?

— Pas du tout, Riley peut rester. On pensait fabriquer une école pour Paula.

— Merci.

Addison prit une longue gorgée de café noir.

— Hé, Ri-Ri, dit-elle d'une voix plus claire et plus gaie que Jane ne l'aurait cru possible. As-tu vu Zachary traîner près de la maison, récemment ?

— Je l'ai vu avec le gros chien, répondit Riley.

— Près de chez nous ? Ou sur le trottoir ? demanda Addison d'un ton un peu sec.

— Sur le trottoir, précisa Riley en piochant dans l'assiette de toasts au beurre de cacahuètes que Ruby venait de déposer devant elle.

— Veux-tu un toast, Addison ? demanda Ruby.

Addison secoua la tête.

— Je crois que Zachary est une sorte de maniaque, déclara-t-elle. Un de ses T-shirts est apparu devant ma porte, je le lui ai rendu. Et ce matin, il était encore là. Hier, il a dit qu'il avait *trouvé* un soutien-gorge et il pensait qu'il m'appartenait. Pourquoi l'aurait-il pensé ? Comme s'il avait déjà vu mes sous-vêtements.

— Il se passe des choses étranges au Cercle K, annonça Ruby, en référence aux *Folles Aventures de Bill et Ted*.

Addison se renfrogna.

— Quoi ?

— Rien. Je voulais dire qu'il se passe des choses bizarres par ici, ces derniers temps. C'est pour cela que Hud a établi son quartier général près de la fontaine, parce que beaucoup d'objets ont été retrouvés aux mauvais endroits.

— Si cela peut te rassurer, c'est probablement mon chat qui a déposé le T-shirt et pris ton soutien-gorge, pas Zachary. Je l'ai pris sur le fait une fois. J'ai cru que j'avais trouvé par où il s'échappait, mais il doit avoir une autre issue parce que des affaires continuent à être volées. En venant ici, ce matin, j'ai vu la sœur d'Helen. Je suis sûre que c'était elle. Elle est plus mince et elle teint ses cheveux, contrairement à Helen, mais il est évident qu'elles sont jumelles. Elle déposait une petite poupée au bord de la fontaine et Hud prenait des notes dans son carnet.

— Alors, je suppose que Zachary n'est pas un obsédé, admit Addison.

— C'est quoi, un obsédé ? demanda Riley en tendant son toast devant la bouche en plastique de Paula, tachant au passage sa crinière de beurre de cacahuète.

— Laisse tomber. Bon, alors je vais lui rendre son T-shirt – une seconde fois, conclut Addison. Vous pourrez ramener Riley quand vous en aurez assez.

Et elle partit.

— Riley, tu veux bien que je prenne une photo de Paula ? demanda Jane en sortant son portable.

Riley sourit.

— Paula adore ça.

Jane s'assura de prendre la tache de beurre de cacahuète et l'endroit où quelqu'un semblait avoir fait ses dents sur la tête de Paula.

— Depuis quand as-tu ce poney ?

— Depuis toujours. Paula a vu Maman dans le magasin et elle lui a dit qu'elle voulait être à moi. J'étais encore dans le ventre de Maman, mais Paula savait que j'étais là.

Jane prit encore quelques photos de Riley avec Paula. Il était évident que Paula rendait Riley très heureuse. Celle-ci se tourna vers Ruby :

— On peut rejouer au rodéo ?

— Certainement, répondit Ruby, et les yeux de Riley se mirent à briller.

Il était évident que Ruby rendait Riley très heureuse. Son chat cambrioleur les avait rapprochées.

Intéressé par la visite du Muséum de technologie jurassique avec moi ?

Jane fixa un instant le SMS qu'elle venait de taper puis l'envoya à David. Il n'était que son prétendu petit ami, elle n'avait donc pas à se torturer les méninges pour savoir s'il serait fâché qu'elle prenne l'initiative de l'inviter quelque part.

Encore un lieu que j'aimerais voir, mais je n'y suis jamais allé. Quand ?

Elle sourit et répondit :

Ouvert 14 h-20 h aujourd'hui. 12 h-18 h ven-dim. Je te prends à 15 heures ?

Super.

Jane reposa son portable, tentant d'ignorer l'impatience anxieuse qui l'emplissait. On ne ressentait pas ça avec un *ami* ; et pourtant, elle allait juste retrouver un *ami*.

Elle passa du salon à la cuisine, puis retourna au salon. Mac faisait la sieste dans une tache de soleil et semblait si heureux qu'elle ne voulait pas le réveiller pour jouer avec lui. Elle sortit du placard un panneau d'affichage orange et le posa sur la table de la cuisine. Elle l'avait acheté pour réaliser un « tableau de créativité » : une collection de citations, de photos qui l'inspiraient, et qui devaient l'aider à découvrir ce qu'elle voulait vraiment faire de sa vie. Elle alluma son ordinateur et fit dérouler des photos de surfeurs. Elle avait pris deux autres cours et elle adorait les sensations fortes et le sentiment de réussite que procurait le surf. La plupart des clichés saisissaient bien l'euphorie de surfer sur la vague. Cependant, aucune ne lui convenait vraiment pour son tableau.

Elle sortit son téléphone et afficha les photos prises depuis son arrivée à L.A. Une photo de Kylie retint aussitôt son attention. Kylie se trouvait sur le sable, debout sur sa planche pour montrer à Jane la posture correcte. Son visage était animé et l'on sentait qu'elle aimait ce qu'elle faisait. Elle était fière de ce cliché. Et si elle essayait de l'améliorer ? Qu'est-ce qu'elle donnerait dans ce bon vieux Technicolor ? Elle adorait ces vieux films aux couleurs saturées, totalement fausses, qui semblent connectées à l'émotion.

Un coup frappé à la porte la fit sursauter. Elle n'en crut pas ses yeux quand elle regarda l'heure : il était 15 heures passées. Elle se précipita vers la porte. David se tenait devant elle, souriant.

— Désolée, je ne suis pas tout à fait prête. Comme tu le vois.

Elle était pieds nus.

— Je me suis laissé emporter par un truc, précisa-t-elle.

— Il n'y a pas d'urgence. Tu as dit que ça fermait à 20 heures. Je me demande comment tu as découvert ce musée. Il n'est pas vraiment grand public.

— Internet, évidemment.

David tenait un petit sac en papier blanc.

— Pour moi ? demanda-t-elle en tendant la main.

Mais il le mit hors de sa portée.

— Bas les pattes ! C'est pour le chat cambrioleur. Je me sentais d'humeur expérimentale, alors j'ai décidé de préparer des friandises pour chat.

Au moment où il prononçait ces mots, Mac s'entortillait autour de ses jambes. David sortit un gâteau en forme de poisson et le lui tendit.

— Il ne l'a reniflé que deux fois avant de le manger. L'équivalent d'une note de cinq étoiles, commenta Jane. Fais comme chez toi. Je suis prête dans deux minutes.

— Il n'y a pas d'urgence, répéta David.

Jane se précipita dans sa chambre et s'observa dans le miroir de la penderie. À part ses cheveux emmêlés – elle y passait la main quand elle réfléchissait –, le reste était OK. Elle portait son jean préféré et sa chemise bariolée. Elle enfila des sandales, tenta de discipliner le chaos de ses boucles, se passa du rouge à lèvres et rejoignit David.

Il donnait une nouvelle friandise à Mac tout en examinant la photo qu'elle retravaillait sur l'ordinateur.

— J'espère que tu ne m'en veux pas de regarder. C'est sur ça que tu travaillais quand je suis arrivé ?

Jane hocha la tête.

— Encore désolée…

David balaya l'excuse d'un geste de la main.

— J'aime bien l'effet que tu lui donnes. Avec le Technicolor des années 1950. C'est ta prof de surf ?

— Oui. Je trouve que la couleur la rend encore plus géniale, expliqua Jane. Elle la fait vibrer comme elle vibre au naturel. Cette femme fait preuve d'une exubérance merveilleuse pendant ses cours. Et en dehors.

— Tu l'as bien saisie. Il y en a d'autres ?

— J'ai pris des tonnes de photos depuis que je suis arrivée, mais c'est la première que je m'amuse à retoucher.

Elle lui en montra d'autres.

— Tu as su capter la vraie Ruby, quand elle fabriquait l'écurie du poney. Tu sembles préférer les gens. Mais j'aime bien aussi celle du rat dans le palmier. Je ne l'accrocherais peut-être pas au mur, mais elle attire l'œil.

Jane s'esclaffa.

— Ce rat m'a surprise, et le contraste m'a plu. Mais c'est vrai, je prends surtout des gens, et surtout des personnes qui semblent aimer ce qu'elles font.

Elle cliqua sur la photo suivante.

— Comme ce type qui donne de mauvais conseils à Venice. Sur la promenade, il y avait pas mal de gens qui semblaient heureux d'être là, à peindre des prénoms sur des grains de riz, entre autres. Je les ai pris en photo, sans doute parce que j'ai toujours plus ou moins à l'esprit le choix de ma vie future. Parfois plus que moins.

— Comptes-tu en retoucher d'autres ?

Mac sauta sur la table et s'étira sur toute la largeur du clavier, cachant une bonne partie de l'écran. David le fit descendre en lui donnant une friandise et regarda l'image suivante. C'était celle de Wonder Woman, devant le théâtre chinois Grauman.

— Je n'y ai pas encore réfléchi, répondit Jane. Elle avait tout à coup envie de colorer les yeux de Wonder Woman d'un bleu vif des mers du Sud, ses lèvres d'un rouge rubis intense et ses cheveux d'un noir aile de corbeau, aux reflets bleutés.

Jane pensait ajouter quelques touches de couleurs sur les vêtements des touristes qui entouraient Wonder Woman, comme les baskets bleu lavande de la petite fille blonde, et…

— Tu es déjà en train d'y penser, n'est-ce pas ? demanda David. Je peux voir les idées qui tourbillonnent dans ton cerveau. Tu veux qu'on reporte la visite au musée et tu continues à travailler ?

Voilà une proposition que n'aurait jamais faite l'Homme ventouse, se dit Jane.

— Non, le musée n'ouvre que quelques jours par semaine. Et puis, on n'en est qu'au début de notre prétendue relation. Nous devons passer ensemble autant de temps que possible. Pour être convaincants.

— Ensemble dans un musée ? Si je voulais être convaincant, je n'aurais… David s'arrêta brusquement.

— Tu n'aurais pas quoi ? demanda Jane.

— On devrait y aller. Cela va nous prendre deux fois plus de temps d'arriver à Culver City, si on tombe dans les embouteillages.

— Je suis prête. Mais qu'est-ce que tu allais dire à propos d'être convaincant ? Nous ne voulons pas que Marie et Helen ou tes amis soupçonnent quelque chose.

— J'allais dire que, pour être convaincant, je ne te laisserais pas sortir de ta chambre pendant au moins les deux premiers mois, admit David.

— Quelques cupcakes et je suis supposée coucher avec toi aussi sec, le taquina Jane, en gardant un ton désinvolte, alors que son estomac jouait les montagnes russes à l'idée d'avoir David dans son lit.

— Je t'ai aussi offert un verre, lui rappela-t-il, tandis qu'ils sortaient. *Et* je t'ai emmenée au cinéma. *Et* nous avons dîné ensemble.

— Nous n'avons pas dîné ensemble, protesta Jane.

— Mangé une pizza. La mienne avec double ration de croûte. C'est vrai, nous n'avons pas encore dormi ensemble. Je n'ai pas eu mes truffes blanches ni une bonne bouteille de vin.

— Tu n'es pas facile. Je dois me rappeler ce détail sur mon prétendu petit ami, commenta Jane avant de changer de sujet.

Son estomac devait arrêter de faire les montagnes russes.

Les objets exposés au Muséum de technologie jurassique étaient étranges et fascinants, mais David regardait autant Jane que les vitrines. Depuis leur échange sur le fait de savoir si leur faux couple couchait ensemble ou pas, David n'arrêtait pas d'imaginer lui faire l'amour. Cette idée l'avait déjà effleuré sporadiquement, mais là, elle s'était installée. Le jean qu'elle portait, qui épousait toutes ses formes, ne l'aidait pas.

Jane lut le titre de la vitrine suivante : « Le monde est relié par des nœuds secrets. » Elle se tourna vers lui.

— Ça, j'aime ! C'est très poétique.

Elle observa les silhouettes en cire blanche suspendues dans l'eau à l'intérieur de globes de verre.

— Il y a des aimants à l'intérieur des figurines en cire et ce levier fait tourner un aimant central. Apparemment, tu peux utiliser ce système pour prédire l'avenir. Je crois. Cet endroit me fait douter de tout et croire en tout en même temps. Je suis si contente qu'on soit venus ici.

— Moi aussi, confirma David.

Il avait été heureux de recevoir son message. Il avait pris conscience que son cercle d'amis se réduisait à Adam et Lucy… et Zachary. C'était sa faute. Après le décès de Clarissa, il avait refusé les invitations les unes après les autres, et finalement il n'en avait plus reçu. Rencontrer Jane lui avait permis de comprendre qu'il était de nouveau prêt à côtoyer les autres davantage.

— Pardon. Excusez-moi, dit un Anglais d'une vingtaine d'années avec un chapeau en feutre des années 1930.

Les salles du musée étaient exiguës, et David se rapprocha de Jane pour le laisser passer. Il huma l'odeur de son shampooing, ou peut-être de son savon, à la fois citronnée et sucrée. Et cela suffit à lui donner des envies de sexe.

De l'une des salles qu'ils avaient déjà parcourues leur parvenaient des glapissements et des grognements. Dans une vitrine, on pouvait voir la tête d'un renard empaillé et des lunettes spéciales permettaient de regarder à l'intérieur de la tête. Mais, au lieu de voir le larynx avec des cordes vocales qui vibraient, on y voyait l'hologramme d'un homme reproduisant les bruits supposés du renard, et qui ne ressemblaient absolument pas à ceux d'un renard.

— Je n'arrive pas à décider si ce son est encore plus troublant maintenant que j'ai vu un homme le reproduire, commenta Jane en entendant ce grognement aigu.

— C'est mon avis. Beaucoup plus, répondit David en se forçant à reculer d'un pas.

Il n'y avait personne de connu aux alentours, ni Marie, ni Helen, ni Adam ou Lucy. Il n'avait pas besoin de jouer au petit ami. Sauf qu'il avait envie de rester tout près d'elle pour sentir ce parfum.

— J'ai besoin de faire une pause. Je sature. Je crois qu'il y a un salon de thé au premier étage. On va y jeter un coup d'œil ? proposa Jane.

— D'accord.

David la suivit le long d'un couloir mal éclairé et une volée d'escaliers. Le salon de thé était vide mais, un instant plus tard, apparut une femme habillée tout de noir et de gris, portant deux verres de thé, comme si elle avait été avertie de leur arrivée. Elle leur désigna une table en bois sombre couverte d'un napperon. Sans un mot, elle déposa les tasses et disparut. Quelques secondes plus tard, elle revint avec une assiette de biscuits, la déposa sur la table et s'éclipsa de nouveau. Jane s'esclaffa :

— Je parie qu'elle aime son travail. Je pense qu'on ne travaille pas dans ce genre de lieu si on ne l'aime pas. J'aurais aimé la prendre en photo. Et j'adorerais rencontrer celui qui a créé ce lieu. Ce musée est forcément le résultat d'une passion.

David acquiesça :

— Ce n'est certes pas un endroit destiné à rapporter de l'argent. Peut-être qu'il en a gagné, mais on dirait qu'il souhaitait seulement donner vie à son rêve.

— Je l'envie d'avoir un rêve aussi fort. Je m'amuse à explorer. Mais je papillonne de-ci, de-là. Pour le moment, j'ai juste regardé ce que les autres ont décidé de faire de leur vie.

— Et tu les as photographiés. Tu les as remarqués, appréciés, ajouta David. C'est ce que je vois, moi. Je vois une grande attention, même pendant le peu de temps qu'on a passé ici. Je te verrais bien publier ta version de *Humans in New York*.

— Vraiment ?

— Vraiment. Tu pourrais réaliser une série de photos et de textes sur les gens qui font ce qu'ils aiment, que ce soit enseigner le surf ou créer un lieu comme celui-ci. Tu as déjà commencé. J'étais sérieux quand je t'ai dit que ce traitement Technicolor de la photo de ta prof de surf était réussi. Tu pourrais commencer par un blog et les publier sur Internet.

— Ce serait bien, si visiter de tels endroits faisait partie de mon job ! s'exclama Jane, les yeux brillants d'excitation, les joues roses.

Il aurait aimé poser sa main sur ses joues pour en sentir la chaleur.

— Si tu te voyais maintenant, tu voudrais te prendre en photo, assura David en essayant de repousser l'envie de la toucher.

Ses joues. Ses seins. Et… Ils étaient amis et se rendaient service en prétendant être autre chose. Il aurait dû se gifler pour s'en souvenir une bonne fois pour toutes.

Jane se pencha par-dessus la table et posa sa main sur la sienne.

— Merci, David. Merci. C'était là, juste sous mon nez, mais je ne sais pas si je l'aurais vu sans ton aide.

Elle serra sa main puis but son thé.

— Qui sait si je pourrais en faire un vrai job, comme l'a réussi le créateur de *Humans of New York*, mais on s'en fiche. Je vais publier mes photos sur un réseau social parce que ces gens m'inspirent, et ils inspireront peut-être d'autres personnes.

Elle reprit son souffle après ce flot de paroles.

— Hé ! Crois-tu que je pourrais te prendre en photo les mains dans la farine ? Tu fais absolument partie des gens qui aiment ce qu'ils font.

— Quand tu veux, répondit David.

— Maintenant ? Tu m'as donné des idées.

— Ça marche.

Une heure plus tard, ils étaient dans le sous-sol de la pâtisserie. Il mélangeait une cuillerée de saké dans la casserole où bouillaient des prunes dénoyautées.

— Tu verses le saké, une cuillerée à la fois, expliqua-t-il à Jane qui prenait des photos. Tu peux sentir un peu l'alcool, mais pas trop.

Il continua à mélanger puis recueillit une cuillerée du mélange.

— Veux-tu être mon goûteur ?

Jane posa son portable et s'approcha. Il porta la cuillère à ses lèvres.

— Souffle un peu dessus, d'abord, conseilla-t-il.

Et tandis qu'elle soufflait, il fixa ses lèvres, pensant de nouveau au sexe. Il se sentait comme un adolescent. Tout ce qu'elle faisait lui inspirait des images voluptueuses. La regarder lécher avec précaution le mélange pour s'assurer qu'il n'était pas trop chaud l'emplissait d'un immense désir.

— Je pense qu'il en faudrait encore un peu, dit Jane.

David apprécia d'avoir une raison de se détourner. Il versa une autre cuillerée de saké dans la casserole et mélangea.

— Comment inventes-tu tes recettes ? demanda Jane, en reprenant son appareil.

— Parfois, je suis inspiré par une personne en particulier. Comme les cupcakes à la confiture, que j'ai préparés récemment.

Jane sourit mais ne baissa pas son appareil.

— Intéressant ! commenta-t-elle. Et sinon ?

— J'aime fouiner dans les petites boutiques et voir ce qu'ils proposent de différent. Pour cette recette, j'ai vu des graines de sésame à la prune et au wasabi dans une épicerie de Sawtelle Boulevard. Je voulais les utiliser et j'ai eu l'idée d'un cupcake aux amandes qui permettrait aux parfums d'exploser. Je prépare des cupcakes à l'alcool pour un bar du quartier, d'où l'ajout du saké. Du saké à la prune pour relever le parfum de prune des graines de sésame.

Cette fois, il goûta lui-même le mélange.

— Au cas où tu te poserais la question, quand je prépare des gâteaux pour les clients, je prends chaque fois une cuillère propre. Mais puisque tu es ma petite amie, j'ai pensé que cela t'était égal.

Il ajouta une cuillerée de saké.

— En effet. Même si tu refuses de coucher avec moi tant que je ne t'aurai pas offert un bon repas, je suppose qu'on a dû échanger notre salive, à ce stade, le taquina Jane.

David ne réagit pas.

— Je crois que c'est bon.

David versa un mélange de Maïzena et de sucre dans la casserole.

— J'ai besoin du goûteur. Assez sucré ? demanda-t-il en lui tendant la cuillère.

Jane testa.

— Encore un petit peu.

David ajouta un peu de sucre et éteignit le feu. Puis il ouvrit le four pour vérifier la cuisson des gâteaux.

— Presque prêts. Il faut attendre qu'ils refroidissent avant de découper un cône pour y verser la garniture. Saké en attendant ? Cette fois dans un verre au lieu de la cuillère.

— Avec plaisir, dit Jane en reposant son téléphone.

— En fait, je n'ai pas de vrais verres ici.

Il trouva un verre-mesure propre, y versa l'équivalent d'un *shot* de saké et le tendit à Jane. Il s'en versa un.

— *Kanpai !* dit-il en trinquant avec Jane.

— *Kanpai !* répéta-t-elle en se hissant sur une des tables en bois. Je peux m'asseoir ici ?

— Oui, bien sûr, répondit-il en prenant place à côté d'elle. Savais-tu que les Japonais portent un toast traditionnel qui se traduit par « Tu es fatigué » ? C'est un compliment, parce que travailler dur est apprécié.

— C'est plus sensé qu'« À la tienne, Étienne », commenta Jane en prenant une petite gorgée d'alcool.

Il remarqua qu'elle avait les yeux fixés sur lui.

— Qu'y a-t-il ? lui demanda-t-il.

— Désolée. Je me demandais quelle technique j'allais employer pour traiter les photos que je viens de faire de toi. Je ne crois pas que je vais utiliser le Technicolor cette fois. Il existe un effet spécial qui rend tout comme dans un rêve… D'accord, pas ça, continua-t-elle en secouant la tête. D'après ton expression, je vois que l'idée ne te séduit pas du tout.

— Je n'ai rien dit, protesta David.

Mais elle avait raison. Une photo de lui dans un flou artistique lui semblait très embarrassante. Il ne laisserait jamais Adam la voir.

— Il y en a un autre qui permet de donner une ambiance années 1980, avec des couleurs fluo, proposa-t-elle.

— Ça me ressemble davantage. Genre Billy Idol, convint-il et il se mit à chanter à tue-tête *More, more, more* de la chanson « Rebel Yell ».

Tandis qu'elle riait aux larmes, il lui donna un baiser rapide.

— Euh…

Jane ne savait pas comment réagir.

— C'est toi qui as dit que le faux couple s'était embrassé, lui rappela David. Si je dois t'embrasser devant Marie et Helen, je ne veux pas qu'on ait l'air gêné, comme si c'était la première fois.

Il valait mieux dire cela que « je n'ai pas pu m'en empêcher ».

— Ah… Et dans quelles circonstances penses-tu nécessaire de m'embrasser devant Marie et Helen ?

Elle avait l'air amusée mais toujours un peu surprise.

— Si je te raccompagne à ta porte après avoir dîné dehors, et qu'elles sont dans leur véranda, ou qu'elles regardent derrière leur fenêtre.

— Elles sont *toujours* en train de regarder dehors, acquiesça Jane.

Elle se rapprocha de lui, attira sa tête vers elle et l'embrassa. Lentement. Un baiser long et doux qui enflamma tout son corps. Elle le lâcha, sauta de la table et se versa du saké.

— Voilà qui ressemble davantage à un baiser pour souhaiter bonne nuit, ne crois-tu pas ?

Il descendit de la table, lui prit le verre-mesure des mains, le posa et l'attira contre lui, puis il l'embrassa comme il en avait rêvé toute la journée, laissant ses mains courir dans son dos. Quand une main toucha ses fesses, elle s'écarta.

— Non, tu ne peux pas me toucher les fesses devant nos vieilles voisines.

— D'accord. D'accord, dit David.

Son cerveau était incapable de trouver d'autres mots. Enfin, il ajouta :

— Je vais voir si les cupcakes ont assez refroidi pour les découper.

Mac se mit à ronronner avant même que Jane ait ouvert la porte. Il n'y avait plus aucun soupçon de la solitude qui l'avait accompagnée pendant si longtemps, même quand un autre humain vivait avec elle. Il donna un coup de tête contre sa jambe quand elle entra, alors elle le prit dans ses bras et valsa avec lui. Il savait qu'elle avait été avec le propriétaire du crétin, David. Il pouvait le sentir. Il avait fait le bon choix. Jane devrait le laisser prendre toutes les décisions pour sa vie. Pour commencer, elle devrait manger davantage de sardines, et les partager. Il aimait le petit *crunch* que faisaient les arêtes.

Il avait accompli sa mission. Jane dégageait un parfum de bonheur comme jamais auparavant, et cela lui donnait l'impression de se rouler dans de l'herbe-aux-chats. Mac voulait ressentir cette impression encore et encore. Et il savait comment l'obtenir. Il lui suffisait d'attendre que Jane soit endormie.

16

Le lendemain, Jane fut interrompue dans son travail par un coup frappé à la porte. Elle était en train de transformer un portrait de David dans le style des pochettes d'album de Billy Idol, en lui colorant, en diagonale, le visage en rouge.

Elle alla ouvrir.

— J'apporte des cafés frappés. Je ne peux pas boire de café après midi, annonça Ruby.

Jane s'aperçut que le soleil était haut dans le ciel.

— Quelle heure est-il ?

— Une heure et quelques, répondit Ruby.

— Je croyais qu'il était seulement 10 heures. Je me suis levée à 6 heures. Je ne peux pas croire que j'aie travaillé aussi longtemps.

— Laisse-moi entrer, sinon on va se faire alpaguer par Hud, ordonna Ruby.

Jane lui obéit. Quand Ruby passa devant elle, Jane ouvrit la bouche, stupéfaite. Le bord de la fontaine était recouvert. D'ordinaire, il y avait deux ou trois affaires, mais ce jour-là leur nombre devait s'élever à vingt, au moins. D'un coup d'œil, elle aperçut un échantillon de sous-vêtements de tous styles, couleurs, et tailles ; une poupée en chiffon ; un T-shirt Kanye West ; et une longue boucle d'oreille qui brillait de fausses pierres – enfin elle l'espérait. Elle ne voulait pas que Mac se mette à voler des objets de valeur. Deux personnes examinaient les objets.

— Ferme la porte, vite, dit Ruby.

Trop tard.

— Attendez, petite madame, cria Hud au moment où Jane refermait la porte. Je voudrais savoir où vous et votre chat étiez la nuit dernière, disons du coucher au lever du soleil.

Il regarda derrière elle et ajouta :

— Et votre complice.

— J'étais chez moi à partir de 22 h 30, répondit Jane. Mon chat…

Elle regarda l'étalage sur le bord de la fontaine.

— Mon chat était sans doute dehors en train de voler. J'essaie de découvrir comment il sort pour pouvoir l'en empêcher. Sans résultat pour le moment.

L'homme divorcé à qui appartenait le maillot de bain orange traversa le square en vitesse et déposa un bas de soie sur le bord de la fontaine.

— Je l'ai trouvé dans ma véranda ce matin, cria-t-il à Hud en repartant.

— Pourquoi ne pas me dire la vérité ? On sait tous les deux que ce n'est pas possible que votre chat soit responsable de tout ça, dit Hud en indiquant la fontaine. Pas sans une aide quelconque.

Il abaissa ses lunettes de soleil et regarda longuement les deux femmes.

— C'est vous le détective. Ou au moins, vous avez joué le rôle à la télé, dit Ruby. N'êtes-vous pas supposé découvrir des indices et des preuves ? Vous ne devriez pas avoir besoin qu'on vous raconte quoi que ce soit, si vous êtes aussi bon que vous le pensez.

— Vous croyez pouvoir grignoter l'appât et laisser l'hameçon nu. Ça peut marcher plusieurs fois. Mais une petite erreur et vous serez piégées, répondit Hud. Je vous verrai toutes les deux à l'heure du dîner.

Il s'éloigna d'un pas nonchalant.

Jane ferma la porte.

— Je dois absolument trouver comment Mac arrive à sortir. J'essaie de rester éveillée pour le surprendre, mais il est trop malin.

— Ne t'inquiète pas pour ça. C'est inoffensif. Mac offre un divertissement à la résidence.

Ruby déposa les cafés sur la table de la cuisine.

— Sur quoi travaillais-tu pour perdre ainsi la notion du temps ?

— Sur ça, répondit Jane en tournant son ordinateur portable afin que son amie voie la photo de David.

— J'adore !

— Hier, j'ai pris quelques photos de David, à la pâtisserie. C'est lui qui m'en a donné l'idée. Il a vu cette photo de Kylie que je retouchais et il m'a suggéré de faire une série de photos de gens avec des jobs différents. Des gens qui aiment leur boulot. Une sorte de remake de *Humans*...

— ... *of New York*, compléta Ruby. C'est épatant !

Son portable vibra.

— Addison veut savoir si Riley peut venir chez moi cet après-midi.

Elle tapa sa réponse.

— Je suis sûre que tu as répondu oui, devina Jane.

— Bien sûr. J'aime quand elle vient chez moi. C'est un tel plaisir d'avoir le point de vue d'une petite de quatre ans sur le monde. Alors, tu vas continuer à prendre des photos de gens au travail ?

— Oui, je vais retourner parler avec ces gens, découvrir comment ils se sont lancés dans ce qu'ils font. Je peux discuter avec Kylie lors de mon prochain cours et j'ai pensé retrouver les personnes que j'ai photographiées à Venice. À condition de faire provision de pièces d'un dollar. Ils s'attendent à être payés – et pourquoi pas ?

— David a eu une idée de génie. Combien de fois es-tu sortie avec lui ?

— Je ne *sors* pas avec lui, protesta Jane. Je *traîne* avec lui. Afin que ses amis et Marie et Helen n'essaient plus de nous caser. Toi et moi, on s'est vues presque tous les jours depuis que tu m'as invitée à décapiter des bonshommes en pain d'épice. C'est la même chose avec David.

Sauf pour les baisers. Jane sentit une chaleur envahir son visage – non tout son corps, en réalité – juste d'y penser. Ruby la désigna du doigt.

— Tu as couché avec lui !

— Jamais de la vie ! s'écria Jane.

Ruby haussa les sourcils, attendant la suite.

— On s'est embrassés quelques fois, reconnut son amie. Mais c'était pour avoir l'air naturel si on devait s'embrasser en public.

Ruby éclata de rire. Quand elle réussit à se calmer, elle déclara :

— Vous êtes ridicules. Quand allez-vous admettre que, ni l'un ni l'autre, vous ne faites ça pour empêcher les gens de vous caser ?

— Quand as-tu essayé de dire non à Marie pour la dernière fois ? Ou quand t'es-tu trouvée au centre d'une compétition entre Marie et Helen ? Prétendre sortir ensemble a résolu le problème pour David et pour moi.

— Flash info : vous ne faites plus semblant, affirma Ruby.

— Si, nous faisons semblant. Tu sais que je me concentre sur moi-même, pendant cette année. J'ai ce projet incroyable…

— Grâce à une idée de David, lui rappela Ruby.

— Oui, de David. Qui n'est pas prêt à sortir avec qui que ce soit pour le moment. Il fait toujours son deuil.

Jane prit son verre et but une longue gorgée, s'étranglant presque avec les glaçons.

— Jane, j'étais amie avec Clarissa. C'était une femme formidable. La perdre a brisé le cœur de David. Mais il ne *s'amuserait* pas à t'embrasser s'il n'était absolument pas prêt à démarrer une nouvelle relation. Et tu ne *t'amuserais* pas à l'embrasser si tu ne voulais absolument pas d'homme dans ta vie. Tu dois le savoir.

— Écoute, j'ai aimé l'embrasser et j'apprécie sa compagnie. Je l'aime bien et c'est agréable d'avoir un nouvel ami. Mais ça ne signifie pas que j'ai envie de me demander s'il sera jaloux si, un soir, je pars à la recherche des types aux marionnettes pour les interviewer. Ou de m'inquiéter s'il a dîné parce que je n'étais pas là pour lui cuisiner des petits plats.

— Tu n'auras pas à t'inquiéter pour ce genre de choses avec David. De toute façon, je ne parle pas d'une vie en commun. À propos de ce genre de relation, je parle plutôt d'une sorte d'amitié avec prérogatives, avec possibilité d'évolution.

— Je suis satisfaite de la situation actuelle, insista Jane. Et David l'est aussi. Elle nous convient à tous deux.

— Et tu serais contente de ne plus l'embrasser ? s'obstina Ruby. Puisque vous avez commencé, il n'y a pas de raison d'arrêter, n'est-ce pas ?

Jane tenta de se convaincre que l'idée de ne plus embrasser David ne faisait pas baisser sa température corporelle de plusieurs degrés. Ruby conclut :

— On est d'accord.

Quand David rentra du travail, Doggy l'accueillit la laisse dans la gueule, comme à son habitude. David n'essaya pas de convaincre l'animal de lui laisser deux minutes pour se relaxer. Il n'avait jamais le dessus – même si David était sans conteste le mâle dominant.

Il fixa la laisse et permit à Doggy de le tirer dehors. Un instant plus tard, Zachary sortit en trombe de chez lui et les rejoignit.

— Je n'ai pas le temps de vous accompagner aujourd'hui, annonça-t-il tout en se tordant le cou pour éviter une léchouille sur la bouche de la part de Doggy qui avait planté ses pattes sur les épaules du garçon.

— Quoi de neuf ? demanda David en tirant sur la laisse. Doggy, arrête, ordonna-t-il.

D'habitude, le chien donnait un ou deux coups de langue, mais aujourd'hui il ne semblait pas vouloir cesser. Peut-être à cause du parfum qui émanait du garçon. Il semblait s'être aspergé de cocktail tropical et d'huile solaire à la noix de coco.

— Beurk ! Il m'a léché la bouche.

Zachary recula jusqu'à ce que le chien pose les pattes par terre.

— Je vais faire mon devoir d'anglais avec Addison.

Cela expliquait l'odeur sucrée. Zachary avait découvert l'usage de l'eau de toilette.

— Ce qui signifie qu'elle a réfléchi et qu'elle ne te prend plus pour un pervers, je suppose.

David frotta l'articulation de ses doigts sur la tête du chien, pour le prier de garder sa langue pour lui.

— Mon T-shirt est réapparu sur son paillasson et elle me l'a rapporté. Elle a dit que, puisqu'un tas de choses ont été volées et déposées chez tout un tas de gens, elle ne devait pas m'accuser pour le soutien-gorge. Je ne sais toujours pas pourquoi elle m'a accusé pour commencer, puisque c'est moi qui le lui rapportais. Pourquoi l'aurais-je rapporté si je l'avais volé ? Enfin bref, on a parlé de ce devoir d'anglais et décidé de travailler ensemble.

— A-t-elle laissé tomber le petit ami ? demanda David.

— Non, d'après ce que j'ai vu à l'heure du déjeuner. Mais on ne sort pas ensemble, ni rien. On fait juste nos devoirs ensemble. Je vais marcher avec vous jusqu'à sa maison. Allez, viens, mon Gros !

— Euh…, fit David, en cherchant une manière de le dire avec tact. Tu devrais peut-être atténuer un peu cette eau de toilette.

Il n'avait pas trouvé mieux. Zachary rougit.

— Ça ne sent pas bon ? demanda-t-il, l'air horrifié.

— Non, non, ce n'est pas ça. C'est que, même à petite dose, ce truc se sent de loin. Clarissa n'aimait pas trop l'eau de toilette. Elle disait qu'elle préférait mon « odeur naturelle de mâle ».

Il pouvait encore entendre le sourire dans sa voix quand elle lui avait dit ça, c'est-à-dire presque chaque fois qu'il rentrait de son jogging.

— C'est vrai ? Je croyais que toutes les filles aimaient ça, s'étonna Zachary en tirant sur le col de sa chemise pour le renifler.

— Pas toutes. Mais si tu en mets, toutes les personnes assises autour de toi en classe ne sont pas supposées en profiter. Une fille ne devrait le sentir que lorsqu'elle est près de toi.

Zachary rougit de nouveau et jeta un coup d'œil à son portable.

— J'ai le temps de me laver. À plus.

David décida d'aller chez Jane pour la tenir au courant des amours adolescentes à Storybook Court.

En arrivant dans la rue de la Pantoufle-de-Vair, Doggy aboya joyeusement et partit au galop. David s'élança derrière lui et ils s'arrêtèrent brusquement devant Ruby qui traversait le square.

— Comment allez-vous, mes deux grands idiots ? demanda-t-elle en se penchant pour caresser Doggy avant qu'il ne plante ses pattes sur ses épaules.

— Hé ! Nous ne faisons peut-être pas partie des lumières, mais nous traiter d'« idiots » est sévère, protesta David.

— Pas d'après ce que j'ai entendu, répondit-elle, en secouant la tête.

— Et qu'as-tu entendu ?

Elle se contenta de sourire, salua Doggy d'une caresse et s'en alla.

— Tu viens regarder les objets volés ? demanda Hud.

David ne l'avait même pas remarqué – ni la douzaine d'affaires étalées sur le bord de la fontaine.

— Il n'est pas trop tard pour faire une déposition concernant l'objet qui, nous le savons tous les deux, a été volé par notre amie, là-bas, insista-t-il en désignant la maison de Jane d'un signe de tête.

Jane et Mac étaient tous les deux en train de les regarder par la fenêtre.

— On ne m'a rien volé depuis, et Jane peut avoir mon short ou n'importe quel objet qui m'appartient.

David laissa Doggy le tirer jusqu'au plus gros palmier du square, afin que le chien y laisse sa marque, puis il l'entraîna vers la maison de Jane.

— Tu m'as dit que je pouvais l'amener, rappela David quand elle ouvrit la porte.

— Non seulement tu peux, mais ça me fait vraiment plaisir.

Une fois à l'intérieur, David détacha le collier du chien qui se roula aussitôt sur le dos afin qu'elle puisse lui gratter le ventre. Jane comprit le message et s'accroupit près de lui. Doggy ferma les yeux et sa queue se mit à cogner sur le sol tandis qu'elle le frictionnait.

David aperçut un éclair marron. Il mit une seconde à comprendre que c'était Mac, qui sauta sur la queue du chien, l'attrapa entre ses pattes, la mordit et s'enfuit à toute vitesse. Doggy partit à sa poursuite. Un instant plus tard, ils entendirent Doggy gémir.

— Mac, vilain chat ! s'écria Jane en courant vers l'endroit d'où provenait le bruit.

David et Jane découvrirent Doggy enfermé dans la penderie. Mac était assis sur le lit, se léchant tranquillement la patte.

— Qu'est-ce qui t'a pris ? Vous avez été si gentils la fois dernière. As-tu oublié que Doggy est notre ami ? demanda Jane à son chat, en libérant Doggy.

Le chien courut aussitôt vers le salon.

— Je propose de les séparer pour le moment.

Elle enferma le chat dans la chambre et s'appuya contre la porte.

David avait envie de l'embrasser, bien sûr. C'était comme la fin d'un engourdissement. Il voulait recommencer à embrasser des femmes. Enfin, Jane. Il voulait embrasser Jane. Il n'envisageait pas d'en embrasser une autre.

Dans quelques mois, qui sait ? Il serait peut-être prêt à entretenir une relation avec une femme. Pour le moment, il aimait ce qui se passait avec Jane. Il aimait se promener en sa compagnie. C'était perturbant de tout le temps penser à l'embrasser – ou à lui faire l'amour – quand il était près d'elle, mais il était agréable de ressentir de nouveau cette envie. Il avait un peu l'impression d'être redevenu adolescent. Et il lui suffisait de repousser ces envies. Jane et lui avaient un accord. Elle était une véritable amie et une prétendue petite amie. Ce qui signifiait aucun baiser, sauf si nécessaire, pour jouer le jeu. Ou pour s'entraîner à jouer le jeu, ce qu'ils avaient déjà fait. Et pas de sexe. Jusqu'à ce que son cerveau, et pas seulement son corps, soit prêt à s'engager dans une vraie relation avec quelqu'un.

— Euh… qu'est-ce qu'il y a ? demanda Jane.

— Oh, rien. Je pensais.

Elle haussa les sourcils.

— À Zachary. Et à Addison. Si tu avais senti l'eau de toilette du gamin ! Enfin, je l'ai persuadé de l'atténuer avant d'aller étudier chez elle. Je me demande s'il est le seul qui pense à autre chose qu'à simplement étudier.

— Je sais qu'Addison s'est assurée d'être seule chez elle, sans Riley, quand il viendra. Soit elle voulait être au calme pour travailler, soit elle ne voulait pas de sa petite sœur dans ses pattes pour recevoir un joli garçon. Même si, aux dernières nouvelles, elle a un petit copain.

— Un petit ami avec qui elle rompt tous les deux jours, semble-t-il, ajouta David. Il a l'air d'un pauvre type, selon ce que Zachary a lu dans le journal d'Addison.

— Je ne peux pas croire qu'il l'ait lu. Enfin, dans la mesure où il l'a trouvé sur son paillasson, je comprends que c'était difficile de ne pas y jeter un œil.

— Le fait de le lire lui a permis de comprendre qu'elle n'est pas une pimbêche. Quoique, à mon avis, il ait protesté beaucoup trop fort. Je suis persuadé qu'elle était en train de l'amadouer alors qu'il se plaignait haut et fort qu'elle était horrible.

Doggy aboya.

— Que veut-il ? Je peux lui verser un bol d'eau ? proposa Jane.

— Je pense qu'il a été frustré par une promenade si courte.

En entendant le mot « promenade », Doggy courut dans l'entrée et s'arrêta en dérapage juste devant eux. Jane s'esclaffa.

— Et si nous allions jusqu'au théâtre Grauman ? Si Wonder Woman s'y trouve encore, j'aimerais lui demander comment elle est devenue un personnage.

— Parfait, dit David en mettant la laisse à son chien. As-tu réfléchi à l'idée de mettre tes photos sur Instagram ou un autre site ?

— J'ai passé une partie de la journée à retravailler une des photos que j'ai prises de toi. Je te l'enverrai. Je l'ai montrée à Ruby qui l'a trouvée cool.

David ouvrit la porte et Doggy bondit. Les deux amis trottèrent derrière lui.

— J'ai vu Ruby en arrivant. Elle nous a traités d'idiots, mon chien et moi. Je comprends qu'elle dise que Doggy est idiot, parce que c'est la réalité. Mais elle a dit qu'elle avait entendu des choses qui lui laissaient penser que j'étais idiot. Tu sais de quoi elle parlait ?

Jane hésitait.

— Que lui as-tu dit ? demanda David.

Jane finit par répondre :

— Voici l'histoire : j'ai dit en passant qu'on s'était embrassés – pour s'entraîner. Et Ruby pense que nous sommes ridicules. Je suis sûre que c'est pour cela qu'elle t'a traité d'idiot.

— Ridicules de penser qu'on a besoin d'entraînement ?

— Ridicules de ne pas reconnaître que nous nous embrassions parce que nous en avions chacun envie, et pas parce que nous étions inquiets de ne pas avoir l'air authentiques devant Marie et Helen ou tes amis, expliqua Jane.

David, ne sachant plus quoi répondre, se contenta de balbutier.

— Ouais. Ruby pense qu'on devrait arrêter de faire semblant de nous rendre service, sauter le pas et faire l'amour, parce que c'est clairement ce que nous voulons et on n'a pas besoin de s'engager ni rien, un genre « d'amitié avec des prérogatives ».

Jane parlait tellement vite que les mots se bousculaient. David sentit une onde de chaleur le traverser.

— Euh… Qu'en penses-tu ? arriva-t-il à dire.

— Je pense que l'idée de prérogative est… intéressante. Mais je me suis promis de consacrer cette année à moi seule, pour trouver ce que je veux faire de ma vie, sans me laisser distraire, répondit Jane en parlant encore plus vite. Je pense que tu as tes propres raisons pour ne pas t'engager en ce moment. Et, quoi que pense Ruby, un ami avec des prérogatives entraîne une forme d'engagement, même s'il a moins d'importance que dans une vraie relation. Qu'en dis-tu ?

L'idée des prérogatives lui plaisait, à lui aussi. Beaucoup. Mais sa tirade exprimait une sorte de refus, et il devait le respecter.

— Je crois que les choses sont bien telles qu'elles sont, déclara-t-il.

Le matin suivant, Mac était perché sur le bord de la fenêtre, contemplant le square, attendant le bon moment. Il préférait exécuter ses missions de nuit, protégé par l'obscurité, mais celle-ci ne pouvait être réalisée qu'en journée. Il ne doutait pas de sa réussite. Il s'appelait MacGyver.

Il entendait le cliquetis de l'ordinateur. Jane sentait bon. Il reconnaissait qu'il aurait dû se montrer charitable envers Doggy, la veille, pour s'assurer que rien n'interférerait entre Jane et David. Mais, à la vue de cette queue qui battait sur le sol, il n'avait pu résister : il avait fallu qu'il la morde. Cela n'avait pas eu de conséquences fâcheuses. Et il s'était bien amusé.

Il entendit sa cible avant de la voir. Elle faisait toujours retentir un *drelin drelin* en marchant. Et elle sentait toujours la solitude. Mais quelqu'un avait le pouvoir de remplacer cette odeur par celle du sang battant juste sous la peau.

Mac ne comprenait pas bien la réaction de la femelle devant le mâle. Elle se raidissait et se figeait, comme le font certains chats devant de gros chiens. Mais certainement pas Mac. Quand Mac en croisait un, le gros chien avait intérêt à se préparer à son coup de patte. Mais la façon dont son odeur se modifiait lui indiquait qu'elle n'avait pas peur du mâle. Et seul le mâle provoquait une réaction chez la femelle. Elle avait clairement besoin de son aide.

Heureusement, Jane sortait toujours quand la femelle arrivait dans le voisinage. Il sauta de l'appui de la fenêtre et attendit à côté de la porte. Comme prévu, Jane vint l'ouvrir quelques instants plus tard et Mac se glissa dehors.

— MacGyver, non ! cria sa maîtresse.

Il l'ignora. Il avait une mission à accomplir. Il avait besoin d'un *drelin drelin*. La femelle posa son sac, le laissant sans surveillance. En quelques secondes, MacGyver comprit le mécanisme, il libéra un des trucs brillants, l'attrapa entre ses dents et s'enfuit. Il suivit la piste odorante jusqu'à la maison du mâle et le déposa pour lui. Il espérait que le mâle serait plus rapide à comprendre que Jane et David. Mais il savait que les humains sont lents. Question de nez.

17

— Je t'en veux, Ruby. Depuis que tu m'as parlé d'amitié avec prérogatives, je n'arrête pas de penser à coucher avec David, dit Jane. Il y a presque deux semaines que je suis obsédée par cette pensée. Cela me rend folle. Inutile de me dire de ne pas y penser. C'est impossible. Tu as proféré ces mots et je te déteste.

Ruby éclata de rire.

— Tu connais la solution. Commence par agir et tes pensées cesseront de te rendre folle.

Avec un fer, elle lissait les boucles de Jane pour obtenir une ondulation légère. Mac, assis au bord de l'évier, jouait avec le filet d'eau qui coulait du robinet.

— Non. Je fais quantité de choses malgré mon obsession. Ou même à cause d'elle. Retravailler les photos m'aide à m'en détourner.

— J'adore celles que tu as publiées sur MyPics. J'ai envie de changer de métier à chaque visite.

— Je n'arrive pas à croire que celle du type qui demande un dollar pour un mauvais conseil a été vue plus de soixante mille fois. La plupart des gens cliquent en passant probablement, mais quand même.

— Tu es une star, déclara Ruby, en pressant une dernière mèche dans le fer. Et tu es magnifique.

— Merci pour la coiffure, dit Jane en pressant ses mains sur son estomac. Tu ne peux pas savoir comme je me sens nerveuse. Je n'ai aucune raison de m'angoisser. Adam et Lucy sont sympas.

— Tout à fait. Je ne les connais pas bien, mais ils sont venus plusieurs fois à mes fêtes de Noël. Ils vont te plaire, l'assura Ruby.

— Ce n'est pas la même chose de prétendre être la petite amie de David devant eux. Ils sont tellement proches de David. Adam et lui se connaissent depuis l'enfance. Ce n'est pas comme faire semblant devant Marie et Helen.

Jane ferma le robinet pour arrêter le filet d'eau. Mac émit un son de gorge qui pouvait passer pour un ronronnement, mais Jane savait qu'il protestait.

— Les gens qui vous voient ensemble n'ont aucun mal à croire que vous êtes un vrai couple. Vous deux… Ruby s'interrompit.

Jane savait pourquoi. Elle avait demandé un million de fois à Ruby d'arrêter de dire qu'ils étaient faits l'un pour l'autre.

— J'ai besoin d'un verre de vin. David ne doit pas venir me chercher avant une demi-heure. Tu prendrais un verre de vin avec moi ?

— Ce serait avec plaisir, mais la mère de Riley travaille tard ce soir et j'ai proposé à Addison de laisser Riley venir chez moi pendant qu'elle étudie avec Zachary, expliqua Ruby en se dirigeant vers la porte.

— Encore ? Tu crois qu'ils travaillent ? Ou qu'ils *étudient* ?

— Je ne sais pas. Mais comme je n'ai plus entendu Addison râler sur le petit ami, je pense qu'elle l'a laissé tomber. Amuse-toi bien ce soir, OK ?

Ruby ouvrit la porte puis saisit la main de Jane.

— Hud vient de sortir quelque chose de sa poche et l'a déposé au bord de la fontaine. Je crois que c'est notre tour de le questionner.

Elle se précipita dehors en tirant Jane derrière elle.

— Joli toupet ! Hé ! là, attends une minute.

— C'est à moi que tu parles, Toots ?

Hud avait perdu son ton bravache. Il était pâle à la lumière des projecteurs qu'il avait disposés autour de la fontaine pour permettre aux gens de rechercher leurs objets volés. Tous les jours, de nouvelles trouvailles étaient déposées. Et Jane n'avait toujours pas découvert comment Mac sortait.

— Oui, je te parle, dit Ruby. Je t'ai vu déposer ce petit porte-clés. Cela veut dire que le voleur est allé jusqu'à ta porte, n'est-ce pas ? C'est là que tout le monde découvre des affaires – sur le paillasson.

— Et si le voleur est arrivé aussi près, c'est peut-être que Hud est notre voleur.

Jane ne pouvait résister au plaisir de taquiner le détective de la télé.

— Il a un mobile. Tout le monde sait qu'il veut prouver qu'il est un grand détective. Quel meilleur moyen que de fabriquer un mystère insoluble puis de le résoudre ? poursuivit-elle.

Hud reprit des couleurs. Il se détourna et s'éloigna.

— Je crois que je l'ai blessé, dit Jane, en ressentant un soupçon de remords.

— Il a dit pratiquement la même chose à chacune de nous, lui rappela Ruby. Mais son ego est tellement rivé à son rôle de détective de série télé. On devrait se montrer plus gentilles.

Elle ramassa le porte-clés déposé par Hud.

— Il ressemble à ceux que Sheila attache à son sac de courrier.

— Oui. Elle en a aussi tout un tas attaché à son sac à main. Avec David, on l'a croisée à La Chèvre assoiffée, l'autre soir. Elle participait à un concours avec son équipe de Trivial Pursuit. Toutes les questions portaient sur la télé et j'ai pensé qu'elle allait dominer. Je l'ai entendue, une fois, débiter toute la liste des rôles de Hud Martin, même ceux en *guest star*. Mais elle n'était pas en forme. L'équipe Newton-Johns a échoué, lamentablement.

Ruby reposa le porte-clés.

— Ce n'est peut-être pas le sien. Tout ce qui est ici appartient à des habitants de la résidence, non ?

— Oui, je crois. J'espère bien que Mac ne sort pas de Storybook Court, répondit Jane.

Elle n'aimait pas savoir son chat dehors. La vitesse était limitée dans les rues de la résidence. S'il en sortait, il était vraiment en danger. Il s'imaginait sans doute pouvoir arrêter une voiture d'un coup de patte.

— Un jour, je viendrai passer la nuit chez toi et nous le surveillerons à tour de rôle. On mettra un terme à ses vagabondages, lui promit Ruby.

— Ce serait super.

— Je dois rentrer pour Riley, dit Ruby en serrant brièvement son amie dans ses bras. Passe une merveilleuse soirée !

David ne pensait pas pouvoir y arriver. Quand il avait projeté de sortir avec Jane et ses amis, cela semblait sympathique. Il voulait leur présenter Jane, et vice versa. Il était sûr qu'ils s'entendraient bien. Il en était toujours convaincu.

Mais, tandis qu'il se préparait, son cœur se mit à cogner comme à la fin d'une course à pied, et il sut qu'il n'était pas prêt. Il était sorti avec Adam et Lucy quantité de fois, et encore plus en compagnie de Clarissa. Là, il se sentirait mal à l'aise.

Il attrapa son portable et envoya un texto à Adam. *Obligé d'annuler. Jane malade. Une autre fois.*

Adam réagit aussitôt : *Viens quand même. Tu tiendras la chandelle.*

Non, je vais voir si elle a besoin de qq chose, répondit David.

Quelques instants plus tard, Adam écrivit : *Lucy dit que tu es gentil. Je dis tu es mordu. Une autre fois.*

David répondit : OK. Il ne pouvait pas y arriver ce soir. Il avait l'impression d'être au bord d'une crise d'angoisse. Un jour peut-être, il leur raconterait que Jane et lui avaient fait semblant de sortir ensemble pour qu'on les laisse tranquilles, et alors tous les quatre pourraient aller prendre un verre.

Il prit ses clés et lança un gros os en peau de buffle à son chien.

— Garde bien la maison, mon grand, lui dit-il en sortant.

Il avait l'impression que le trottoir était élastique et que ses pas le faisaient rebondir dessus. Annuler la sortie avec Adam et Lucy était un soulagement. Il allait pouvoir profiter de sa soirée avec Jane. Il sourit en réfléchissant à l'endroit idéal – aux endroits idéaux – où l'emmener. Pas le restaurant qu'il avait choisi avec Adam. Adam et Lucy allaient sans doute y dîner, profitant de la baby-sitter.

— Tu es prête à marcher ? demanda David quand Jane ouvrit la porte.

— Je croyais qu'on allait à Santa Monica.

Il avait déjà oublié qu'ils étaient supposés dîner avec ses amis.

— Lucy ne se sent pas bien, expliqua-t-il, en ignorant un pincement de culpabilité, celle de lui mentir.

Ce n'était pas un gros mensonge.

— On remettra ça une autre fois.

— Je suis plutôt soulagée, admit Jane. J'étais un peu anxieuse de les rencontrer.

David passa le bras autour de ses épaules.

— À l'intention de Marie et d'Helen.

C'est une précaution raisonnable, se dit-il. Elles passaient beaucoup de temps derrière leur fenêtre.

— Tu n'as aucune raison d'être anxieuse. Ils te plairont, j'en suis sûr.

— Je n'ai pas peur de ne pas les aimer. J'ai peur qu'ils ne m'aiment pas.

— Impossible, affirma David en l'attirant contre lui.

— Tu me dis où tu m'emmènes ?

— Non, c'est une surprise.

Ils marchèrent un moment puis David traversa le parking d'un petit centre commercial décrépit et se dirigea vers un vidéoclub.

— J'ai raté quelque chose ? Le VHS est devenu le nouveau vinyle ? demanda Jane en entrant.

Le magasin mal éclairé n'offrait aucun DVD, juste des rayons entiers de cassettes VHS.

— Il y a quelques bons films qui n'ont jamais été transférés en DVD. Viens jeter un œil par ici, proposa David en se dirigeant vers le fond, où un néon rose indiquait « Réservé aux adultes ».

— Avons-nous déjà une prétendue vie sexuelle si ennuyeuse que nous devons louer des vidéos porno ?

Jane semblait un peu méfiante mais se prêtait au jeu.

— Eh bien, il y a quelques semaines.

David écarta un rideau de velours noir, révélant une vilaine petite pièce bourrée de cassettes classées X. Jane jeta un coup d'œil à l'étagère la plus proche.

— *Fleur secrète* ? C'est plutôt poétique pour un porno, commenta Jane.

— C'est bien une réaction de fille. Mais les trucs vraiment bien sont derrière.

David écarta un second rideau au fond de la pièce, révélant un bar sous un haut plafond, une lumière d'ambiance douce, des canapés confortables et des fenêtres en vitrail. *Barbarella* passait sur un grand écran, au-dessus d'une arche qui menait à une salle de billard.

Jane éclata de rire, juste comme David s'y attendait. Il devenait accro à ce rire. Il avait choisi ce bar parce que, à son avis, elle allait adorer, et parce qu'il avait ouvert depuis la mort de Clarissa.

— Bienvenue dans l'univers du *speakeasy* de L.A. Il en existe beaucoup. De temps en temps, je vais dans un autre qu'on atteint après avoir traversé le salon d'un barbier. Et tu peux te faire couper les cheveux au passage.

Ils s'installèrent sur un des canapés libres. David tendit à Jane un coffret de VHS qui tenait lieu de menu.

— D'habitude, je prends celui avec le mezcal et la coriandre, dit-il en indiquant un cocktail sur la liste.

— Ça me plaît ! Eh ! regarde, il y a un Photomaton. Il faut qu'on se fasse prendre en photo. J'ai besoin de preuves tangibles sur notre couple, pour Marie et Helen.

— Posent-elles beaucoup de questions sur nous ?

— Helen, pas tellement. Mais Marie en pose beaucoup sur tout et n'importe quoi. On partage un container pour les ordures et elle a même demandé ce qu'il y avait dans ma poubelle. Elle a vu une boîte de repas minceur et m'a dit qu'elle voyait que j'essayais de perdre du poids. Je n'ai jamais eu, dans ma vie, une voisine aussi… disons, concernée. Voyons le bon côté, elle fait du très bon café et envoie Al m'en porter une tasse, si elle me voit dehors le matin. Elle est casse-pieds, mais elle a bon cœur.

— Oui, c'est vrai. Mais j'ai toujours peur de ce qui se passera si, un jour, Doggy fait ses besoins sur sa pelouse.

Une serveuse arriva et David commanda deux cocktails.

— Nous allons faire un saut au Photomaton, mais nous revenons, lui dit-il.

— Ce pourrait être amusant de transformer quelques portraits de mes gens heureux de leur job en clichés de Photomaton, s'enthousiasma Jane tandis qu'ils traversaient la salle, passant à côté d'un DJ en train de s'installer.

— L'histoire de Wonder Woman au Grauman, que tu as postée sur MyPics, était super, la complimenta David, tandis qu'ils attendaient que la cabine se libère.

— Tu l'as vue ? Je ne l'ai mise que ce matin.

— Je me suis mis une alerte.

— C'est gentil ! dit-elle en souriant.

— Tu récoltes des commentaires sympathiques. Tu as dû voir celui de John Schuller…

— Oui. Et ne pense pas que j'ignore que tu y es pour quelque chose. Je sais qu'il est la star de la série pour laquelle écrit ton ami.

— J'ai conseillé à Adam de regarder ton travail. Il a probablement tweeté à ce sujet, dit David, heureux d'avoir pu l'aider à élargir son audience.

— C'est à nous, annonça Jane quand un couple d'une vingtaine d'années sortit de la cabine.

Tous les deux étaient rouges, et David pensa qu'ils s'étaient sans doute servis de la cabine pour autre chose que prendre des photos. Jane lui fit un clin d'œil. Il était clair qu'elle pensait la même chose que lui. Ils entrèrent et s'assirent sur deux fauteuils de velours bien usé. Le décor donnait l'illusion que les personnes étaient photographiées dans un théâtre à l'ancienne. Des rangées de spectateurs étaient peintes sur la toile de fond.

— Prêt ? demanda Jane.

— Prêt.

Elle poussa le bouton en s'écriant :

— *Duck face !*

David obéit en avançant exagérément les lèvres.

— Devant un film d'horreur !

Il écarquilla les yeux en faisant semblant de hurler pendant que Jane s'agrippait des deux mains à son bras et enfouissait sa tête contre son épaule.

— Les mains en cœur !

Il n'était pas sûr de ce que cela devait signifier, mais elle réussit à lui faire courber les doigts en demi-cœur avant le flash.

— Les tourtereaux pour Marie et Helen, annonça Jane.

Il n'avait aucune idée de ce qu'elle attendait, mais il prit son visage dans ses mains et l'embrassa. Quelques instants après le flash, Jane se recula.

— Elle était bien celle-là, dit-elle, un peu essoufflée.

S'il avait parlé, lui aussi aurait sans doute été hors d'haleine. Il avait suffi d'un baiser de Jane. Ils sortirent bientôt de la cabine et, tandis qu'ils attendaient les clichés, le DJ passa *Total Eclipse of the Heart*, le tube de Bonnie Tyler.

— C'était LA chanson du bal de terminale de mon père. Avec mon frère, on riait en regardant ses photos. Des cœurs noirs auréolés d'un néon jaune étaient suspendus au plafond. Mon père était vêtu d'un costume bleu pâle avec une chemise à jabot, et sa copine portait une robe courte, bouffante, d'un bleu clair métallique.

— Je ne suis même pas allée au bal de terminale, dit Jane en saisissant la bande de photos. Mon petit ami avait eu la grande classe de rompre quinze jours auparavant. J'avais pourtant acheté ma robe, et tout et tout.

— Allez, on danse. Ce n'est pas la chanson de ton bal, mais *une* chanson de bal de terminale.

David prit sa main et l'entraîna sur la piste de danse. Il la saisit par la taille et elle mit ses bras autour de son cou.

— Comment était ta robe de bal ?

— Elle était magnifique ! Longue, bordeaux, avec de fines bretelles. Très simple.

David la serra de plus près, jusqu'à ce que son corps soit tout contre le sien, et elle appuya la tête contre sa poitrine. C'était si bon de la tenir ainsi.

— Je parie que tu aurais été la plus jolie de la soirée. Ce type était nul.

— Complètement nul, murmura Jane sans lever la tête.

Pourquoi faisait-il ça ? Pourquoi dansait-il un slow avec elle, alors qu'elle avait clairement dit qu'elle voulait qu'ils soient juste amis, « sans prérogatives » ? Pourquoi l'avait-il embrassée dans la cabine ? Ce n'était pas un long baiser, mais suffisamment pour lui donner envie de recommencer.

David prit une longue inspiration pour tenter de se contrôler, mais il fut envahi par son parfum. Il fallait qu'il arrête. Qu'ils quittent la piste de danse. Au lieu de quoi, il glissa ses mains dans le bas de son dos. Elle ne s'écarta pas. Elle n'avait pas semblé non plus lui en vouloir de l'avoir embrassée.

— Amitié avec prérogatives, ça marche pour certains, lui murmura-t-il à l'oreille.

Il avait dit ça sans y penser. Les mots lui étaient sortis de la bouche sans le contrôle de son cerveau.

Jane rejeta brusquement la tête en arrière et le regarda dans les yeux.

— Quoi ?

— Un collègue m'a raconté qu'il avait commencé à coucher avec cette fille qui était juste une amie. Ni l'un ni l'autre n'avait de petit ami, et ça s'était fait comme ça. Il disait que ça fonctionnait.

Complet mensonge. Mais il fallait bien qu'il dise quelque chose.

— D'accord. Et tu as choisi d'avoir cette conversation maintenant. Pendant que nous dansons. Ou…

— Depuis que tu m'as rapporté les paroles de Ruby, qui pense que c'est ce que nous devrions faire, je ne pense plus qu'à ça, répondit David, en décidant qu'il était temps de dire la vérité.

— Moi aussi.

Le DJ joua « Let's Hear It for the Boy », mais ils restèrent enlacés l'un à l'autre. Ils continuèrent à se balancer au rythme de la musique, en se regardant dans les yeux.

— Tu pensais que ça ne…, commença David.

— Tu n'es pas prêt à…, lâcha Jane.

Ils stoppèrent net et dansèrent en silence pendant un moment.

— Nous sommes amis, finit par dire Jane. Je pense que nous pouvons, euh… gérer la situation sans tout foirer.

— On peut partir, si tu veux, proposa David qui ne désirait qu'une chose, décamper et la ramener chez elle, dans son lit.

— Oui.

Ils se dirigèrent vers la sortie. Au passage David déposa quelques billets – sans doute beaucoup trop, mais quelle importance – sur la table, à côté des boissons qu'ils n'avaient pas touchées.

Leurs pas s'accéléraient au fur et à mesure qu'ils approchaient de Storybook Court. En arrivant dans le square, ils piquèrent un sprint en riant. Pendant que Jane cherchait ses clés, David expédia un SMS à Zachary lui demandant de sortir Doggy. Le chien avait beau avoir sa trappe, il avait l'habitude de faire une promenade avant de dormir.

Jane ouvrit la porte, le tira à l'intérieur et referma aussitôt.

— Je ne veux pas que Mac…

David ne la laissa pas finir. Il ne pouvait pas. Il devait la goûter – maintenant. Il l'appuya le dos contre la porte et prit ses lèvres dans les siennes.

Entre l'entrée et son lit, il s'arrêta six fois pour l'embrasser.

Mac escalada aisément le conduit de la cheminée. Il avait utilisé cette issue de nombreuses fois depuis que sa maîtresse avait réparé la moustiquaire. Il fit une pause sur le toit pour sentir la brise sur sa fourrure et le sentiment d'accomplissement qui le comblait. C'était aussi bon que de manger des sardinettes puis de jouer avec Mimi-Souris jusqu'à ce que sa tête semble plus légère que son corps. Jane était à la maison avec son partenaire et tous deux sentaient comme s'ils avaient mangé des sardinettes et joué avec Mimi-Souris pendant des heures.

Il ouvrit la gueule en donnant de petits coups de langue. Les deux pistes avaient une odeur tellement similaire qu'il était difficile de les distinguer. Mais il y était déjà parvenu et il recommencerait ce soir.

Mais d'abord, un peu de plaisir.

Il dégringola le long de la pente du toit, sauta dans le buisson en dessous et, de là, sur le sol. Il griffa généreusement le plus gros palmier près de la fontaine – le crétin avait encore pissé dessus – et partit au galop dans la résidence. Il avait besoin de courir. Ses muscles réclamaient de l'action. Il entendit gémir le clébard avant même d'atteindre sa maison. Il ralentit et se camoufla, au cas où la chose qui avait suscité un son aussi pathétique de la part du chien se trouverait toujours à proximité. Avec précaution, il s'avança. Il ne sentait aucun danger. Il n'y en avait sans doute aucun. Ce chien était un trouillard. Il ne pouvait encaisser le moindre coup de patte sans pleurnicher.

Il se rapprocha. Non, rien d'inquiétant près du crétin. Il pleurait sans doute parce qu'il ne pouvait sortir et prendre du bon temps comme Mac.

Mac se sentait si bien qu'il décida de lui octroyer une faveur. Il sauta sur le haut du portail et donna un adroit coup de patte sur la clenche. Puis il s'appuya contre le battant pour l'ouvrir. Néanmoins, alors qu'il était libre de sortir, le chien resta assis là ! C'était vraiment le roi des crétins.

Bon, il lui fallait un peu d'aide pour démarrer. Pas de problème. Mac sauta du portail sur le dos du chien. Le clébard passa du pleurnichement au hurlement. Puis il détala avec Mac pour cavalier. *Yee-Haw !*

Le clebs galopa dans la rue puis s'arrêta en dérapage et regarda autour de lui. Il tourna la tête à gauche, puis à droite. Enfin, il finit par comprendre qu'il était libre. Il lança deux aboiements joyeux, puis courut vers l'arbre le plus proche sur lequel il urina.

Mac n'avait pas besoin d'en voir davantage. Il descendit de sa monture et choisit de suivre une des deux traces presque identiques. Il n'était pas allé très loin quand il entendit un *yip yip yip* aigu. Un chien, mais pas le crétin. Il y eut un autre *yip*, puis un son dont Mac était familier : le bruit que faisait le crétin quand il lui infligeait des coups de patte.

Mac fit demi-tour et courut vers l'origine des bruits. Un petit chien, presque sans poils, vêtu d'un gilet à pois, pourchassait le gros balourd en lui mordant les pattes. Pas de ça sur le territoire de Mac. Le crétin était *son* jouet.

Mac lança son cri de guerre et se catapulta sur le pékinois glapissant. Il enfonça la tête contre le ventre habillé d'un pull et le roquet bascula. Mac se plaça devant lui et gronda. Cela suffit pour que le pékinois s'enfuie, la queue entre les pattes, tout droit chez Maman.

Il était clair que, dans le vaste monde, le crétin ne serait jamais capable de s'en sortir seul. Mac le ramena dans sa cour au moyen de quelques coups de patte bien placés, puis referma le portail derrière lui. Le gros chien remua la queue comme s'il était heureux de se retrouver en prison. Pathétique.

Enfin, il aurait essayé. Maintenant, il devait retourner à sa dernière mission.

18

David fixait le plafond de la chambre. La tête de Jane avait reposé sur son bras si longtemps qu'il ne le sentait plus. Il n'avait qu'une envie : bouger, bouger, bouger. Il avait besoin de lacer ses baskets et de courir jusqu'à ce qu'il se dissolve en une flaque de sueur, alors même que son cœur battait aussi fort que s'il était sur le point de passer la ligne d'arrivée d'un marathon.

Qu'est-ce qui ne tournait pas rond chez lui ? Il était au bord de la crise d'angoisse à la pensée de sortir avec Jane et ses amis, parce qu'il lui semblait mal de sortir à quatre sans Clarissa. Et quelle idée géniale avait-il eue ? Coucher avec Jane. Comme si c'était moins grave que de dîner avec elle, Adam et Lucy.

Il regarda Jane. Elle dormait profondément. Il retira tout doucement son bras de dessous sa tête, tout en glissant un oreiller à la place. Là. La tête reposait sur l'oreiller. C'était ça ou se couper le bras avec les dents. Il devait sortir.

L'adrénaline courait dans ses veines. Il la sentait tressauter dans son cœur qui cognait à exploser. Sortir.

Il se leva et le fait de sortir du lit provoqua un soulagement rafraîchissant de tout son corps. Rapide et silencieux, il enfila ses vêtements et prit ses chaussures à la main.

David exécuta trois pas vers la porte puis s'immobilisa. Il avait beau vouloir s'éclipser, il ne le pouvait pas. Pas de cette façon. Il ouvrit le plus doucement possible le tiroir de la table de nuit, en priant pour qu'elle ne se réveille pas. Il trouva un crayon et un bout de papier et il lui écrivit un mot : « J'ai dû partir pour voir Gros D. Heureux d'être ton ami. » Il ajouta un *smiley*. Dégoûté par sa conduite, il faillit retourner se coucher auprès d'elle, mais ne put s'y résoudre.

Il se glissa à l'extérieur en s'assurant que la porte était bien refermée. Puis il courut jusque chez lui sans ses chaussures.

Quand Jane se réveilla, la place à côté d'elle était vide. Il lui fallut une minute pour comprendre pourquoi elle se sentait mal. Puis elle se rappela. Elle avait couché avec David. Et cela avait été merveilleux, peut-être parce qu'ils avaient eu le temps de devenir bons amis avant de se jeter à l'eau.

Qu'avait-elle pensé ? Il était idiot de croire que David l'empêcherait d'explorer tout ce qu'elle aurait envie de faire dans sa nouvelle vie. Elle ressentit quelque chose comme une giclée d'adrénaline : elle était prête à affronter le monde. David s'était montré tellement encourageant pour ses photos. Il n'allait pas devenir quelqu'un d'autre maintenant. Ruby le lui avait confirmé. Pourquoi avait-elle voulu ignorer le conseil de son amie ?

David doit être allé chercher le café, se dit-elle. Elle se leva, enfila son T-shirt des Minions et se glissa jusqu'à la cuisine. L'attraction terrestre semblait moins forte que la veille.

Mais David n'était pas dans la cuisine. Ni dans la salle de bains. Ni dans la véranda. Il n'était plus là. Jane se précipita dans sa chambre et passa la main sur le drap. De son côté à lui, le drap était froid. Depuis combien de temps était-il parti ?

Elle tourna sur elle-même comme s'il allait surgir de derrière la commode en criant « surprise », puis elle se laissa tomber sur le lit, l'euphorie quittant ses veines si brusquement que la tête lui tourna. *David ne partirait pas comme ça*, se dit-elle. *Il laisserait un mot.*

Elle regarda vers la table de nuit et – tout juste – vit le petit papier griffonné. Le mot disait qu'il lui fallait aller voir Doggy. Évidemment. Doggy devait trépigner en attendant David près de la porte. Sauf que David lui avait installé une « chatière ». Bon, il devait peut-être s'assurer que Doggy avait de l'eau. Ou bien Doggy ressemblait-il à son chat et ne supportait pas d'avoir son petit-déjeuner en retard. Oui, c'était sûrement ça. Elle retourna à la cuisine.

— Mac, manger, appela-t-elle.

Avec un miaulement, Mac trottina dans la cuisine et s'enroula autour de ses chevilles. En toutes circonstances, elle pouvait compter sur lui. Jane ouvrit une boîte de mélange poulet/saumon et servit la pâtée décorée d'une sardine.

Tandis qu'il la savourait, Jane s'aperçut qu'elle le fixait sans le voir. Elle était en plein brouillard. Café. Elle avait besoin de café. Et, le temps qu'elle boive une tasse, David l'appellerait, lui enverrait un texto ou débarquerait.

Mais, sa deuxième tasse avalée, elle n'avait pas reçu de signe de sa part. Déconcertée, elle décida d'aller voir Ruby. Il lui fallait le point de vue d'une personne sensée, elle-même ne se sentant pas complètement saine d'esprit.

— Je reviens, Mac, lança-t-elle en sortant.

Quelques instants plus tard, elle frappait à la porte de son amie. Celle-ci arbora un large sourire en la voyant.

— Hé ! te voilà. Je veux tout savoir du rendez-vous d'hier, ou quel que soit le nom qui convienne quand David et toi sortez ensemble. J'avais raison, non ? Adam et Lucy sont sympas ?

— Ils ont annulé, Lucy était malade.

— Rien de grave, j'espère ? demanda Ruby en faisant entrer son amie.

— Non, je ne crois pas.

— Toi, on dirait que tu as besoin d'un café, dit Ruby comme elles se dirigeaient vers la cuisine.

— Non, merci.

— Non, merci ? C'est bien la première fois que je t'entends refuser un café.

Ruby examina son amie tandis qu'elles s'asseyaient à la table.

— Qu'est-ce qui ne va pas ?

— Sans doute rien, répondit Jane. J'ai couché avec David la nuit dernière.

Ruby bondit sur ses pieds et leva les bras vers le ciel.

— Alléluia !

Jane tenta de sourire mais elle ne devait pas être très convaincante car Ruby se rassit et se pencha vers elle.

— Je crois que mon alléluia était prématuré. Je me suis laissé emporter. Quelque chose ne va pas, c'est ça ?

— C'est juste que David était parti quand je me suis réveillée, ce matin, expliqua Jane.

— A-t-il laissé un mot ou envoyé un texto ? demanda Ruby en examinant le visage de son amie.

— J'ai trouvé un mot disant qu'il devait aller voir Doggy. Mais je suis levée depuis une heure et je ne sais pas depuis quand il est parti. Il aurait dû se manifester, non ?

— Ouiiii... Surtout qu'on parle de David. Mais il part travailler vraiment très tôt. Il voulait peut-être voir Doggy avant d'aller à la pâtisserie.

Jane laissa tomber sa tête dans ses mains.

— Je n'ai même pas pensé à ça. Tu as raison.

Elle releva la tête et afficha un vrai sourire.

— Il travaille. Il appellera ou enverra un texto quand il aura préparé tous les muffins et les trucs de la matinée. Ils sont toujours frais du matin.

— C'est logique. Alors maintenant, raconte ! Comment ça s'est passé ? insista Ruby en écarquillant les yeux.

— Aussi bien que je pouvais le souhaiter. Cent fois mieux.

David lorgnait l'écran de son téléphone. Il était presque midi. Il devait contacter Jane. Il était inacceptable de ne pas le faire. Mais il ne savait pas quoi dire.

Il était peut-être préférable de parler de tout et de rien. Et rien sur la nuit précédente. Il pouvait peut-être rétrograder en mode amical sans se lancer dans de longues explications. Ils n'avaient dormi ensemble qu'une seule fois. Et ni l'un ni l'autre ne pensait que cela suffisait à faire un couple. Amitié avec prérogatives, c'était le marché conclu. Est-ce que ces amis-là dormaient ensemble régulièrement ou seulement une fois de temps en temps ? Peut-être que s'ils ne couchaient pas ensemble pendant un moment, l'idée de prérogatives s'évanouirait ?

Comme s'il pouvait oublier la nuit dernière. Avant que cette crise d'angoisse ne le submerge, et que Jane s'endorme, la soirée avait été fantastique. Mais il n'était pas prêt à avoir une petite amie.

David se mit à écrire un texto : *Salut, Jane. Tu veux voir un film pour les moins de 18 ans ce soir ?* Il ne voulait pas qu'elle pense qu'il suggérait un film érotique. Il relut le message, décida que c'était le mieux qu'il puisse faire et appuya sur « Envoi ».

Jane tendit son portable à Ruby pour lui faire lire le message de David. Celle-ci haussa les sourcils et fit :

— Hummmm.

— C'est la première fois que j'ai un ami avec prérogatives. Tu trouves ça normal ?

— Eh bien, c'est certainement amical, répondit Ruby. J'aurais imaginé qu'il dirait qu'il a passé une nuit super, quelque chose dans le genre, mais il propose que vous vous voyiez. Il semble que tout aille bien.

— Oui, je suppose. C'est juste un texto. Qu'est-ce que je peux attendre d'autre qu'un texto ?

Jane renvoya un « bien sûr » accompagné d'un smiley, le modèle de base, pas celui avec des cœurs à la place des yeux. Elle se dit qu'elle irait mieux quand elle serait face à lui.

Quand ils se retrouvèrent, son visage à lui était bien le sien, mais David n'était plus complètement David. Il lui sourit, lui tendit le cupcake qu'il venait de créer, puis l'embrassa sur la joue. Ce qui renforça en elle le sentiment que quelque chose clochait. La nuit dernière leur avait fait dépasser le stade du baiser sur la joue. Largement.

Il se pencha pour gratter la tête de Mac. Mac eut ce geste bizarre, quand il ouvrait la gueule et donnait des coups de langue. Puis il miaula – le miaulement réservé au 4-Juillet. Mac détestait les feux d'artifice. Jane se pencha pour le caresser mais il glissa hors de sa portée et disparut dans sa chambre.

— Que lui arrive-t-il ? demanda David.

Jane haussa les épaules.

— Je ne sais pas. Je ne suis pas toujours capable de le déchiffrer.

Ni toi, pensa-t-elle. Elle partit dans la cuisine, et David la suivit.

— Qu'as-tu fait aujourd'hui ? demanda-t-il en s'asseyant à la table de la cuisine.

Du temps qu'ils étaient amis – juste de bons amis – elle aurait sans doute dit la vérité. Elle aurait admis avoir passé la matinée à se demander pourquoi il ne l'appelait pas, puis l'après-midi à analyser son message pour comprendre pourquoi il semblait un peu moins amical que ceux qu'il envoyait quand ils étaient des amis sans prérogatives. Elle aurait reconnu que l'histoire d'une amitié avec prérogatives était finalement un peu plus compliquée que ce qu'elle pensait. Elle aurait confessé, maintenant qu'ils couchaient ensemble, avoir des attentes différentes. Mais peut-être n'en était-ce pas. Elle souhaitait juste se sentir aussi proche de lui qu'avant. Elle lui aurait peut-être dit qu'elle se sentait déboussolée et déroutée. Au lieu de cela, elle lâcha :

— J'ai bricolé un peu certaines photos…

Ce qui était faux. Elle avait affiché celle des marionnettistes sur l'écran, l'avait fixée pendant une bonne minute, puis s'était levée, incapable de se concentrer.

Elle ouvrit le frigo et posa le cupcake sur l'étagère du haut.

— Tu ne veux pas le goûter maintenant ? s'étonna David.

D'habitude, quand il apportait quelque chose à tester, Jane en prenait aussitôt une bouchée. Mais son estomac était noué. Il ne semblait pas capable d'accepter la moindre nourriture.

— J'ai bien déjeuné, expliqua-t-elle.

Avait-elle même déjeuné ? Elle ne s'en souvenait pas.

— Tu vas bien ?

— Oui, pourquoi ?

David haussa les épaules.

— Et toi, tu vas bien ? demanda Jane.

— Oui, très bien, répondit-il.

Non. Quelque chose n'allait pas. Elle le sentait bien. Jane se dit qu'elle était folle. David était David et peut-être que lui aussi peinait à comprendre exactement la notion d'amitié avec prérogatives.

— Alors, tu proposes de voir un film ? Une idée précise ?

Jane s'efforçait de garder un ton léger, désinvolte.

— Pas vraiment. Y a-t-il quelque chose que tu as envie de regarder ? demanda David.

— Tout me va.

— À moi aussi.

— Tu veux sortir ou regarder un film en streaming ? demanda Jane.

— L'un ou l'autre me convient.

Ils étaient tous les deux ridiculement polis et accommodants. De pire en pire.

— Je ne suis encore jamais allée au Cinerama Dome. Allons-y et on verra ce qui s'y joue. Et s'il n'y a rien qui nous plaît, on peut marcher jusqu'à l'ArcLight et voir autre chose, suggéra Jane.

La marche leur permettrait de se détendre.

— D'accord.

Jane cacha une friandise derrière un coussin du canapé pour que Mac la trouve, et ils sortirent.

— Pssst !

Jane tourna la tête vers le bruit et vit Marie qui leur faisait signe de sa véranda.

— Helen et sa sœur se parlent… murmura-t-elle quand ils approchèrent, montrant la fontaine d'un signe de tête.

Les sœurs étaient assises sur le bord, têtes rapprochées.

— C'est fou ! Elles avaient chacune une poupée quand elles étaient enfants et leurs parents les avaient emmenées en Grèce. Avant le divorce. La poupée d'Helen s'est retrouvée devant la porte de Nessie, ce matin. Nessie est venue la déposer à la fontaine et Helen est sortie pour l'accuser d'avoir volé sa poupée. Elles sont passées des cris aux paroles et, maintenant, il y a des heures qu'elles sont là. Je les connais depuis plus de quarante ans et je me disais qu'elles mourraient sans s'être reparlé.

Les yeux de Marie étaient brillants de larmes. Jane lui toucha le bras.

— C'est merveilleux, dit-elle.

— Oui. Je vais leur préparer un petit quelque chose à grignoter, annonça Marie en se dirigeant vers sa porte.

— Penses-tu que je devrais dire à tout le monde ce que fait Mac ? demanda Jane. Cela dure depuis un bon moment.

— Tu n'es même pas sûre que ce soit lui. Il ne peut sans doute plus sortir de la maison. Quelqu'un a peut-être trouvé ça drôle et décidé de continuer. Étrange, mais possible.

— Oui, étrange, confirma Jane.

Ils se turent tous les deux. Ce silence la rendait nerveuse – ce n'était pas le silence confortable, quand vous

vous sentez complètement accordés et qu'il n'est pas nécessaire de parler, le genre de silence qu'ils avaient eu l'habitude de partager, David et elle.

Jane tenta de repousser cette pensée. Ce n'était qu'un silence. Elle laissait trop courir son imagination. La nuit précédente, elle ne s'était jamais sentie aussi proche de lui, et là elle se sentait lointaine comme jamais. Une sensation n'est pas forcément toute la vérité. Elle en était consciente. Cependant elle savait aussi qu'il est parfois bon de se fier à son intuition.

— Je crois qu'ils jouent le dernier film d'action avec Chris Pratt au Cinerama Dome. Ça devrait être sympa, dit Jane, plissant les yeux pour apercevoir l'auvent au loin.

— D'accord, on y va.

Jane se sentit soulagée en apprenant que le film allait commencer dans quelques minutes. Elle appréciait d'être assise dans le noir, sans avoir besoin de parler, et de se laisser happer par une histoire qui la distrairait du délire qui tourbillonnait dans son cerveau.

— Ils font un très bon pop-corn au caramel, je vais en chercher, annonça David.

Il lui rapporta aussi un soda *light*, sans avoir besoin de lui demander ce qu'elle voulait. *Tu vois ?* se dit-elle. *Il est toujours aussi attentionné.*

Une fois assis, quand ils plongèrent tous les deux en même temps la main dans le pop-corn, David retira la sienne d'un coup brusque. Le geste semblait involontaire, une réaction instinctive quand on touche quelque chose de dangereux ou dégoûtant.

Elle le dégoûtait.

Enfin, ils traversaient le square de Storybook Court. Le film avait semblé interminable à David, alors que d'habitude il appréciait les films d'action sans prétention. Être assis à côté de Jane pendant deux heures lui avait semblé cruel. Il était tellement conscient de sa présence physique, de la chaleur de son corps quand son bras frôlait le sien, de l'odeur de son shampooing, de tout. Si son corps avait pris le dessus, il l'aurait ramenée à la maison et dans son lit avant la fin des publicités. Mais il ne supporterait pas l'angoisse qui par la suite lui vrillerait le cœur. Ce chagrin dévastateur qui l'envahirait, un chagrin brutal et toujours renouvelé.

— Waouh ! Helen et sa sœur sont encore ensemble, remarqua Jane.

Par la fenêtre du salon d'Helen, David aperçut les sœurs assises sur le canapé.

— Une histoire qui finit bien, commenta David en accompagnant Jane jusqu'à sa porte.

Elle l'ouvrit et entra, s'attendant visiblement à ce qu'il la suive.

— Je n'entre pas. Je suis sûr que Doggy a besoin de sortir.

— Il a une trappe. Il peut sortir quand il veut.

— Oui, mais il souffre un peu de l'angoisse de séparation, expliqua David.

Jane haussa les sourcils.

— Il y a à peine quatre heures que tu es parti.

Pourquoi ne pouvait-elle pas accepter le simple fait qu'il ne voulait pas entrer ?

— Oui mais, tu sais, je dois me lever très tôt pour aller bosser. On reste en contact, dit-il en s'en allant.

Chaque pas qui le rapprochait de chez lui dénouait un peu la tension qu'il ressentait. Une fois à la maison, il jouerait à la bagarre avec Doggy, lirait quelques pages de *L'Infinie Comédie* et quelques douzaines de notes de bas de page, puis il regarderait la télé jusqu'à ce qu'il s'endorme. C'est tout ce qu'il désirait. La routine. Sa vie comme avant.

Un bruit de pas empressés lui fit tourner la tête. C'était Jane qui se précipitait vers lui.

— Tu as bien dit « on reste en contact » ? demanda-t-elle.

Son visage était rouge et ses yeux lançaient des éclairs.

— Ouais, quelque chose comme ça.

— Je suppose que tu m'enverras une carte à Noël. C'est ce que tu voulais dire ?

— Jane, on s'est vu presque un jour sur deux depuis notre soirée au bar, répondit David. Et on était encore ensemble il y a trois minutes, parce que *je* t'ai proposé d'aller au cinéma. Pourquoi es-tu si en colère ?

Elle secoua la tête.

— Ne fais pas semblant de ne pas savoir. N'essaie pas de dire que je suis folle. On a couché ensemble la nuit dernière et aujourd'hui, tu agis comme si j'étais contagieuse et tu me dis qu'on *reste en contact* !

— Je t'ai dit que je n'étais pas prêt à m'embarquer dans une relation, et tu m'as répondu la même chose, rétorqua David, même s'il savait exactement ce qu'elle voulait dire.

Il ne désirait qu'une chose, rentrer chez lui.

— On a dit qu'on serait amis en couchant ensemble de temps en temps. C'est ce qu'on a fait hier soir. Et ce soir nous sommes sortis, comme des amis, ajouta-t-il.

Jane le fixa pendant ce qui lui sembla durer une longue minute – ce n'étaient qu'une poignée de secondes – puis elle tourna les talons.

— À plus ! On *reste en contact* ! lança-t-elle.

Il percevait la colère et la douleur dans sa voix. Il savait qu'il devrait l'appeler, tenter de s'expliquer. Mais il se savait incapable de sortir avec elle en tant qu'ami. La soirée le prouvait. Alors pourquoi ne pas tout arrêter maintenant ?

Mac observa Jane allongée sur son lit. Elle pleurait et il ne savait pas comment l'aider. Finalement, il alla s'allonger contre elle, aussi près que possible. Elle sanglotait toujours.

L'odeur qu'elle dégageait était encore pire que la solitude qu'il lui connaissait avant, l'odeur qui l'avait décidé à lui trouver un partenaire. Quelque chose avait déraillé. Il l'avait senti quand David était arrivé dans la soirée. Mais l'odeur de Jane avait empiré depuis tout à l'heure. Sa tristesse l'oppressait, il avait du mal à respirer.

Mac avait choisi David et Jane pleurait. Il avait échoué.

Il se redressa, sauta par terre, se faufila sous le lit et se roula en boule. Il resterait loin d'elle. Loin de tout le monde.

19

Quand Jane se réveilla le lendemain matin, elle passa trois secondes merveilleuses avant de se rappeler les événements de la soirée précédente. Elle tira la couverture sur sa tête et referma les yeux. Elle aurait voulu se rendormir, effacer le souvenir de David écartant sa main loin d'elle au cinéma, oublier le ton froid avec lequel il avait expliqué que son attitude correspondait en tout point à ce dont ils étaient convenus. Cependant ils s'étaient mis d'accord pour être des amis avec prérogatives et, hier, David avait réagi comme un étranger.

Elle s'efforçait de se rendormir mais son cerveau la bombardait de questions. *Pourquoi David agissait-il ainsi ? Qu'est-ce qui n'allait pas ? Quelque chose clochait-il chez elle ? Pourquoi avait-il réagi comme si elle le dégoûtait ? Pourquoi lui avoir proposé le cinéma quand il était évident qu'il ne voulait plus la voir ? Pourquoi ? Pourquoi ?*

Au bout de quelques minutes, elle abandonna. Elle ne se rendormirait jamais, assaillie par toutes ces pensées qui ricochaient dans son esprit. Elle se sentait lourde, elle avait froid mais elle se força à sortir du lit. Un café lui ferait sans doute du bien. Le café améliorait toujours un peu les choses.

Jane s'aperçut alors que la chambre était plus claire que d'habitude. Un coup d'œil au réveil lui apprit qu'il était 9 heures passées. Jamais Mac ne la laissait dormir aussi longtemps. Il voulait son petit-déjeuner à 7 h 30. Il devrait être en train de miauler comme un fou.

— Mac ?

Pas de réponse. Était-il sorti de nouveau ? Elle vérifia la moustiquaire qui entourait la véranda et celles des fenêtres. Pas de déchirures. Encore que cela ne prouvât rien. Elle le chercha dans toute la maison, sans résultat.

— Mac ?

Cette fois, elle mena une recherche plus approfondie : dans les placards, sous le canapé, dans les coins de la penderie. Elle finit par le découvrir, roulé en boule sous son lit.

— Que se passe-t-il, Mac-Mac ?

En tendant le bras, elle parvint à lui caresser le dos.

— Tu vas bien ?

Pas de réaction. Il ne bougea pas, ne miaula pas, ne ronronna pas.

— Qu'est-ce qui ne va pas, mon bébé ?

Il devait y avoir une raison. Mac n'avait jamais agi de cette façon. Il réclamait toujours bruyamment son petit-déjeuner ou son dîner si elle était en retard ne serait-ce que de quelques minutes. Son horloge interne était d'une prodigieuse exactitude.

Elle se précipita dans la cuisine, remplit un bol d'eau et un autre de nourriture, puis retourna dans la chambre et les déposa à côté du lit. L'odeur le tenterait peut-être. Il ne réagit pas. *Pas de panique*, se dit Jane. La respiration du chat semblait normale. Il n'avait pas vomi. Elle l'aurait vu. Elle vérifia aussi sa caisse : tout semblait normal. Elle décida d'attendre et de voir s'il se décidait à manger d'ici quelques heures. En attendant, elle allait chercher l'adresse d'un bon vétérinaire.

Normalement, elle aurait appelé David pour lui demander chez qui il emmenait Doggy. Elle pensait – elle était quasi certaine – que David prendrait son appel. Il lui répondrait avec ce ton poli et froid qu'il avait eu pour lui expliquer qu'ils étaient amis et qu'ils avaient dormi ensemble, juste comme ils en étaient convenus, et rien d'autre. Et il ajouterait qu'ils resteraient en contact. Elle se sentait incapable de supporter ça. Il fallait demander à Marie. Marie connaissait un million de gens.

Elle enfila un pantalon cargo et un T-shirt à manches longues.

— Je reviens tout de suite, Mac.

Elle vit Al qui tâtait la terre de son petit massif de fleurs.

— Connaissez-vous un bon véto dans le quartier ? lui demanda-t-elle.

— Demande à Marie, répondit-il en indiquant la maison de la tête.

Jane monta les marches et frappa à la porte. Marie écarquilla les yeux de surprise en la voyant.

— Tout va bien ?

C'est alors que Jane se souvint qu'elle ne s'était brossée ni les cheveux ni les dents et que du Rimmel avait sans doute coulé sur ses joues. Elle s'était retenue jusqu'à ce qu'elle se retrouve chez elle, mais, une fois la porte refermée, elle s'était mise à pleurer.

— Je vais bien, répondit Jane, en se frottant les joues.

Puis elle s'arrêta en réalisant qu'elle aggravait sans doute les choses.

— Mais je m'inquiète pour Mac. Connaissez-vous un bon véto près d'ici ?

— Qu'est-ce qu'il a ? s'inquiéta Marie, en plissant le front.

— Peut-être rien. Il est bizarre et il ne mange pas. Je voudrais une adresse au cas où ça empire.

— Pourquoi ne demandes-tu pas à David chez qui il emmène son chien ?

— Vous ne connaissez personne ? implora Jane.

— Vous êtes-vous disputés ? lança Helen, assise sur le canapé dans le salon.

Sa sœur était à côté d'elle. Jane ne les avait pas remarquées. Elle n'avait pas l'intention de parler de David avec les trois femmes, mais Marie demandait :

— As-tu rompu avec lui ?

— A-t-il rompu avec vous ? demandèrent les deux autres, en chœur.

— Non, nous n'avons… Non. Mais je ne crois pas que nous nous verrons aussi souvent, précisa Jane.

Il était inutile d'essayer de le leur cacher. Elles verraient bien qu'il ne venait plus.

Marie secoua la tête.

— Il ne peut pas oublier sa femme. Si vous avez des problèmes, c'est pour cette raison. Je vais te présenter…

— Nous pourrions vous faire rencontrer… dirent Helen et Nessie, interrompant Marie.

— Non ! cria Jane d'un ton horrifié.

Les trois femmes se turent et la dévisagèrent, interloquées.

— Non, répéta-t-elle plus doucement. Plus de rendez-vous arrangés, par personne. Je suis sérieuse. Si vous essayez encore, je m'en irai.

Jane prit une grande inspiration.

— Tout ce que je demande, c'est le numéro d'un véto fiable. C'est tout.

— Je vais te donner le numéro de la clinique vétérinaire Gower. Dezzy y amenait sa petite Pom, dit Marie avec une gentillesse nouvelle.

— Merci, répondit Jane en essayant de sourire aux jumelles, en attendant le retour de Marie.

— C'est ma sœur Nessie, lui dit Helen.

— J'avais deviné, dit Jane.

Elle se demanda si elle devait les féliciter de s'être réconciliées après toutes ces années, ou si ce serait impoli d'évoquer leur dispute. Helen ne lui en avait jamais parlé.

— Nous ne nous sommes pas parlé… commença Nessie.

—… depuis cinquante-huit ans, termina Helen. N'est-ce pas…

—… ridicule ? conclut Nessie.

Finissant chacune la phrase de l'autre, les deux sœurs racontèrent leur histoire. Une poupée appartenant à Nessie était apparue dans la véranda d'Helen et, une fois qu'elle l'avait rendue, une poupée d'Helen était arrivée sur le paillasson de Nessie. Elles s'étaient accusées l'une l'autre de vol et s'étaient mises à évoquer la foire où les poupées avaient été achetées – depuis, elles ne s'étaient pratiquement pas arrêtées de parler.

— En prenant tout de même le temps… dit Helen.

—… de dormir et d'aller aux toilettes, compléta Nessie.

— C'est merveilleux !

Jane était heureuse pour elles. C'était une belle histoire. Mais elle ne ressentait pas vraiment le bonheur, enfoui sous sa peine de voir David la repousser et son inquiétude pour Mac.

Les jumelles bavardaient, partageant leurs souvenirs d'avant leur querelle, avant le divorce de leurs parents qui les avaient séparées. Jane faisait semblant d'écouter, en attendant Marie.

Enfin, celle-ci reparut, portant un bout de papier.

— J'ai mis un peu de temps à le retrouver. Al a encore fouillé dans mes affaires. Je lui répète de me demander quand il cherche quelque chose mais il n'écoute pas. J'espère que Mac ira mieux, dit-elle en donnant le numéro du véto à Jane.

— Merci beaucoup. Je retourne le voir.

Les femmes n'attendirent pas son départ pour parler d'elle. En refermant la porte, Jane entendit Marie dire :

— Je savais que David n'était pas le bon...

Entendre prononcer son nom provoqua une étincelle de douleur. Elle l'ignora, du moins essaya-t-elle. Elle devait se concentrer sur Mac.

Elle le retrouva où elle l'avait laissé, dans la même position, exactement au même endroit, sous le lit. Il ne semblait pas avoir touché à la nourriture. Elle décida de lui laisser encore quelques heures avant d'appeler le véto.

Jane ôta ses chaussures puis se glissa au lit tout habillée. Elle voulait demeurer dans la même pièce que Mac et, si elle dormait un peu, ce serait aussi bien.

Deux jours après la rupture, David se retrouva chez Adam. Il savait qu'il ne devrait pas parler de rupture pour ce qui s'était passé avec Jane, puisqu'ils n'étaient pas officiellement ensemble, mais c'est ainsi qu'il le ressentait.

Il n'avait pas voulu venir, mais comme Lucy allait à son groupe de lecture, cela signifiait pizza pour Adam, les filles et lui. Les enfants s'attendaient à le voir, tout comme Adam. Ce soir-là, Maya et Katy étaient enfin couchées. Il est difficile, quand on se sent misérable, de jouer à l'oncle marrant – elles l'appelaient toutes les deux « oncle David », alors qu'il était le parrain de Maya, sans aucun lien familial.

— Tu n'as pas l'air dans ton assiette, commenta Adam. As-tu attrapé le truc de Jane ?

David mit un instant à se rappeler qu'il avait prétendu que Jane était malade pour annuler le dîner à quatre. Il y avait un siècle de ça, lui semblait-il. C'était l'époque où il était tout heureux de voir Jane. Maintenant, chaque fois qu'il pensait à elle, il se dégoûtait.

— Oui, peut-être.

Adam venait de lui fournir le prétexte idéal pour décamper, il fallait en profiter.

— J'espère que tu ne l'as pas transmis aux filles, prévint Adam. Quand l'une tombe malade, toute la famille l'attrape et on se le repasse plusieurs fois.

David se passa la main dans les cheveux. Il ferait peut-être mieux de tout raconter. Cela l'aiderait de parler à cœur ouvert avec Adam.

— Ne t'inquiète pas. Je ne suis pas malade. Je suis perturbé. J'ai rompu avec Jane.

Adam avala une longue gorgée de bière.

— Inattendu. Qu'est-ce qui s'est passé ?

Avant que David ait eu le temps de répondre, la porte d'entrée s'ouvrit et Lucy entra dans le salon.

— Comment vont les filles ? demanda-t-elle.

— Très bien. Elles dorment. Mais David n'est pas au top. Il vient de m'annoncer qu'il a rompu avec Jane.

Lucy se laissa tomber dans le canapé à côté d'Adam.

— Que s'est-il passé ?

— C'est la question que je viens de poser. Tu veux une bière avant qu'il nous raconte cette triste histoire ?

Lucy lui donna une tape sur le bras.

— Ne parle pas comme ça.

— Ça va, dit David.

— Non, ça ne va pas, insista Lucy.

— Attends. Veux-tu une bière avant que David nous narre ce qui a avorté dans leur relation ? demanda Adam.

— C'est mieux. Non merci. Grace avait préparé de la sangria, continua Lucy en enlevant ses chaussures.

— Ce qui veut dire qu'elle est pompette, expliqua Adam à David. Tu sais qu'elle adore la sangria.

Lucy donna une nouvelle tape sur le bras de son mari.

— Je ne suis pas pompette. Je suis juste un peu gaie. Que s'est-il passé ? répéta-t-elle en se tournant vers David.

David comprit qu'il ne pouvait pas répondre sans admettre qu'il leur avait menti.

— Nous n'avons jamais été vraiment ensemble. On faisait semblant parce que ses voisins essayaient de la caser et qu'elle n'en avait pas envie. Et, tous les deux, vous me tanniez avec partenaires.com, et je désirais souffler un peu.

— Quel menteur ! s'écria Lucy.

Elle avait l'air, effectivement, un peu saoule.

— Je ne comprends pas. Si vous n'étiez pas ensemble, pourquoi as-tu l'air aussi affecté par la rupture ? demanda Adam.

David gémit.

— J'ai tout foiré. Je crois que je l'ai vraiment blessée et je me sens horriblement mal.

— Qu'as-tu fait ? demanda Lucy en pointant sur lui un doigt accusateur.

— Tout se passait bien. On s'amusait bien, on avait de bonnes conversations. On était contents tous les deux. Puis on a décidé de coucher ensemble.

— Cela se comprend. Vous vous aimez bien. Vous passez beaucoup de temps ensemble. Elle est jolie, d'après ce que tu nous as dit. Alors coucher ensemble, c'est logique, remarqua Adam.

— C'était comment ? s'enquit Lucy.

Elle était vraiment pompette. Sobre, elle aurait eu envie de le savoir mais n'aurait jamais été aussi directe.

— Des détails, insista Adam.

— Pas de détails. C'était génial. C'est tout ce que je dirai, répondit David.

— Je ne comprends rien, dit Lucy en buvant une gorgée de la bière d'Adam. Tu l'aimes bien. Tu t'amuses bien avec elle. Tu t'amuses bien avec elle, répéta-t-elle. Et tu as dit quoi d'autre ?

Elle se concentra un instant.

— Tu parles. Le sexe est formidable. Je comprends rien.

— C'est déroutant, même quand on n'a pas trop bu, confirma Adam en reprenant sa bière.

— J'ai eu une crise d'angoisse. Je ne peux pas appeler ça autrement, reconnut David. J'ai connu un gars qui est allé aux urgences parce qu'il croyait faire une crise cardiaque. En fait, c'était une crise d'angoisse. Je trouvais difficile de croire qu'une émotion peut faire sentir aussi mal. Mais c'est bien réel. J'ai dû sortir de là. Je suis parti au milieu de la nuit.

— Sans rien dire ? s'étonna Adam.

— J'ai laissé un mot de tocard. Je ne pouvais rien faire d'autre. J'avais l'impression que mon cœur allait exploser.

Lucy se redressa et se frotta le visage comme pour essayer de se dessoûler.

— Tu n'as connu personne depuis Clarissa. C'est compréhensible. Explique-lui ce qui s'est passé, conseilla Adam.

Lucy acquiesça d'un signe de tête.

— Dis-lui ce qui est arrivé.

— On s'est disputés. Il est clair qu'elle ne veut plus jamais me revoir. Je crois que je vais juste laisser couler. Après tout, on ne se connaît pas depuis très longtemps. Et je ne veux plus essayer. Je ne suis pas prêt, c'est évident.

— Ça, c'est digne d'un dégonflé, et tu n'en es pas un, dit Lucy.

Même ivre, elle gardait un vocabulaire convenable.

— Tu es un grand garçon. Conduis-toi comme tel.

— Tu te sentiras mieux quand tu l'auras fait, ajouta Adam.

— Il y a trois jours, expliqua Jane à Ruby.

Elles étaient assises au pied du lit et considéraient Mac toujours couché en dessous.

— La véto a dit que tout allait bien. Elle l'a nourri par intraveineuse, c'est tout ce qu'elle pouvait faire.

Ruby passa la main sur l'épaule de son amie.

— Je suis désolée. Mais au moins, physiquement, il va bien. Et tu peux lui donner encore du liquide s'il est toujours… comme ça, demain.

— Je ne comprends pas pourquoi.

Jane sentit les larmes lui monter aux yeux.

— Les animaux sont sensibles. Crois-tu qu'il est perturbé parce que tu l'es aussi ? demande Ruby.

— Je ne devrais pas me sentir perturbée. Je ne dois pas, répondit Jane. David m'a envoyé un mail d'explication. Il est normal qu'il ait réagi comme ça. Nous n'aurions pas dû coucher ensemble. Il pense qu'il n'était pas prêt. Nous nous sommes laissé emporter. Ce n'est la faute de personne. Et maintenant, retour à la case départ. J'ai le temps de travailler mes photos sans être distraite par une relation. J'ai même reçu un commentaire d'un éditeur qui me demande combien de photos j'envisage de publier dans cette série. Il appelle ça une « série ».

— C'est génial ! Mais cela ne signifie pas que le fait que David soit sorti de ta vie n'est pas douloureux. Je sais que vous n'étiez pas ensemble pendant…

— Nous n'étions pas ensemble, la coupa Jane.

— OK, mais vous passiez du temps ensemble. Vous vous aimiez bien. Et maintenant, il te manque.

Jane essuya ses larmes d'un geste rageur. Elle se pencha davantage pour bien voir son chat.

— MacGyver, si tu es contrarié parce que je le suis, arrête. Je vais bien.

Mensonge. Elle aurait aimé se rouler en boule sous le lit auprès de Mac et ne plus ressortir. Ruby avait raison. David lui manquait. Non, le mot était faible. Elle se languissait de lui, elle le désirait, elle le pleurait, et elle ne pouvait le ravoir. Elle s'étonnait de nourrir des sentiments si forts après si peu de temps, mais, depuis le début, elle avait eu l'impression de le connaître depuis toujours.

Elle devait surmonter cette peine. Elle y parviendrait. Tout ça n'allait pas gâcher le reste de son année. Elle n'allait pas gaspiller le cadeau de sa mère.

Elle s'éclaircit la gorge.

— Tu es mon gentil Mac-Mac. Pour aller bien, j'ai juste besoin que tu sois OK.

Mac ouvrit les yeux, empli d'une nouvelle détermination. Il avait compris. Il ne s'était pas trompé sur David. Il était *bien* le partenaire pour Jane. Mac savait quand Jane était heureuse, et elle avait été heureuse avec lui. David aussi avait été heureux avec elle. Le nez de Mac ne se trompait jamais. Ces deux-là avaient mis la pagaille. Ou bien était-ce la faute du crétin ? Mais il allait tout arranger. Il ne pouvait rester éternellement sous le lit, ni laisser tomber sa maîtresse. Elle avait besoin de lui et il l'aimait.

Il sortit dans le flot de lumière qui entrait par la fenêtre, puis lapa un peu d'eau, dans le bol que Jane avait déposé pour lui. Le bol de nourriture était vide. Il miaula bruyamment. Il avait faim. Il devait se nourrir pour poursuivre sa mission.

— Oh ! Mac, tu es sorti ! s'écria Jane en arrivant dans la chambre.

Elle le souleva doucement et le pressa sur sa poitrine. Il se laissa câliner quelques minutes puis miaula de nouveau. Il voulait manger !

— Manger ! Tu veux manger !

Jane le porta dans la cuisine, le déposa par terre et ouvrit une boîte.

Mac ronronnait si fort qu'il sentait sa fourrure vibrer. L'estomac plein de sardinettes, il pourrait tout réussir !

20

Jane ouvrit lentement la porte d'entrée et regarda par terre. Une chaussette à motifs s'étalait sur le paillasson, à côté d'un exemplaire de *L'Infinie Comédie*, une casquette de base-ball d'Oakland Athletics et le Proton Pack des *Ghostbusters*.

Depuis une semaine, un objet appartenant à David apparaissait tous les jours devant sa porte. D'autres gens recevaient aussi des choses diverses, qui s'étalaient une à une sur le bord de la fontaine. Hud en devenait fou.

— Mac, il faut que ça cesse. Je sais que tu aimes bien David. Je l'aime bien aussi. Mais cela ne peut pas marcher.

Mac ne daigna même pas répondre par un miaulement : « Euh, euh ». Il était trop occupé à jouer avec Mimi-Souris. Il s'était montré joueur comme un chaton depuis qu'il était sorti de sous le lit. Et il avait recommencé à jouer les cambrioleurs. Elle en était sûre, même si elle ne l'avait toujours pas surpris en flagrant délit d'escapade. Il n'y avait plus eu de vols le temps où il avait été prostré, mais, dès qu'il s'était remis – *toc*.

Jane envoya un texto à David : *Tu es là ? J'ai des trucs à toi, y compris le Proton Pack. Je ne le laisserai à la fontaine que quand je saurai que tu viens. Je sais qu'il est important pour toi.*

Elle se rappelait l'histoire de Clarissa qui avait remplacé le Proton Pack qu'avait cassé son frère quand ils étaient enfants.

J'arrive. Merci. J'ai des choses à déposer, moi aussi, répondit David.

Jane prépara un sac, écrivit le nom de David dessus et le déposa à la fontaine. Hud discutait avec un voisin et Jane fut contente de ne pas avoir à lui parler. Elle retourna chez elle en vitesse. Elle n'était pas prête pour un face-à-face avec David et, visiblement, il pensait la même chose.

Elle s'installa dans la cuisine devant son ordinateur portable. Le propriétaire du Muséum de technologie jurassique l'avait laissée le photographier et elle expérimentait différents effets pour trouver celui qui refléterait le mieux sa personnalité. Mac sauta de la chaise de cuisine avec un soupir d'ennui et sortit sans s'occuper d'elle. Cela n'ennuyait pas Jane de le voir bouder. Elle préférait le voir circuler. Il était encore un peu mince, mais toutes les sardines lui avaient presque fait regagner son poids de forme. Elle avait vraiment eu peur de le perdre.

En écoutant la respiration de Jane, Mac savait qu'elle faisait semblant de dormir. Il sut quand elle cessa de faire semblant. Alors, il courut jusqu'à la cheminée et s'introduisit dans le conduit. Une fois à l'air libre, il s'assit sur le toit, incertain de la suite. Jusqu'à présent, il avait échoué.

Jane et David prenaient ses cadeaux et les déposaient à la fontaine. Il commençait à croire qu'ils étaient aussi crétins que le crétin. Si lui savait qu'ils devraient être partenaires, pourquoi, eux, ne le savaient-ils pas ?

Attends, le crétin... David adorait le crétin. Mac ne comprenait pas pourquoi. Tout ce que le chien faisait, c'était baver, aboyer et uriner sur toute chose. Mais David l'aimait de la même façon que Jane aimait Mac. Doggy était le collègue de meute de David. Ce qui signifiait que, pour David, il était plus important que tout.

Maintenant, Mac savait quoi faire. Il bondit du toit sur les buissons, et arrivé au sol il courut vers la maison de David. Il avait de la chance, le crétin était dans la cour. Mac ouvrit grand la porte. Il allait s'amuser. Il courut vers Doggy et lui administra – *paf, paf, paf* – trois coups de patte sur la queue. Le crétin fit volte-face et aboya. Mac s'enfuit, comme s'il avait peur du gros balourd.

Il s'élança vers sa maison, mais pas trop vite : il voulait que le crétin le suive. En arrivant dans la cour, il miaula aussi fort que possible. Ce qui fit aboyer le chien. Et Jane accourut.

— Mac ! Doggy ! cria-t-elle. Mac, viens ici ! Sardines ! Doggy, friandise !

Mac ne se fit pas prier et se rua à l'intérieur, Doggy sur ses talons. Mac se précipita dans sa cachette sous le lit. Il craignit d'avoir un peu trop énervé le clébard. Il s'imaginait peut-être que Mac était la friandise en question ! Jane ferma la porte de la chambre et il l'entendit réprimander le chien.

Mac avait fait son possible. Maintenant, il fallait attendre et voir si cela fonctionnait. Sinon, il devrait inventer autre chose. Il n'abandonnerait pas.

David crut entendre la sonnerie de son réveil puis il comprit que c'était son portable. Il regarda l'heure. Une heure passée. Il saisit le téléphone : c'était Jane. Il hésita une seconde puis prit l'appel.

— J'ai ton chien, dit-elle.

— Quoi ?

— Je l'ai entendu aboyer devant chez moi, alors je l'ai fait entrer, expliqua-t-elle.

— Le portail était fermé.

— Eh bien, je ne sais pas comment il est sorti, mais il est ici, confirma Jane d'un ton sec.

— Bon, j'arrive.

David raccrocha et s'habilla. Il enfila des baskets sans mettre de chaussettes. Il remarqua qu'un vent léger faisait branler le portail. Il faisait toujours très attention à fermer le loquet. Mais, ces derniers temps, il était distrait. Il ratait des recettes. Il avait même laissé brûler deux douzaines de cupcakes.

Il commençait à se sentir oppressé en se rendant chez Jane. Il n'avait besoin de la voir qu'une minute. Aucune raison de s'angoisser. En toquant à sa porte, il avait de la peine à respirer. Ses côtes lui semblaient un étau enserrant ses poumons.

— On dirait que Doggy se met à imiter Mac. Ils étaient tous les deux dehors et…

Jane s'interrompit et regarda David fixement.

— Ça va bien ?

— Ouais, à moitié endormi, dit David, d'une voix essoufflée.

Il devait rentrer chez lui. Tout irait bien s'il rentrait chez lui. Doggy se précipita sur lui. David réussit à s'appuyer contre le chambranle avant que le chien se jette sur lui.

— Arrête, Doggy.

Il avait oublié la laisse, mais le chien allait le suivre jusqu'à la maison. Il se tourna pour partir. Jane l'attrapa par le bras, le fit entrer et ferma la porte.

— David, tu es en hyperventilation, dit-elle en parlant lentement, d'une voix ferme. Retiens ton souffle, d'accord ?

David secoua la tête.

— Je n'ai plus d'air.

— Tu respires trop vite, trop fort, expliqua-t-elle sans lâcher son bras. Tu avales trop d'air. Retiens ton souffle, et ça ira mieux. Je le fais avec toi.

Elle inspira et le regarda dans les yeux. Il réussit à retenir son souffle, même si son rythme cardiaque s'accélérait, le battement grondant dans ses oreilles.

— C'est bon, finit-elle par dire. Prends une respiration normale, pas une grande inspiration.

Doggy gémit et frotta sa patte sur la jambe de son maître.

— OK, mon gars, ça va.

David inspira en tapotant la tête du chien.

— Ça va mieux ? demanda Jane.

— Oui.

— Crise d'angoisse ?

— Ouais.

— Viens t'asseoir une minute. À moins que cela fasse empirer les choses ?

Maintenant qu'il était plus calme, il ne ressentait plus l'urgence de rentrer chez lui. Ses jambes étaient toutes molles et il se sentait épuisé. Il laissa Jane le conduire jusqu'au canapé.

— Je t'apporte un verre d'eau.

Doggy sauta à côté de lui sur le canapé et Mac grimpa sur le dossier. Le chat lui donna un coup de tête.

— Je vais bien, les amis.

Les battements de son cœur ralentissaient.

— Voici pour toi, dit Jane en lui tendant un verre d'eau.

Elle s'assit sur une chaise face à lui. David saisit le verre d'une main tremblante et réussit à boire un peu.

— Désolé, j'ai besoin de quelques minutes et puis…

— Ne sois pas idiot, rétorqua-t-elle.

Il appuya sa tête sur le dossier et se concentra pour reprendre des forces. Quand il se sentit prêt, il ouvrit les yeux et vit Jane qui le regardait, l'air inquiet.

— C'est comme ça que tu t'es senti cette nuit-là ?

— À peu près, reconnut David.

— J'aurais préféré que tu me réveilles. Mais je suppose que cela aurait été pire.

— Probablement. Je vais consulter. Un thérapeute. Lucy me tanne pour que j'y aille.

Après s'être maintes fois excusée de l'avoir poussé à s'inscrire sur le site de rencontres, et d'avoir été ivre quand il avait raconté ce qui s'était passé après sa soirée avec Jane.

Jane hocha la tête mais ne souffla mot. Elle ne savait sans doute pas quoi dire. Quelle était la parole juste quand quelqu'un annonçait qu'il allait suivre une thérapie ? Il avait encore du mal à croire qu'il en avait besoin. Il avait toujours pensé que c'était très bien pour les autres, et que lui était assez futé pour régler ses problèmes tout seul. Mais il était clair que non.

— Je ne veux plus avoir de crise d'angoisse chaque fois qu'une femme commence à me plaire, poursuivit-il.

Jane ne disait toujours rien.

— Et toi, tu me plais.

Jane restait muette, mais elle écarquilla les yeux.

— Je crois que nous étions en train de devenir très proches, pas seulement sur le plan sexuel, et ça, ça m'a achevé.

Il étouffa un rire.

— On dirait que je commence ma thérapie.

Mac sauta sur ses genoux. Il n'était qu'à quelques centimètres de Doggy, mais ils ne se regardaient pas. Ils étaient simplement pressés tous deux contre David.

— En tout cas, tu commences une zoothérapie ! Il est vraiment tard. Tu ne veux pas rester ici ce soir ? Je veux dire, ici sur le canapé ?

— Oui, merci.

— Je vais te chercher une couverture et un oreiller, ajouta-t-elle en disparaissant dans sa chambre.

David se sentait éreinté, mais n'avait plus la sensation d'étouffer, ni que son cœur allait exploser. Il ôta ses chaussures, s'étira, Mac sur son ventre et Doggy en boule à ses pieds. Il fut vaguement conscient que Jane déposait une couverture sur lui. Il ferma les yeux et s'enfonça presque aussitôt dans le sommeil.

Jane regarda l'heure. Il était presque 10 heures et David dormait toujours. Elle avait appelé son patron à la pâtisserie pour le prévenir que David était malade. Elle espérait qu'il ne lui en voudrait pas. Il semblait avoir vraiment besoin de repos.

Quand, dans son mail, il lui avait écrit qu'il avait subi une crise d'angoisse, elle n'avait compris qu'intellectuellement. L'épisode de la veille lui avait permis de comprendre viscéralement pourquoi il s'était enfui. Il avait dû penser qu'il allait mourir. Il avait été courageux de lui proposer d'aller au cinéma le lendemain. Il devait savoir qu'il risquait une nouvelle crise d'angoisse. Et elle avait peut-être été imminente. Ce qui expliquait qu'il ait brusquement enlevé sa main, au cinéma.

Mac miaula, ce qui la ramena au présent. Il était assis sur l'appui de la fenêtre du salon et observait le square.

— Chuttt ! fit Jane en s'approchant.

Mac miaula de nouveau. David dormait toujours, Doggy à ses pieds, qui le surveillait.

— Que se passe-t-il ? demanda-t-elle à son chat.

Mac se mit à griffer la moustiquaire. Jane lui donna une tape sur les pattes. Elle regarda dehors pour comprendre ce qui l'avait énervé. Elle s'attendait à voir un écureuil ou un chat, mais il n'y avait que Sheila, la factrice, qui traversait le square et Hud, à sa place habituelle près de la fontaine.

— Il n'y a rien dehors, dit-elle à Mac.

Il sauta sur le sol, courut jusqu'à la porte et miaula comme pour sortir. Comme si elle allait ouvrir la porte et le laisser aller dehors. Il fit quelques allers et retours puis se précipita à travers le salon et disparut par la cheminée !

Jane courut dehors et surveilla le toit. Allait-il ressortir là-haut ? Ou bien rester coincé ? Non, il était là – trottinant sur le toit, sautant au creux des buissons puis se dirigeant vers Sheila. Avant qu'elle ait eu le temps de l'appeler, il s'élança et réussit à détacher un des porte-clés qui pendaient du sac de courrier. Puis, sans une seconde d'hésitation, il courut vers Hud et déposa le porte-clés à ses pieds.

— Je ne lui ai rien demandé ! s'exclama Jane en levant les mains, comme Hud la regardait fixement.

Hud se pencha pour ramasser le porte-clés.

— Laissez-moi faire ! cria Sheila en accourant près de lui.

Il fut plus rapide et examina le poisson argenté qui se balançait au bout.

— Toute l'équipe en a reçu un comme celui-ci, quand le pilote de *Prise du jour* a été choisi. Ils ont été fabriqués spécialement.

— Je l'ai acheté sur eBay, reconnut-elle, en rougissant.

La rougeur envahit son cou. Et ses oreilles jusqu'à la pointe.

— Vous êtes fan ? demanda Hud, d'une voix pleine d'allégresse.

— J'ai regardé chaque épisode un million de fois, reconnut Sheila, les yeux vers le sol.

Elle l'aime, comprit Jane. *Sheila aime Hud. Voilà pourquoi elle connaissait tous ses rôles, même en* guest star, *et pas les réponses sur la télé, lors du quiz, l'autre soir au pub.*

— Lequel préférez-vous ? s'enquit Hud en lui relevant le menton de sorte qu'elle le regarde.

Jane se sentit soudain de trop. Elle prit Mac dans ses bras sans qu'il proteste et retourna chez elle. David était assis et chaussait ses baskets.

— Je dois aller travailler.

Elle secoua la tête.

— J'ai appelé pour te porter pâle. J'espère que j'ai bien fait.

— Merci.

Jane ne savait pas quoi dire, maintenant qu'il n'était plus en crise.

— Oh ! Hud va devoir reconnaître que Mac est responsable des vols de Storybook Court. Il a été témoin d'un vol qui s'est déroulé sous ses yeux. Et je n'étais pas là à lui lancer un signal ou le récompenser de sardines. Et je sais aussi par où il sort, ajouta-t-elle, en montrant la cheminée.

David jeta un regard à MacGyver.

— Impressionnant.

Jane se tourna vers le chat.

— Ce n'est pas le mot que j'emploierais.

David se dressa.

— Aimerais-tu manger quelque chose ?

— Je… ne sais pas, répondit Jane. Je ne suis pas sûre de pouvoir redevenir ton amie, dans l'immédiat. Je sais que j'étais complètement conquise par l'idée de l'amitié avec prérogatives, mais je me trompais. Nous étions trop bons en faux couple. Cela m'avait l'air trop vrai.

David hocha la tête.

— À moi aussi. Je ne veux pas être un ami avec prérogatives. Je veux être un ami, avec la possibilité de passer au niveau supérieur – pour de vrai – une fois que j'aurai les idées à l'endroit.

— Oh ! euh… ben…

Jane ne s'était pas attendue à ça. Mais c'est exactement ce qu'elle souhaitait. Même si cela arrivait pendant son « Année à Moi ». Ce n'étaient pas les hommes qui avaient interféré avec ses rêves. C'étaient les hommes particuliers, avec lesquels elle avait entretenu une relation par le passé. Et aussi, la façon dont elle se mettait sens dessus dessous pour leur plaire. Elle ne l'avait pas fait avec David parce qu'ils avaient commencé par être amis. Et parce qu'il ne l'aurait jamais souhaité. Elle le regarda un long moment puis hocha la tête :

— J'avais envie de tester les gaufres chez Roscoe's Chicken and Waffles.

— Encore un endroit à L.A. où j'ai toujours eu envie d'aller, dit David.

Mac se mit à ronronner.

Un an plus tard

La sonnette tinta et Jane se précipita pour ouvrir.

— Joyeux emménagement ensemble ! s'écria Lucy en lui tendant un paillasson portant l'inscription « Ici les animaux sont bienvenus ».

Jane la serra dans ses bras. Avoir pour amis Adam et Lucy avait été un atout décisif dans sa relation avec David.

— Je le mets tout de suite devant la porte. Va dans la cour derrière. David prépare le barbecue.

Elle venait à peine de poser le nouveau paillasson quand Ruby, Riley, Addison et leur mère – et, bien sûr, Zachary – arrivèrent dans l'allée. Zachary et Addison ne se quittaient pratiquement plus. Ils sortaient ensemble depuis un peu plus d'un an et écrivaient ensemble un roman graphique. Ils ne s'étaient pas séparés une seule fois.

Doggy arriva à fond de train vers la porte que Jane réussit à fermer à temps pour l'empêcher de renverser ses invités.

— Tu es toute belle ! complimenta-t-elle Riley, en s'agenouillant pour admirer le costume fuchsia de cow-girl que Ruby lui fabriquait depuis des mois.

— C'est vrai !

Riley tourna sur elle-même et tout le monde rit.

— Attention ! J'ouvre la porte ! Vous allez tous être doggyfiés, prévint Jane en faisant entrer tout le monde dans la maison.

Le chien se jeta sur eux et prodigua ses coups de langue avec enthousiasme.

— Il embrasse mieux que toi, Zachary, plaisanta Addison sur un ton léger et affectueux.

— Plus de langue. OK. J'ai compris.

— Je n'ai rien entendu, commenta la mère d'Addison.

Ruby passa le bras autour de la taille de Jane en se dirigeant vers l'arrière de la maison.

— Je suis tellement heureuse pour toi ! J'ai su dès le début que David et toi étiez faits l'un pour l'autre.

— Marie et Helen essaient chacune de s'attribuer le mérite de notre rencontre. Elles sont en train d'en discuter en ce moment. Nessie tente d'arbitrer. Elles ont complètement oublié le filleul et le dentiste. Elles s'attribuent aussi le mérite de l'histoire d'amour entre Hud et Sheila, alors que tout le mérite en revient à Mac.

— Oui, eux deux, c'est grâce à Mac. Mais je comprends le point de vue d'Helen sur David et toi, répondit Ruby.

Jane ouvrit de grands yeux.

— Eh bien, le filleul t'a poussé à aller dans ce bar où tu as pris un verre avec David, expliqua Ruby. Alors, je pense qu'Helen a un petit peu de mérite. Mais ne dis pas à Marie que je l'ai dit.

Jane l'entraîna vers la cuisine.

— Je veux te montrer quelque chose. Tu l'aurais vu bientôt de toute façon, mais je ne peux pas attendre.

Elle ouvrit le couvercle d'une grande boîte à gâteaux.

— C'est David qui me l'a préparé.

Le gâteau, fourré à la confiture, était la réplique parfaite de la couverture du livre de Jane.

— Tu te rends compte, mes photos vont être publiées !

— Non, pas vraiment. Je ne pensais pas qu'il te serait possible de sortir un livre, avec à tes côtés un type aussi collant, en tel manque d'affection et aussi tatillon que David.

— Très drôle… Allons rejoindre les autres, proposa Jane. Pas toi, Mac, tu es un chat d'intérieur. Et la cheminée est fermée.

Mac fixa la jeune Riley jusqu'à ce qu'elle ouvre la porte de verre menant à la cour. Qui avait besoin d'une cheminée ? Il y a bien d'autres manières de sortir d'une maison, quand on s'appelle MacGyver.

Il s'approcha du gril, humant la délicieuse odeur de viande qui cuisait et le parfum de gens heureux, en particulier Jane et David. Le bout de sa queue s'agita. Il avait bien travaillé. Il inspira en donnant un coup de langue pour mieux explorer l'air. Il y avait des gens qui avaient besoin de lui. Il suivrait des traces ce soir.

Il sauta sur la table placée à côté du gril, où était posée une assiette de hamburgers grillés. Il miaula et Doggy trottina vers lui. D'un coup de patte, Mac lui expédia un hamburger. Il pourrait avoir besoin de muscle pour une de ses missions. Le crétin y pourvoirait. Mac avait assez de matière grise pour deux.

CHEZ LE MÊME ÉDITEUR

Sam Gasson

LE CHAT QUI A TOUT VU

Bruno, 11 ans, rêve de devenir détective privé, comme son père. Des sujets d'investigation, il en voit partout autour de lui !

Lorsque la mère de son ami Dean est retrouvée assassinée, baignant dans une mare de sang, Bruno est bien décidé à mettre la main sur le coupable.

Son arme secrète ? Sa chatte Mildred, seule témoin du crime, qui dispose d'une caméra miniature sur son collier...

Tout semble accuser le père de Dean, un homme violent et jaloux, mais le voisinage de ce quartier *a priori* sans histoires cache quelques secrets inavouables... qui ne sauraient échapper à l'œil perçant d'un chat !

« Comment ne pas tomber sous le charme
de Mildred, cette chatte détective ?
Et de Bruno, son jeune maître,
aussi opiniâtre que déterminé à faire éclater la vérité. »
Weltbild. de

ISBN 978-2-8098-2351-6 / H 39-9454-3-1801 / 320 pages / 21 euros

Kwong Kuen Shan

LES QUATRE SAISONS DU CHAT

Le Tao signifie le Chemin, le sens que prend notre voyage, de son commencement à sa fin. C'est notre quête de vérité, notre capacité à vivre en harmonie avec les êtres vivants qui nous entourent, notre volonté d'apprécier toute chose de notre quotidien. Il s'agit d'être naturel, simple, et de discerner avec sagesse ce qui est important de ce qui est superficiel.
Or, qui mieux que le chat pour incarner le Tao ? Les chats savent ce qui est essentiel et ignorent toute règle qui entraverait leur liberté. Ils ne possèdent rien, se contentent de ce que la nature leur offre et ne vivent que pour l'instant présent. Indépendance, nonchalance et fierté : tels sont les maîtres mots du Tao de nos amis les chats.
Kwong Kuen Shan aime à s'entourer d'eux, et à les dessiner dans des aquarelles aux lignes douces et épurées, agrémentées de sceaux chinois et associées à des maximes issues de la philosophie du Tao. Une invitation à la méditation en compagnie de nos amis les chats.

Sagesse des citations, beauté des illustrations. À offrir et à s'offrir.

Kwong Kuen Shan est née à Hong Kong, où elle a étudié l'anglais et le chinois classique avant de s'initier à la peinture traditionnelle chinoise. Après plusieurs années passées à Londres, elle vit à Abergavenny, village du Pays de Galles, où elle se consacre à son art. Elle est l'auteur de trois recueils, Le Chat philosophe *(2008),* Le Chat zen *(2010) et* Le Chat à l'orchidée *(2015), traduits dans huit pays, et du récit illustré* Le Chat qui m'aimait *(2017).*

ISBN 978-2-8098-2508-4 / H 56-4767-8 / 96 pages / 18,50 euros

Kwong Kuen Shan

LE CHAT QUI M'AIMAIT

Contrairement à ses ouvrages précédents – recueils d'aquarelles et de maximes orientales –, Kwong Kuen Shan nous livre ici une histoire surprenante mais vraie : la sienne !
Dans ce récit illustré d'aquarelles originales et de dessins in texte, elle raconte comment, souffrant d'une phobie des chats, elle rencontra un félidé obstiné. Kuen Shan vit alors depuis peu au Pays de Galles, dont son mari est natif. À cette époque, elle se sent isolée et malheureuse dans la campagne galloise. Son seul compagnon ? Le chat de leurs voisins, qui viennent de déménager. Sauf que Healey – le chat – vient de faire le chemin inverse pour retrouver la colline galloise où il a grandi. Et que fait Healey ? Il se met en tête d'apprivoiser Kuen Shan.
Peu à peu, celle qui avait une peur panique des chats ne peut plus vivre sans eux. Healey est-il un sage chinois déguisé en chat ?

ISBN 978-2-8098-2321-9 / H 13-0359-8 / 224 pages / 19,95 euros

Kwong Kuen Shan

LE CHAT PHILOSOPHE

Qu'ils soient joueurs ou hautains, contemplatifs ou curieux, qu'ils ronronnent de plaisir ou aient le poil hérissé, qu'ils soient assoupis ou prêts à bondir sur leur proie, les chats rassemblés dans ce recueil séduiront les amoureux de la gent féline.

Kwong Kuen Shan, artiste chinoise, présente ici ses plus belles aquarelles. Élégantes et intemporelles, elles sont associées à des proverbes asiatiques, des extraits de poèmes de la dynastie Tang, des enseignements de la tradition zen ou à des citations de Confucius, Mencius et Lao Tseu.

ISBN 978-2-8098-0109-5 / 96 pages / 17,95 euros

Cet ouvrage a été composé
par Facompo à Lisieux (Calvados)

Impression réalisée par
CPI France
en janvier 2020
pour le compte des Éditions Archipoche

Imprimé en France
N° d'édition : 609
N° d'impression : 3036083
Dépôt légal : février 2020

Kwong Kuen Shan

LE CHAT À L'ORCHIDÉE

Ode à la vie et à la nature, cet album nous invite à la méditation.
Associant des aquarelles inédites, aux lignes douces et épurées, à des maximes et citations issues de la culture chinoise, ce beau livre illustré invite au plus apaisant des voyages.
On y croise des chats lovés près de pivoines, ou prenant un bain de soleil sous des orchidées.
Le temps s'est arrêté pour mieux admirer ces paysages gorgés de vie, et s'adonner à une douce rêverie.
Agrémentées de sceaux chinois dont la signification est expliquée, *Le Chat à l'orchidée* combinent l'art et de la pensée orientale.

ISBN 978-2-8098-1744-7 / H 18-1476-7 / 96 pages / 18,50 euros